한림신서 일본현대문학대표작선 ❶

만년(晩年)

한림신서 일본현대문학대표작선 ❶

만년(晩年)

다자이 오사무 지음 · 유숙자 옮김

小花

만년(晩年)

한림신서 일본현대문학대표작선 ❶

초판 1쇄 발행 1997년 10월 25일
초판 8쇄 발행 2012년 9월 25일

지은이 다자이 오사무
옮긴이 유숙자
펴낸이 한림대학교 일본학연구소
펴낸곳 도서출판 소화
등 록 제13-412호
주 소 서울시 영등포구 영등포동 7가 94-97
전 화 02-2677-5890(대표)
팩 스 02-2636-6393
홈페이지 www.sowha.com

ISBN 978-89-85883-76-4
ISBN 978-89-8410-108-1 (세트)
잘못된 책은 언제나 바꾸어 드립니다.

값 7,000원

만년(晩年)

차례

역자의 말

'자화상의 작가' 다자이 오사무(太宰治).

그를 단적으로 표현하는 몇 개의 단어들을 나열해 보면 자의식 과잉, 나르시즘, 연기, 광대, 부끄러움, 죄, 하강 지향(下降志向)…….

"프로메테우스의 생 간을 쪼는 것은 독수리이지만, 이 사람은 스스로 자신을 쪼고 있다"(쓰시마 미치코(津島美知子) 『회상 다자이 오사무』).

거듭되는 자살 기도, 미수, 좌익운동 참가, 전향, 약물 중독, 정신병원 입원, 본가와의 불화, 의절, 다자이를 둘러싼 여성들, 재혼, 정신적 · 육체적 피로와 절망, 인기있는 작가와 젊은 전쟁 미망인, 다마가와 조스이(玉川上水)에서의 동반자살…….

그의 삶 자체가 이미 한 편의 드라마이다. 그래서 독자는 처음엔 그의 작품보다 오히려 그의 삶의 지나간 흔적들에 흥미를 나타내기 쉽다. 그러나 우리는 다자이의 작품을 통해 그의 진실과 고뇌에 공감하고, 그의 방황이 단순한 제스처가 아니었음을 확인하게 된다.

일본의 젊은이들에게 다자이는 거의 우상에 가깝다. 매년 다자이의 생일인 6월 19일에는 다자이를 추모하는 '앵두기(櫻桃忌)' 가 그의 묘 앞에서 열린다.

문학 평론가 다케다 세이지(竹田青嗣)는 다자이를 자신의 '문학의 신(神)' 이라 말한 바 있다. 그의 필명 또한 다자이의 소설 '竹青' 에서 따온 것이다. 다자이의 제자 다나카 히데미쓰(田中英光)는 스승의 묘 앞에서 자살했다.

반면, 다자이를 극도로 싫어한 미시마 유키오(三島由紀夫) 같은 작가도 있다. 이유는 두 작가의 상반된 기질적 차이에 있었다. 그러나 미시마 자신 다자이의 문학적 재능은 인정한다고 했다. 다자이를 숭배하건 혐오하건 그 선택은 오로지 독자만의 몫이다.

개인적 고백이 허락된다면, 다자이 오사무는 나의 20대를 온통 지배한 작가다. 그의 작품을 읽으며 나는 문학에 눈뜨기 시작했고, 문학 혹은 작가의 본모습에 대해 진지하게 생각해 보는 계기를 얻었다. 머리속엔 늘 다자이에 대한 영상과 사념으로 꽉 찼었고, 그의 고뇌가 내 것인 양 받아들여졌다. 그토록 한 작가에 깊이 매료될 수 있다니!

그 후 수년 동안 의식적으로 다자이를 읽지 않았다. 객관적 시각을 갖기 위해서는 작가로부터 적당한 거리를 두는 것이 필요하다고 생각했다.

서울에 와서 다시 본격적인 공부가 시작되고 우연찮게 다자이 오사무의 번역을 맡게 되었다. 첫 번역을 다자이의 작품, 그중에서도 『만년』으로 하게 된 것이 기쁘다. 아무쪼록 다자이의 소설이 독자에게 뭔가 오래 잊혀지지 않는 '울림'을 남길 수 있었으면 하는 바람 간절하다.

이 책 말미에는 독자의 이해를 돕기 위해 '다자이 문학의 배경'과 '『만년』 해설'을 달았다. 작품을 읽고 나서 혹은 읽기 전에 아니면 작품을 읽는 도중에 어느 때든 그저 '참고'로 삼아 주면 좋겠다. 중요한 건 어디까지나 작품 그 자체에 대해 느끼는 독자의 감성일 것이기 때문에.

소위 '팔리는' 작품보다 '문학성'을 높이 평가하고 흔쾌히 번역을 허락해 주신 한림대학교 일본학연구소 소장 지명관 교수님께 무엇보다 감사와 존경의 뜻을 표하고 싶다. 그리고 고려대학교 서연호 교수님, 김춘미 교수님의 격려가 큰 힘이 되었다. 고개 숙여 감사드린다.

1997년 여름

유숙자

잎

선택된

황홀과 불안

이 두 가지 내게 있으니

베를레느

죽으려고 생각했다. 올해 설날, 옷감을 한 필 받았다. 새해 선물이다. 천은 삼베였다. 쥐색 줄무늬가 촘촘하게 박혀 있었다. 여름에 입는 거겠지. 여름까지 살아 있자고 생각했다.

노라도 한 번 더 생각했다. 복도로 나와 등뒤의 문을 쾅 소리나게 닫고 생각했다. 돌아갈까.

내가 못된 일을 하지 않고 귀가하면, 아내는 미소로 맞아 주었다.

그날그날을 질질 끌리다시피 지내고 있을 뿐이었다. 하숙집에서 외톨이가 되어 술을 마시고 혼자 취해서 소리 없이 이불을 펴고 자는 밤은 유독 견디기 힘들었다. 꿈조차 꾸지 않았다. 지쳐 있었다. 무엇을 하건 귀찮았다. 『재래식 변소를 어떻게 개선할 것인가?』라는 책을 사서 본격적으로 연구한 적도 있었다. 그는 당시, 종래의 인분 처리에 곤혹을 느끼고 있었다.

신주쿠(新宿)의 인도 위에, 주먹만한 돌멩이가 느릿느릿 기어가는 걸 보았다. 돌이 기어가고 있군. 그저 그렇게만 생각했다. 그러나 그 돌멩이는 그의 앞을 걸어가는 지저분한 아이가 실에 매달아 끌고 가는 것임을 금방 알 수 있었다.

아이에게 속임을 당한 것이 쓸쓸한 건 아니다. 도무지 일어날 수 없는 일을 태연히 받아들인 자신의 자포자기가 쓸쓸했다.

그렇다면 나는 평생 이런 우울과 싸우다 죽게 되는구나,

생각하니 자신의 처지가 애처로웠다. 초록빛 논이 갑자기 뿌옇게 변했다. 운 것이다. 그는 당황하기 시작했다. 이렇게 값싼 순정적인 일에 눈물을 흘린 것이 약간 부끄러웠음이다.

전차에서 내릴 때 형이 웃었다.

"되게 풀죽어 있군. 야, 힘내."

그리고는 류(龍)의 작은 어깨를 부채로 탁 하고 때렸다. 땅거미 속에서 부채가 유난히 희게 보였다. 류는 뺨을 붉힐 정도로 기뻤다. 형이 어깨를 때려 준 것이 고마웠다. 늘 적어도 요만큼이나마 허물없이 대해 준다면 좋겠는데, 하고 덧없이 바라고 있다.

찾아간 사람은 외출중이었다.

형은 말했다. "소설을 시시하다고는 생각지 않아. 내겐 그저 분명하지 않을 뿐이야. 단 한 줄의 진실을 말하려고 백 페이지의 분위기를 조성하거든." 나는 조심조심 심사숙고하면서 대답했다. "정말이지 말은 짧을수록 좋아. 그것만으로 믿음을 줄 수 있다면."

형은 또, 자살을 제 흉에 겨운 짓이라고 꺼렸다. 그렇지만 나는 자살을 처세술처럼 타산적인 것이라 생각하고 있던 참이었으므로, 형의 이 말을 뜻밖이라고 느꼈다.

다 털어 놔. 응? 누구 흉내지?

물 흘러 도랑을 만든다.

그는 열아홉 살 겨울에 「슬픈 모기」라는 단편을 썼다. 잘된 작품이었다. 동시에 그의 삶의 혼돈을 푸는 중요한 열쇠가 되었다. 형식은 「히나인형」(아쿠타가와 류노스케(芥川龍之介)의 작품—역주)의 영향이 뚜렷했다. 그러나 마음은 그의 것이었다. 원문채로.

이상한 유령을 본 적이 있습니다. 제가 초등학교에 들어간 지 채 얼마 안된 때라 어차피 환등처럼 희끄므레 흐려 있음에 틀림없습니다. 아니예요, 그럼에도, 그 푸른 모기장에 비친 환등 같은 뿌연 추억이 묘하게도 제겐 해를 거듭할수록 한층 뚜렷하게 다가오는 느낌이 드는 것입니다.

누이가 시집을 가던 아, 바로 그날 밤의 일입니다. 혼례날 밤의 일이었습니다. 게이샤(藝者)들이 우리 집에 많이 와 있었고, 예쁜 동기(童妓)가 예복이 터진 데를 기워 준 것을 기억합니다. 아버지가 별채의 컴컴한 복도에서 키 큰 게이샤들과 씨름을 하고 계셨던 것도 그날 밤의 일이었습니다. 아버지는 다음해에 돌아가셨고 지금은 우리 집 응접실 벽의 커다란 사진 속에 들어가 계시는데, 저는 이 사진을 볼 때마다 그날 밤의 씨름을 떠올리게 됩니다. 아버지는 약한 사람을 못살게 구는 일은 절대 하시지 않는 분인데, 그날의 씨름도 틀림없이 게이샤들이 뭔가 크게 잘못된 일을 해서 아버지가 혼내주고 계셨던 것이겠지요.

이것저것 생각해 보건대, 분명히 혼례날 밤임에 틀림없습니다. 참으로 죄송스럽습니다만 온통, 마치 푸른 모기장의 환등 같은 그런 상태여서 도저히 만족하실 만한 이야기가 못됩니다. 말하자면 꿈 이야기, 아니예요, 그렇다 해도 그날 밤 슬픈 모기 이야기를 들려주실 때의 할머니의 눈 그리고 유령만은, 이것만은 어느 누가 뭐라 말씀하시건 결코 결코 꿈이 아닙니다. 꿈이라 해서는 어리석은 일, 보세요, 이렇게 또렷하게 눈앞에 떠오르지 않습니까. 할머니의 그 눈, 그리고.

그렇습니다. 우리 할머니만큼 아름다운 할머니도 그렇게 많지는 않습니다. 작년 여름에 돌아가셨습니다만, 임종 때의 얼굴이란 말할 수 없이 아름다운 바로 그것이었습니다. 백합같이 흰 양 볼에는 여름 숲 그림자조차 비치는 듯했습니다. 이처럼 아름다우셨는데도 인연이 멀어 평생 이를 검게 물들이지 않고(에도(江戶)시대에 결혼한 여자는 이를 검게 물들였다—역주) 지내셨습니다.

"내 만년 흰 이를 빌미로 해서, 이 백만 재산이 생겨난 게지."

도미모토(富本 : 음곡에 맞추어 낭창하는 옛이야기의 한 파—역주)로 몸에 밴 탁한 목소리로 생전에 자주 이렇게 말씀하셨으니, 어쨌건 여기에는 재미있는 내력이라도 있겠지요. 어떤 내력이 있기에 하고 서툴게 넘겨짚지는 마세요. 할머니가 우실 테니까요. 우리 할머니는 너무나 너무나 멋쟁이셔서 단 한 번도 가문(家紋)이 수놓인 비단 저고리를 벗으신 적이 없었습니다. 선생님을 방으로 부르셔서 도미모토 연습을 하신 것도 상당히 오래 전부터의 일이었겠지요. 저 역시 철들고 나서는 온종일 할머니의 오이마쓰(老松)나 아사마(淺間) 따위 흐느껴 우는 듯한 애조 띤 가락에 넋을 잃곤 하던 일이 자주 있었습니다. 사람들은 입을 모아 은둔 게이샤라고 불렀는데 할머니 자신, 이 말을 들으시고 아름답게 웃고 계시는 것 같았습니다. 어쩐 일인지 저는 어릴 때부터 이 할머니가 너무 좋아서, 유모에게서 벗어나면 곧 할머니 품속으로 뛰어들곤 했습니다. 그도 그럴 것이 우리 어머니는 몸이 편찮으셔서 자식에게 별로 신경을 쓰지 않았습니다. 아버지도 어머니도 할머니의 친자식이 아닌 탓에 할머니는 좀처럼 어머니에게 놀러 가시지 않고 하루 내내 별채에만 계시므로, 저도 할머니 곁에 늘 붙어 지내다 보니 사흘 나흘씩 어머니 얼굴을 못보는 일이 드물지 않았습니다. 그래서 할머니는 제 누이보다 저를 훨씬 귀여워해 주시고 매일 밤 이야기책을 읽어 주셨습니다. 그중 채소 장사 오시치의 이야기를 들었을 때의 감격을 저는 지금도 생생하게 맛볼 수 있습니다. 그리고 할머니가 장난으로 저를 '기치자(吉三), 기치자' 라 불러 주실 때의 그 기쁨, 램프의 노란 등불 아래서 고즈넉이 이야기책을 읽고 계시는 할머니의 아름다운 모습, 그래요, 저는 빠짐없이 잘 기억하고 있습니다.

유독 그날 밤의 슬픈 모기 이야기를 이상하게도 저는 잊을 수가 없습니다. 그러고 보면 그건 분명 가을이었습니다.

"가을까지 살아남아 있는 모기를 슬픈 모기라 한단다. 모깃불은 피우지 않는 법. 불쌍하기 때문이지."

아아, 한 구절 한 마디 그대로 저는 기억하고 있습니다. 할머니는 잠들면서 잦아드는 어조로 이렇게 말씀하시고, 저를 안고 주무실 때는 어김없이 제 다리를 할머니 다리 사이에 끼워 따뜻하게 해 주셨습니다. 어느 추운 날 밤, 할머니는 저의 잠옷을 모두 벗긴 다음, 할머니 자신도 눈부시게 아름다운 살결을 드러내시고 저를 안아 몸을 덥혀 주신 적도 있었습니다. 그만큼 할머니는 저를 소중히 생각하고 계셨습니다.

"맙소사. 슬픈 모기는 나인 걸. 허망해……"

말씀하시면서 제 얼굴을 뚫어지게 지켜보셨는데 그토록 아름다운 눈이 또 없습니다. 안채에서 들려오는 혼례의 소란도 이제 완전히 잠잠해졌고 아마 한밤중이나 되었겠지요. 가을 바람이 살랑살랑 덧문을 스치고 그럴 때마다 처마끝의 풍경이 힘없이 울리던 것도 희미하게 기억해 낼 수가 있습니다. 네, 유령을 본 것은 그날 밤의 일입니다. 언뜻 잠이 깬 저는 쉬 — 하고 말했습니다. 할머니의 대답이 없어 잠이 덜 깬 채 주위를 둘러보았는데도 할머니는 계시지 않았습니다. 무서움증을 느끼면서도 혼자 살짝 이부자리를 빠져나가 반들반들 검게 빛나는 느티나무로 된 긴 복도를 지나 멈칫멈칫 변소 쪽으로 걸어가는데, 발바닥만은 싸늘하게 차가웠습니다. 졸음은 아직 가시지 않아서 마치 깊은 안개 속을 흔들흔들 헤엄치는 듯한 기분, 바로 그때입니다. 유령을 본 것입니다. 길고 긴 복도 한쪽 구석에 하얗게 쓸쓸히 웅크리고 앉은 모습이, 아주 멀리서 본 탓에 필름처럼 조그맣게 보였는데, 그렇지만 분명히 분명히 누이와 오늘 밤의 신랑이 자고 있는 방을 엿보고 있었습니다. 유령, 아니예요, 꿈이 아닙니다.

예술의 미(美)는 결국 시민에 대한 봉사의 미다.

꽃을 지독히 좋아하는 목수가 있다. 방해다.

그러고 나서, 마치코는 눈을 내리깔며 이렇게 속삭였다.

"그런 꽃 이름 아니? 손을 갖다대자마자 부서지면서 더러운 즙을 튀겨 순식간에 손가락을 썩게 만드는 그런 꽃 이름을 알았으면."

나는 코웃음을 치고 바지 주머니에 두 손을 찔러 넣으며 대답했다.

"이런 나무 이름 알아? 이 잎사귀는 질 때까지 푸르지. 뒤쪽만이 바삭바삭 말라 벌레 먹은 잎사귀여도 그걸 감쪽같이 감추고는 질 때까지 푸른 척하는 거야. 그런 나무 이름을 알았으면."

"죽는다구? 네가 죽는다구?"

정말로 죽을지도 모른다고 고바야가와(小早川)는 생각했다. 작년 가을이었던가, 바로 아오이(青井)의 집에 소작쟁의가 일어 여러 가지 복잡한 일들이 아오이의 신변에 몰려들었을 때 그때도 약을 먹고 자살을 기도해서 사흘이나 계속 혼수상태였던 적이 있었다. 요 근래에도 내가 이렇듯 방황을 일삼는 건 결국 내 몸이 아직 방황에 견딜 만하니까겠지. 거세된 남자라도 되면 비로소 나는 모든 감각적 쾌락을 피해 투쟁과 재정 보조에 전심할 수 있게 되는 거다라고 생각하여 사흘 동안 P시(市)의 병원에 다니면서 전염병동 옆을 흐르는 시궁창 물을 떠서 마셨다 한다. 그런데 쬐끔 설사했을 뿐으로 실패야, 하고 그 일을 나중에 아오이가 빰을 붉히면서 이야기하는 걸 듣고 고바야가와는 약간 인텔리 냄새가 나는 이 유희를 말할 수 없이 불쾌하게 여겼다. 그러나 그 정도로까지 외곬으로 결심한 아오이의 마음이 적잖게 그의 마음을 감동시킨 것도 사실이다.

"죽는 게 가장 좋은 거야. 아냐, 나만이 아냐. 적어도 사회의 진보에 마이너스 역할을 하는 녀석들은 전부 죽어 버리면 되는 거야. 그렇지 않다면 너 말해 봐, 마이너스가 되는 녀석이든 뭐든 사람은 모두 죽어서는 안된다는 과학적인 뭔가 이유라도 있기나 한가 말야."

"바, 바보."

고바야가와는 아오이가 하는 말이 갑자기 바보같이만 들렸다.

"웃어넘기지 마. 이봐, 그렇지 않냐구. 조상을 섬기기 위해 살아 있어야 한다든가, 인류 문화를 완성시켜야 한다든가, 그런 대단한 윤리적 의무로써만 우리는 여태 교육받아온 거야. 아무런 과학적 설명도 없이 말야. 그렇다면 우리들 마이너스 인간은 모두 죽는 편이 나아. 죽으면 제로라고."

"바보! 뭘 지껄이고 있어. 도대체 넌 너무 뻰뻰스러워. 하긴 사실 너도 나도 거의 생산적인 일은 하지 않아. 그렇다고 절대 마이너스 생활을 하는 건 아냐. 넌 도대체 무산계급의 해방을 바라는 거니, 무산계급의 대승리를 믿는 거니? 정도의 차는 있을지언정 우리는 부르주아에 기생하고 있어. 그건 분명해. 다만 부르주아를 지지하는 것과는 전연 의미가 다른 거야. 하나의 프롤레타리아에 대한 공헌과 아홉의 부르주아에 대한 공헌이라고 넌 말했는데, 뭘 가리켜 부르주아에 대한 공헌이라고 말하는지? 자본가의 호주머니를 살찌우게 하는 점에서는 우리든 프롤레타리아든 마찬가진 거야. 자본주의 경제사회에 살고 있는 것이 배반이라면, 투사는 어떤 신선이 되는 거냐구. 그런 말이야말로 극단주의라 하는 거다. 소아병이라 부르는 거다. 하나의 프롤레타리아에 대한 공헌, 그걸로 충분해. 그 하나가 소중한 거야. 오로지 하나를 위해 우리는 열심히 살아가야 하는 거야. 그리고 이것이 훌륭한 플러스의 생활이다. 죽어 버리다니 바보짓이야. 죽는 건 바보짓이라구."

태어나 처음으로 산수 교과서를 손에 쥐었다. 작고 새까만 표지. 아아, 그 속에 나열된 숫자들이 얼마나 아름답게 눈에 들어왔던가. 소년은 잠시 책을 만지작거리다가 마침내 맨 끝 페이지에 해답이 다 적혀 있음을 발견했다. 소년은 눈썹을 찡그리며 중얼거렸다. "무례한데."

밖은 진눈깨비, 무엇 때문에 웃고 있나 레닌 동상은.

숙모가 말하길,
"너는 얼굴이 못생겼으니 애교라도 잘 부려야지. 너는 몸이 허약하니 마음이라도 착해야지. 너는 거짓말을 잘하니 행실이라도 올발라야지."

뻔히 알고 있는 고백을 강요하는 것. 이 얼마나 음험한 형벌인가.

보름달 저녁. 번쩍이다 무너지고, 넘실대며 부서져, 소용돌이치고 나뒹구는 파도에 묻혀 서로 떨어지지 말자고 붙잡은 손을 괴롭다 못해 내가 일부러 뿌리쳤을 때, 여자는 순식간에 파도에 삼켜지며 소리높이 이름을 불렀다. 내 이름은 아니었다.

나는 산적. 네 놈의 긍지를 훔치련다.

"설마 그런 일이야 없을 테지, 없을 테지만 말야, 내 동상을 세울 때 오른쪽 발을 반걸음 정도 앞으로 내밀고 느긋이 몸을 약간 젖힌 듯이 해서, 왼손은 조끼 속에 오른손은 잘못 쓴 원고를 구겨 쥔 채로, 그리고 목을 달지 말 것. 아니 아니, 아무런 의미도 없어. 참새 똥을 콧등에 맞고 싶지 않을 뿐야. 그리고 받침돌에는 이렇게 새겨 줘. 여기에 남자가 있다. 나서 죽었다. 일생을 쓰다 버린 원고를 찢는 데 썼다."

메피스토펠레스는 눈처럼 쏟아져 내리는 장미꽃 잎에 가슴과 볼, 손바닥이 타서 왕생했다고 적혀 있다.

유치장에서 5, 6일쯤 지낸 어느 날 대낮, 나는 발돋움을 해서 유치장 창문으로 밖을 내다보았다. 마당은 초겨울 햇살을 가득 받아 창가의 세 그루 배나무가 다 같이 꽃망울을 피웠는데 그 아래에서 순경들이 이삼십여 명, 교련 훈련을 받고 있었다. 젊은 순경부장의 호령에 따라 일제히 허리춤에서 오랏줄을 꺼내기도 하고 호루라기를 불어대거나 하였다. 나는 그 풍경을 바라보며 순경 한 사람 한 사람의 집에 대해 생각했다.

우리는 산속 온천장에서 미래가 불확실한 혼례를 했다. 엄마는 연신 쿡쿡 웃었다. 여관에서 일하는 식모의 머리 모양이 이상해서 웃는 거라고 엄마는 변명했다. 기뻤던 거겠지. 배우지 못한 엄마는 우리를 난로 곁으로 불러다 교훈을 했다. 너는 이제 열여섯이니까, 하고 말을 꺼낸 뒤에 자신이 없어졌는지 더 배운 게 없는 신부의 얼굴을 들여다보며 응, 그렇지 않니, 하고 동의를 구했다. 엄마의 말은 틀리지 않았는데도.

아내의 교육에 만 3년을 허비했다. 교육이 된 무렵부터 그는 죽을 생각을 하기 시작했다.

병든 아내여 밀려드는 구름 참억새.

새빨간 연기가 구불구불 뱀처럼 하늘을 올라가 퍼지고 하늘하늘 흘러 꿈틀꿈틀 큰 파도치고, 빙글빙글 소용돌이치다가 순식간에 불길은 걷잡을 수 없이 난폭해지고 땅울음 크게 내며 산을 타기 시작했지. 산은 꼭대기까지 대낮처럼 훤해졌지. 활활 타오르는 수천 수만 그루 겨울나무 숲을 누비며 사람을 태운 검정말이 바람처럼 내달렸지(고향말로).

단 한 마디 알려줘! "Nevermore."

하늘이 파아랗게 맑은 날이면 어딘가에서 고양이가 찾아와 마당의 산다화 아래에서 졸고 있다. 그림 그리는 친구는 페르시아가 아닌가 하고 내게 물었다. 나는 집 없는 고양이겠지, 하고 대답해 두었다. 고양이는 아무도 따르지 않았다. 어느 날 내가 아침식사를 위해 정어리를 굽고 있자니, 마당의 고양이가 나른하게 울었다. 나도 툇마루에 나가 야옹, 해 주었다. 고양이는 일어나 조용히 내게로 걸어왔다. 나는 정어리 꽁지를 하나 던져 주었다. 고양이는 도망칠 태세를 하면서도 먹었다. 가슴이 두근거렸다. 내 사랑은 받아들여졌나니. 고양이의 흰털을 쓰다듬어 주려고 마당으로 내려왔다. 등에 손을 대기가 무섭게 고양이는 내 새끼손가락을 와지끈 뼈까지 물어뜯었다.

배우가 되고 싶다.

옛날의 니혼바시(日本橋)는 길이가 37간(間 : 1간은 6척(약 1.8m)— 역주) 4척 5치 되었는데, 지금은 27간밖에 안된다. 그만큼 강폭이 좁아진 거라 보아야 한다. 이렇듯 옛날에는 강이건 사람이건 지금보다는 훨씬 컸던 것이다.

이 다리는 까마득한 옛날 1602년에 처음 놓였는데 그 후 십여 차례 재건축을 거듭하여 지금 것은 1911년에 완공된 것이다. 1923년 대지진 때는 다리 난간에 장식되어 있던 청동(青銅) 용 날개가 화염에 휩싸여 새까맣게 타 버렸다.

내가 어렸을 때 좋아한 목판으로 된 동해도 53차 도중(東海道53次道中) 주사위 놀이는 바로 여기가 출발점이었고, 몇 명의 무사 하인들이 각각 긴 창을 들고 이 다리 위를 걷고 있는 그림이 한가롭게 그려져 있었다. 원래 이 정도로 번창하던 것이 지금은 너무도 쇠퇴해지고 말았다. 어물 시장이 쓰키지(築地)로 옮겨진 후로는 그나마 이름마저 사라져 현재는 대부분의 도쿄 명소 그림엽서에서 제외되었다.

올해 십이월 하순 안개 짙은 어느 날 밤, 이 다리 옆에서 외국인 여자 아이가 여러 명의 거지떼로부터 혼자 동떨어져 우두커니 서 있었다. 꽃을 판 것은 이 여자 아이이다.

사흘쯤 전부터 황혼 무렵이면 한 다발의 꽃을 들고 전차로 이곳에 찾아와서는 도쿄 시(市)의 둥근 문장(紋章)에 그려진 청동사자 아래에서 서너 시간을 말없이 서 있다.

일본 사람은 영락한 백인 외국인을 보면 틀림없이 러시아인으로 단정지어 버리는 얄미운 습성이 있다. 지금 이 짙은 안개 속에서 낡은 장갑을 쑥쓰러워하며 꽃다발을 들고 서 있는 키 작은 아이를 본대도 대부분의 일본 사람은 아, 러시아 애가 있군 하고 대수롭잖게 중얼거릴 것임에 틀림없다. 더욱이 체홉을 읽은 적이 있는 청년이라면 아버지는 퇴직한 육군 2등대위, 엄마는 오만한 귀족, 하고 제멋대로 넘겨짚으며 다소 발걸음을 늦추기도 하겠지. 또 도스토예프스키를 들여다보기 시작한 학생이라면 야, 넬리! 하고 외치고는 당황해서 외투깃을 세워 올릴지도 모른다.

그렇다 해도 그것뿐, 더 이상 여자 아이에 대한 깊은 탐색을 해 보려고는 않는다.

그러나 누군가 한 사람이 생각한다. 왜 니혼바시를 택했을까. 이렇게 사람통행이 적은 어두컴컴한 다리 위에서 꽃을 팔려고 해 보았자 잘 안될 텐데, — 왜?

이 의문에는 간단하면서도 대단히 로맨틱한 해답을 줄 수 있다. 그것은 그녀 부모의 니혼바시에 대한 환상에서 유래한다. 일본에서 가장 번화롭고 좋은 다리는 니혼바시임에 틀림없어라는 그들의 평온한 판단에 다름 아니다.

여자 아이의 니혼바시 꽃 장사는 너무도 보잘것없었다. 첫날에는 빨간 꽃이 한 송이 팔렸다. 손님은 무희(舞姬)였다. 무희는 이제 막 피려고 하는 빨간 꽃봉오리를 집었다.

"피겠지?"

하고 난폭하게 물었다.

여자 아이는 분명히 대답했다.

"핍니다."

이튿날은 잔뜩 술 취한 젊은 신사가 한 송이 샀다. 이 손님은 취했음에도 침울한 얼굴이었다.

"아무거나 괜찮아."

여자 아이는 어제 팔다 남은 꽃다발에서 흰 꽃봉오리를 집어주었다. 신사는 훔치듯 슬쩍 받아들었다.

장사는 이것뿐이었다. 사흘째, 즉 오늘이다. 차가운 안개 속을 오랫동안 서 있었지만 아무도 돌아다보지 않았다.

다리 맞은편에 있던 남자거지가 목발을 짚으며 전차길을 넘어 이쪽으로 왔다. 여자 아이에게 자기 구역이라고 트집을 잡은 것이다. 여자 아이는 세 번이나 절을 했다. 목발의 거지는 시꺼먼 콧수염을 씹으며 궁리했다.

"오늘만이야."

낮게 말하고는 다시 안개 속으로 빨려 들어갔다.

여자 아이는 곧 돌아갈 채비를 했다. 꽃다발을 흔들어 보았다. 꽃집에서 볼품없는 꽃을 공짜로 얻어 팔러 나온 지 이미 사흘이나 지났기 때문에 꽃은 꽤 시들어 있었다. 무거운 듯 고개를 떨군 꽃이 흔들릴 때마다 다 같이 머리를 떨었다.

그걸 살짝 겨드랑이에 끼고 근처의 중국 국수 포장마차로 추위에 어깨를 움츠리며 들어갔다.

사흘 밤 계속 여기서 완탕을 먹는다. 주인은 중국 사람으로 여자 아이를 어엿한 손님으로 대접했다. 그녀는 이것이 기뻤던 거다.

주인은 완탕피를 말면서 물었다.

"팔렸습니까?"

눈을 동그랗게 해서 대답했다.

"아니예요.……돌아갑니다."

이 말이 주인의 가슴을 쳤다. 귀국하는군. 틀림없어, 하고 멋지게 벗겨진 머리를 두세 번 가볍게 저었다. 자신의 고향을 생각하며 솥에서 완탕건더기를 건져낸다.

"이거, 아니예요."

주인에게서 받은 노란 완탕 사발을 들여다보며 난처한 듯 여자 아이가 중얼거렸다.

"괜찮아요. 챠슈우 완탕. 내가 사 주는 거예요."

주인은 긴장해서 말했다.

완탕은 10전이지만 챠슈우 완탕은 20전이다.

여자 아이는 잠시 머뭇머뭇하더니 이윽고 완탕 사발을 내려놓고, 겨드랑이의 꽃다발에서 큼직한 꽃봉오리가 달린 꽃을 한 송이 뽑아 내밀었다. 고마움의 표시다.

포장마차를 나와 전차 정류장으로 가는 도중, 그녀는 시들어 버린 좋지 않은 꽃을 세 사람에게 건네준 것을 아프도록 후회했다. 갑자기 길가에 쭈그리고 앉았다. 가슴에 십자를 긋고 알아들을 수 없는 말로 맹렬히 기도를 시작한 것이다.

마지막으로 일본어를 두 마디 속삭였다.

"피어라. 피어라."

안락한 생활을 하고 있을 때는 절망의 시를 짓고, 패배의 생활을 하고 있을 때는 삶의 기쁨을 기록한다.

머지않은 봄?

어차피 죽는 거다. 꿈결 같은 멋진 로맨스를 한 편 써 보고 싶다. 남자가 이렇게 기원한 것은 그의 생애 가운데 어쩌면 가장 울적한 시기였다. 남자는 이것저것 생각을 짜낸 끝에 마침내 그리스의 여류 시인 사포에게 황금화살을 당겼다. 가엾게도, 그 향기로운 재색겸비로 오늘날까지 전해 내려오는 사포야말로 이 남자의 타오르는 가슴을 설레게 하는 유일의 여성이었던 것이다.

남자는 사포에 대한 열두 권의 책을 읽고, 다음과 같은 사실을 알게 되었다.

그런데 사포는 미인이 아니었다. 피부가 검고 이가 앞으로 나와 있었다. 화온이라고 하는 아름다운 청년에게 죽도록 반했다. 화온은 시를 이해하지 못했다. 사랑의 투신(投身)을 하면 가령 죽진 못해도 그 타 버린 가슴속 그리움이 지워진다는 미신을 믿고, 류카디아 곶에서 성난 파도를 향해 몸을 내던졌다.

생활

만족스런 일을 끝내고
한 잔의 차를 마신다
차 거품에
아름다운 내 얼굴이
수도 없이
비춰져 있다

어떻게든 되겠지.

1장

황혼 무렵 나는 숙모와 나란히 대문 곁에 서 있었다. 숙모는 누군가를 업고 있는 듯 포대기 차림이었다. 그때의 어스름한 거리의 정적을 나는 잊지 않고 있다. 숙모는 임금님이 돌아가셨다고 가르쳐 주고는 살아 있는 신(神), 하고 덧붙였다. 살아 있는 신, 나도 흥미롭게 중얼거린 것 같다. 그리고 나는 뭔가 무례한 말을 한 모양이다. 숙모는 그런 말을 하는 게 아냐, 돌아가셨다고 해야지 하고 나를 나무랐다. 어디로 돌아가셨을까, 나는 알고 있으면서도 일부러 그렇게 물어서 숙모를 웃겼던 것을 기억한다.

나는 1909년 여름에 났으니까, 메이지(明治) 천황 붕어(崩御) 때는 네 살 조금 더 되었다. 아마 같은 무렵의 일이었다고 생각하는데 나는 숙모와 둘이서 우리 동네에서 20리 정도 떨어진 어떤 마을의 친척 집에 갔다가 거기서 본 폭포를 잊지 못한다. 폭포는 마을에서 가까운 산속에 있었다. 파릇파릇하게 이끼가 돋은 절벽에서 폭 넓은 폭포가 하얗게 떨어지고 있었다. 모르는 남자의 목말을 타고 나는 그것을 바라보았다. 무슨 신사(神社)가 옆에 있어 그 남자가 그곳의 여러 가지 그림 액자를 보여 주었으나 나는 점점 쓸쓸해져서, 가차, 가차 하고 울었다. 나는 숙모를 가차라고 불렀던 것이다. 숙모는 친척들과 멀리 떨어져 움푹 파인 곳에 자리를 깔고 떠들고 있었는데 내 울음소리를 듣고 서둘러 일어섰다. 그때 돗자리가 발에 걸린 듯 절이라도 하는 양, 몸을 숙이고 비틀거렸다. 다른 사람들은 그것을 보고 취했다, 취했다 하며 숙모를 놀려댔다. 나는 훨씬 떨어진 곳에서 그것을 내려다보고 너무 분해서 한층 큰 소리로 앙앙 울었다. 또 어느 밤엔 숙모가 나를 버리고 집을 나가는 꿈을 꾸었다. 숙모의 가슴은 현관 쪽문 가득 차지했다. 빨갛게 불어난 커다란 가슴에서 땀방울이 떨어지고 있었다. 숙모는 네가 싫어졌어 하고 사납게 중얼거렸다. 나는 숙모의 젖가슴에 빰을 대고 그러지 말아 애원하며 하염없이 눈물을 흘렸다. 숙모가 나를 흔들어 깨웠을 때 나는 이부자리에서 숙모의 가슴에 얼굴을 비비며 울고 있었다. 잠에서 깨어난 뒤에도 나는 여전히 슬퍼서 오랫동안 훌쩍거렸다. 그렇지만 꿈이야기는 숙모에게도 아무한테도 하지 않았다.

숙모에 대한 추억은 여러 가지 있지만, 그 무렵의 부모님에 관한 기억은 공교롭게도 하나도 없다. 증조할머니, 할머니, 아버지, 어머니, 형 셋, 누나 넷, 남동생 하나, 게다가 숙모와 숙모 딸 넷의 대가족이었을 터인데 숙모를 제외한 다른 사람들 일은 내가 다섯, 여섯 살이 될 때까지는 거의 모르고 있었다고 해도 좋다. 넓은 뒤뜰에 옛날 큰 사과나무가 대여섯 그루 있었던 모양으로 잔뜩 찌푸린 날, 이 나무에 여자 아이들이 여럿이 올라간 모습이나 뜰 한구석에 국화 밭이 있어서 비오는 날, 역시 여러 명의 여자 아이들과 우산을 나눠쓰고 국화가 가득 피어 있는 것을 바라본 일 등, 어렴풋이 기억하고 있는데 그 여자 아이들이 나의 누이나 사촌들이었는지도 모른다.

여섯 일곱 살이 되면 기억이 분명해진다. 나는 다케라는 하녀로부터 책 읽는 것을 배워 둘이서 여러 가지 책을 함께 읽었다. 다케는 내 교육에 열심이었다. 나는 몸이 허약했으므로 누워서 책을 많이 읽었다. 읽을 책이 없어지면 다케는 마을의 일요학교 같은 데서 어린이 책을 부지런히 빌려와 내게 읽도록 했다. 나는 묵독하는 것을 익혔기 때문에 아무리 책을 읽어도 피곤하지 않았다. 다케는 또 나에게 도덕을 가르쳤다. 절에 자주 데리고 가서 지옥 극락의 그림을 보여주며 설명했다. 불을 지른 사람은 빨간 불이 활활 타는 바구니를 짊어졌으며, 첩을 데리고 있는 사람은 목이 두 개 있는 푸른 뱀에 몸을 감겨 괴로워하고 있었다. 피연못, 바늘산, 무간지옥이라는 하얀 연기가 가득찬 밑을 알 수 없는 깊은 웅덩이, 도처에서 창백하게 마른 사람들이 입을 작게 벌리고 울부짖고 있었다. 거짓말을 하면 지옥에 가서 이렇게 도깨비들 때문에 혀가 뽑히는 것이라고 들었을 때는 무서워서 울음을 터뜨렸다.

이 절 뒤는 약간 높은 묘지였는데 황매화나무로 된 생울타리를 따라 많은 소토바(卒堵婆 : 죽은 사람의 공양을 위하여 경문구절 따위를 적어 묘지에 세우는 위가 탑처럼 뾰족하고 갸름한 나무판자 — 역주)가 숲처럼 서 있었다. 소토바에는 보름달 정도의 크기로 자동차 같은 검은 쇠바퀴가 달린 것이 있는데, 그 바퀴를 딸그락딸그락 돌려서 그대로 멈춘 채 움직이지 않으면 돌린 사람은 극락에 가고 일단 멈출 것 같다가 다시 딸그락 하고 거꾸로 돌면 지옥으로 떨어진다고 다케는 말했다. 다케가 돌리면 좋은 소리를 내며 한참을 돌다가 반드시 조용히 멈추지만 내가 돌리면 되돌아오는 일이 가끔 있었다. 가을 무렵이라고 기억하는데 내가 혼자 절에 가서 그 쇠바퀴 어느 것을 돌려보아도 모두 한결같이 딸그락딸그락 하고 다시 돌아온 날이 있었다. 나는 치밀어 오르는 울화통을 억누르며 몇십 번이나 집요하게 계속 돌렸다. 날이 저물고 있었기 때문에 나는 절망해서 그 묘지를 떠났다.

부모님은 그 무렵 도쿄에 머물고 계셔서 나는 숙모를 따라 상경했다. 나는 상당히 오래 도쿄에 있었다고 하는데 기억에 별로 남아 있지 않다. 도쿄의 별택(別宅)으로 가끔 찾아오는 할머니를 기억할 뿐이다. 나는 이 할머니가 싫어서 할머니가 올 때마다 울었다. 할머니는 나에게 빨간 장난감 우편자동차를 하나 주었는데 전혀 재미가 없었던 것이다.

이윽고 나는 고향의 초등학교에 들어가게 되고 추억도 그와 함께 일변한다. 다케는 어느 사이에 없어진 뒤였다. 어떤 어촌으로 시집갔는데 내가 그 뒤를 따라갈 거라는 염려에선지 내게는 아무 말도 없이 돌연 사라졌다. 그 다음해인가 추석 때, 다케는 우리 집에 놀러 와서 왠지 서먹서먹해 했다. 나에게 학교 성적을 물었다. 나는 대답하지 않았다. 다른 누군가가 대신 알려 준 모양이다. 다케는 방심은 적이야 하고 말했을 뿐 별로 칭찬해 주지도 않았다.

같은 시기, 숙모와도 헤어지지 않으면 안될 사정이 생겼다. 그때까지 숙모의 둘째 딸은 시집가고 셋째 딸은 죽고 장녀는 데릴사위로 맞이한 치과의사 남편이 있었다. 숙모는 그 장녀 부부와 막내 딸을 데리고 먼 동네로 분가한 것이다. 나도 따라갔다. 그때는 겨울로 내가 숙모와 함께 썰매 한쪽 구석에 웅크리고 있으니까 썰매가 움직이기 전에 내 바로 위의 형이 사위, 사위 하고 나를 놀려대며 썰매 덮개 밖에서 내 엉덩이를 몇 번이고 찔렀다. 나는 이를 악물고 이 굴욕을 참았다. 나는 숙모의 사위가 되었다고 생각했으나 학교에 들어가게 되자 다시 고향으로 돌아와야 했다.

학교에 들어간 뒤로 나는 이제 아이가 아니었다. 뒤뜰 빈 터에는 여러 가지 잡초가 울창하게 우거져 있었는데, 여름 어느 날씨 좋은 날에 나는 그 풀 위에서 남동생 보모로부터 숨쉬기 힘든 일을 배웠다. 내가 여덟 살 정도이고 보모도 그 무렵 열넷, 다섯을 넘지 않았으리라 생각한다. 클로버를 우리 시골에서는 '보쿠사'라고 부르는데 보모는 나와 세 살 차이 나는 남동생에게 네잎 보쿠사를 찾아와 하고 쫓아 보내고는 나를 안고 데굴데굴 굴렀다. 그 후로도 우리는 곳간이나 벽장 속 같은 데에 숨어 놀았다. 남동생이 아주 방해가 되었다. 벽장 밖에 혼자 남겨진 남동생이 훌쩍훌쩍 우는 통에 내 바로 위의 형이 우리를 찾아내 버린 때도 있다. 형이 남동생으로부터 듣고 그 벽장문을 연 것이다. 보모는 벽장에 돈을 떨어뜨렸다고 태연히 말했다.

거짓말은 나도 줄곧 했다. 초등학교 2학년인가 3학년의 히나마쓰리(雛祭り : 3월 3일의 여자아이 명절에 지내는 행사. 제단에 일본 옷을 입힌 작은 인형을 진열한다 — 역주) 때 학교 선생님에게, 집에서 오늘은 히나인형을 장식하니까 일찍 오라고 했어요라는 거짓말로 수업을 한 시간도 하지 않고 집으로 돌아와 가족에게는, 오늘은 삼짇날이니까 학교는 쉬어요 하고 인형을 상자에서 꺼내는 일을 건성으로 거들었던 적이 있다. 나는 또 새알을 좋아했다. 참새 알은 곳간 지붕 기와를 벗기면 언제든지 많이 손에 넣을 수 있었지만, 찌르레기 알이나 까마귀 알은 우리 지붕 위에 없었다. 그 타는 듯한 녹색 알이나 재미있는 반점이 있는 알을 나는 학교 친구들에게 받았다. 대신 나는 친구들에게 내 장서를 다섯, 열 권씩 모아서 주는 것이다. 모은 알은 솜으로 싸서 책상 서랍에 가득 넣어 두었다. 바로 위 형은 나의 비밀 거래를 눈치 챈 듯 어느 날 밤, 내게 서양 동화집과 또 하나 무슨 책인가는 잊어버렸지만 두 권을 빌려 달라고 했다. 나는 형의 심술이 미웠다. 두 책 모두 알에 투자해 버려 없었다. 형은 내가 없다고 하면 책의 행방을 추궁할 속셈인 것이다. 나는 틀림없이 있을 테니까 찾아보겠어라고 대답했다. 나는 내 방은 물론 집 전체를 램프를 들고 찾아다녔다. 형은 나를 따라다니면서 없겠지 하고는 웃었다. 나는 있어 하고 완강히 버티

었다. 부엌 찬장 위에까지 기어올라가 찾았다. 형은 결국 이제 됐어라고 말했다.

학교에서 짓는 나의 작문도 한결같이 엉터리였다고 해도 좋다. 나는 나 자신을 얌전하고 착한 아이인 양 쓰도록 노력했다. 그렇게 하면 언제나 모두에게 칭찬받는 것이다. 표절조차 했다. 당시 걸작이라고 선생님들이 치켜세운 「동생의 그림자놀이」는 무슨 소년 잡지의 일등 당선작이었던 것을 내가 그대로 훔친 것이다. 선생님은 나에게 그것을 붓으로 깨끗이 써서 전람회에 내도록 했다. 나중에 책 좋아하는 친구로부터 이 일이 발각되자 나는 그 친구가 죽기를 바랐다. 역시 그 무렵 「가을밤」이라는 것도 모든 선생님에게 칭찬받았는데 그건 내가 공부하다가 머리가 아팠기 때문에 툇마루에 나가 정원을 내다보았다, 달이 좋은 밤으로 연못에는 잉어랑 금붕어가 많이 놀고 있었다, 나는 그 정원의 조용한 경치를 정신없이 바라보고 있었는데 옆 방에서 여자들의 웃음소리가 불쑥 튀어나와 문득 정신을 차려 보니 내 두통이 나아 있었다라는 소품의 작품이었다. 여기에는 진실이 하나도 없다. 정원 묘사는 분명 누이들의 작문 노트에서 뽑은 것이었고 무엇보다도 나는 머리가 아플 정도로 공부해 본 기억은 전혀 없는 것이다. 나는 학교를 싫어했고 따라서 학교 책 따위를 공부한 적은 한 번도 없었다. 오락 책만 읽고 있었던 것이다. 가족은 내가 책만 읽고 있으면 그것을 공부라고 생각했다.

그러나 내가 작문에다 진실을 적어 넣기만 하면 반드시 좋지 않은 결과가 생겼다. 부모가 나를 사랑해 주지 않는다는 불평을 썼을 때는 담임 선생님에게 교무실로 불려가 꾸중들었다. 「만약 전쟁이 일어난다면」이라는 제목이 나와서 지진, 천둥, 화재, 아버지, 이보다 더 무서운 전쟁이 일어난다면 우선 산속에라도 도망가자, 도망갈 때 선생님도 함께 가도록 하자, 선생님도 인간, 나도 인간, 전쟁이 무서운 것은 마찬가지겠지라고 썼다. 이때는 교장 선생님과 교감 선생님, 두 사람이 나를 심문했다. 어떤 마음으로 이걸 썼느냐고 묻기에 나는 그저 반쯤 재미로 썼습니다 하고 대충 얼버무렸다. 교감 선생님은 수첩에 '호기심'이라 써 넣었다. 그러고 나서 나와 교감 선생님은 약간 논쟁을 시작했다. 선생님도 인간, 나도 인간이라고 쓰여 있는데 인간이라고 하면 모두 똑같은 건가 하고 그가 물었다. 그렇게 생각한다, 나는 우물쭈물 하면서 대답했다. 나는 대체로 입이 무거운 편이었다. 그러면 나와 이 교장 선생님은 똑같은 인간인데 어째서 급료가 다른 거냐 하고 그가 물었기 때문에 나는 잠시 생각했다. 그리고 그것은 일이 다르기 때문이 아닌가고 대답했다. 철테 안경을 낀 얼굴이 갸름한 교감 선생님은 내가 한 말을 곧 수첩에 적었다. 나는 전부터 이 선생님에게 호의를 갖고 있었다. 그리고 그는 나에게 이런 질문을 했다. 네 아버지와 우리는 똑같은 인간인가. 나는 난처해져서 아무런 대답도 하지 않았다.

아버지는 굉장히 바쁜 사람으로 집에 있는 일이 별로 없었다. 집에 있어도 아이들과 같이 있지 않았다. 나는 이런 아버지를 두려워하고 있었다. 아버지의 만년필을 갖고 싶어 하면서도 그것을 말하지 못해서 혼자 여러 가지로 고민한 끝에 어느 날 밤 이부자리에서 눈을 감은 채 잠꼬대하는 척 만년필, 만년필 하고 옆 방에서 손님과 대화중인 아버지에게 낮게 호소한 적이 있지만, 물론 그것은 아버지 귀에도, 마음에도 들어가지 않은 듯하다. 나와 남동생이 쌀가마니가 빽빽이 쌓여 있는 넓은 곳간에 들어가 재미있게 놀고 있자니, 아버지가 입구에 가로막고 서서 이 녀석, 나와, 나와 하고 야단쳤다. 빛을 등지고 서 있어서 아버지의 커다란 모습이 새까맣게 보였다. 나는 그때의 공포를 생각하면 지금도 싫은 기분이 든다.

어머니와도 나는 친해질 수 없었다. 유모의 젖으로 자라 숙모의 품에서 성장한 나는 초등학교 2, 3학년 때까지 어머니를 알지 못했다. 남자 일꾼 둘이 와서 나에게 그것을 가르쳐 주었는데 어느 날 밤 옆에 누워 있는 어머니가 내 이불이 움직이는 것을 수상히 여겨, 뭐하고 있는 거니 하고 물었다. 나는 너무나 당황해서 허리가 아파서 안마하고 있는 거야라고 대답했다. 어머니는 그러면 문지르면 돼, 두드리지 말고, 졸리운 듯 말했다. 나는 잠자코 한참 동안 허리를 쓰다듬었다. 어머니에 대한 추억은 쓸쓸한 것이 많다. 나는 곳간에서 형 양복을 꺼내 입고 뒤뜰 화단 사이를 어슬렁어슬렁 걸으면서 내가 즉흥적으로 작곡한 애조 띤 노래를 흥얼대다 눈물짓고 있었다. 나는 그 차림으로 회계 보는 학생과 놀고 싶은 생각에 하녀에게 부르러 보냈는데 학생은 좀처럼 오지 않았다. 뒤뜰의 대울타리를 구두 끝으로 툭툭 치면서 그를 기다리는 동안 드디어 지루함을 참지 못하고 바지 포켓에 양손을 찌른 채로 울어 버렸다. 내가 울고 있는 것을 발견한 어머니는 어쩐 일인지 그 양복을 벗겨 내고는 내 엉덩이를 찰싹찰싹 때렸다. 나는 숨이 끊어지는 듯한 치욕을 느꼈다.

나는 일찍부터 복장에 관심을 갖고 있었다. 셔츠 소매에 단추가 달려 있지 않으면 입지 않았다. 흰 플란넬 셔츠를 즐겼다. 속옷의 깃도 희지 않으면 안되었다. 목덜미에 그 흰 깃을 약간만 내보이도록 주의했다. 추석 때는 마을 친구들이 모두 명절 옷을 입고 학교에 오는데 나도 매년 으레껏 갈색 굵은 줄무늬가 있는 플란넬 기모노를 입고 가서 학교의 좁은 복도를 여자처럼 한들한들 종종걸음을 쳐 보기도 했다. 나는 그러한 멋부림을 다른 사람이 알아채지 못하게 살짝 했다. 가족들은 내 용모를 형제 중에서 제일 나쁘다, 나쁘다 했고 그토록 못생긴 남자가 이렇듯 멋부린다고 알려지면 모두의 웃음거리가 될 거라고 생각했기 때문이다. 나는 오히려 복장에 무관심한 듯이 행동하여 게다가 어느 정도까지 성공했다고 생각한다. 누구의 눈에도 나는 둔감하고 촌스럽게 보였음에 틀림없다. 내가 형제들과 밥상 앞에 앉아 있을 때 할머니나 어머니가 자주 내 얼굴이 못생긴 것을 진지하게 이야기하곤 했는데 나는 아무래도 분했다. 나는 스스로를 잘생긴 남자라고 믿었기 때문에 하녀 방에 가서 형제 중 누가 가장 잘생긴 남자일까 하고 은근히 물어보기도 했다. 하녀들은 제일 윗형이 최고, 그 다음이 오사무짱이라고 대개 그렇게 말했다. 나는 얼굴을 붉혔지만 그래도 조금 불만이었다. 큰형보다 잘생긴 남자라고 말해 주기를 바랐던 것이다.

나는 용모뿐 아니라 손재주가 없다는 점에서도 할머니들의 마음에 들지 않았다. 젓가락 쥐는 법이 서툴러서 식사 때마다 할머니에게 주의를 받았고 내가 하는 절은 엉덩이가 올라가 보기 싫다고 했다. 나는 할머니 앞에 단정히 앉아 몇 번이고 몇 번이고 절을 했는데 아무리 해 봐도 할머니는 잘한다고 말해 주지 않았다.

할머니도 나에게는 힘든 상대였다. 마을의 연극 극장 무대 앞에 도쿄의 자쿠사부로 이치자(雀三郎一座)라는 것이 걸렸을 때, 나는 공연중 하루도 거르지 않고 구경하러 갔다. 그 극장은 아버지가 세운 것이어서 나는 언제라도 공짜로 좋은 자리에 앉을 수 있었다. 학교에서 돌아오자마자 나는 부드러운 기모노로 갈아입고 끝에 작은 연필을 매단 가느다란 은줄을 허리에 늘어뜨리고 극장으로 달렸다. 태어나 처음으로 가부키(歌舞伎)라는 것을 알았으므로 나는 흥분해서 교겐(狂言 : 일본 연극 막간에 상연하는 희극 — 역주)을 보고 있는 동안에도 몇 번이고 눈물을 흘렸다. 그 공연이 끝나고 나는 남동생이나 친척 아이들을 모아 이야기를 지어 스스로 연극을 해 보았다. 나는 전부터 이렇게 여럿이 모여 일을 벌이는 것을 좋아해서 남자 하인이나 하녀들을 모아 옛날이야기를 들려주기도 하고 환등이나 활동사진을 비춰 보여 주거나 했다. 그때는 「야마나카 시카노스케(山中鹿之助)」와 「비둘기집」, 「갓포레」(속요에 맞춰 추는 익살스러운 춤 — 역주) 등 세 가지 교겐을 이어서 했다. 야마나카 시카노스케가 계곡 옆의 어떤 찻집에서 하야카와 아유노스케(早川鮎之助)라는 부하를 얻는 장면을 어느 소년 잡지에서 뽑아 내가 각색했다. 소인은 야마나카 시카노스케라 하는 사람인데 — 긴 말을 가부키의 7 · 5조로 고치는 데에 고생을 했다. 「비둘기집」은 내가 몇 번을 거듭 읽어도 꼭 눈물이 나는 장편소설로 그중 특히 슬픈 부분을 2막으로 완성시킨 것이었다. 「갓포레」는 자쿠사부로 이치자가 마지막 막에서 언제나 모두 총출연하여 춤추었으므로 나도 이것을 추기로 한 것이다. 대엿새 정도 연습해서 마침내 그날, 서고 앞의 넓은 복도를 무대로 해서 작은 가로닫이 막도 설치했다. 낮부터 그런 준비를 하다가 그 가로닫이 막의 철사에 할머니가 턱을 긁혀 버렸다. 할머니는 이 철사로 나를 죽일 작정이냐, 돼먹지 않은 광대 흉내는 그만둬 하며 우리를 매도했다. 그래도 그날 밤은 역시 남자 하인이 하녀들을 열 명 정도 모아 그 연극을 해 보였는데, 할머니의 말을 생각하면 내 가슴은 무겁게 짓눌렸다. 나는 야마나카 시카노스케나 「비둘기집」의 남자 아이 역을 맡고 갓포레도 춤췄지만 조금도 기분이 내키지 않고 견딜 수 없이 쓸쓸했다. 그 후에도 나는 때때로 「소도둑」, 「피의 저택」, 「슌토쿠마루(俊德丸)」 등의 연극을 했고, 할머니는 그때마다 못마땅해했다.

나는 할머니를 좋아하지는 않았지만 잠이 안 오는 밤에는 할머니를 고맙게 생각하기도 했다. 나는 초등학교 3, 4학년 때부터 불면증에 걸려 밤 두 시, 세 시가 되어도 잠들지 못하고 걸핏하면 이불 속에서 울었다. 자기 전에 설탕을 먹으면 된다, 시계가 째깍째깍 하는 소리를 세라, 물로 다리를 차게 해라, 자귀나무 잎을 베개 밑에 깔고 자면 된다 등등 다양한 잠드는 법을 가족들로부터 배웠어도 별로 효능이 없었던 것 같다. 나는 걱정이 많은 편이라 여러 가지 일들을 꼬치꼬치 캐내어 신경쓰기 때문에 한층 잠들기 힘들었을 것이다. 아버지의 코안경을 몰래 만지작거리다 뚝하고 유리를 깨 버렸을 때는 며칠밤이나 계속 잠들지 못했다. 한 집 건너 이웃의 구멍가게에는 책 같은 것도 조금 팔아 어느 날 나는 거기서 부인 잡지의 그림 등을 보다가 그중 노란 인어 그림 수채화가 몹시 갖고 싶어서 훔치려고 생각하여 조용히 잡지에서 뜯고 있었는데 그곳의 젊은 주인이 오사코, 오사코 하고 야단쳐서 그 잡지를 소리나게 가게의 다다미에 내던지고 집까지 달아난 적이 있지만 이러한 실패가 또한 나를 아주 잠못들게 했다. 나는 또 잠자리에서 화재의 공포에 이유 없이 괴로워했다. 이 집이 타 버리면 하고 생각하니 도저히 잠들 수 없었다. 언젠가 밤에 내가 잠들기 전 변소에 갔을 때 그 변소와 복도 하나 사이에 둔 깜깜한 회계 방에서 학생이 혼자 활동사진을 비추고 있었다. 흰곰이 얼음 절벽으로부터 바다로 뛰어드는 모습이 방 문종이에 성냥갑 정도의 크기로 언뜻언뜻 비쳤다.

나는 그것을 엿보고 학생의 그런 심정이 견딜 수 없이 슬프게 생각되었다. 이부자리에 누워서도 그 활동사진을 생각하면 가슴이 두근두근거려 어찌할 수가 없는 것이다. 학생의 신상을 생각하거나 또 그 영사기의 필름에서 불이 붙어 위험하게 되면 어쩌나 하고 이 일이 너무나 걱정이 되는 바람에 그날 밤은 거의 새벽까지 한 잠도 잘 수가 없었다. 할머니를 고맙게 생각하는 것은 이런 밤이었다.

우선 밤 여덟 시 무렵 하녀가 나를 재워 주고 내가 잠들 때까지는 하녀도 내 옆에 누워 같이 있어야 하는데, 나는 하녀를 불쌍하게 여겨 잠자리에 누우면 곧 잠든 척한다. 하녀가 살그머니 내 잠자리에서 빠져나가는 걸 보면서 나는 잠들기를 간절히 바란다. 열 시경까지 이불 속에서 뒤척이다가 나는 훌쩍훌쩍 울면서 일어난다. 그 시간이 되면 가족들은 모두 잠들었고 할머니만 일어나 있다. 할머니는 야번(夜番)을 하는 노인과 부엌의 큰 화초를 사이에 두고 이야기를 하고 있다. 나는 잠옷을 입은 채로 그 사이에 들어가 입을 꾹 다물고 그들의 이야기를 듣는다. 그들은 늘 동네 사람들 이야기를 했다. 어느 가을 밤, 내가 그들이 소근소근하는 이야기에 귀 기울이고 있자니 멀리서 벌레 쫓는 행사의 북소리가 둥둥 하고 울려왔는데 그것을 듣고 아아, 아직 일어나 있는 사람이 많구나 하고 굉장히 마음 든든히 생각했던 일만은 잊지 않고 있다.

소리에 대해 떠올린다. 내 큰형은 그 무렵 도쿄에서 대학에 다녀서 여름방학이 되면 귀향할 때마다 음악이나 문학 등 새로운 취미를 시골에 퍼뜨렸다. 큰형은 연극을 공부하고 있었다. 어느 지방 잡지에 발표한 「빼앗기」라는 일막짜리는 마을의 젊은 사람들에게 평판이 좋았다. 그것을 완성했을 때 큰형은 여러 남동생, 여동생들에게도 읽어 들려 주었다. 모두 모르겠어, 모르겠어라며 듣고 있었으나 나는 이해했다. 막이 끝날 즈음, 어두운 밤이구나라는 한 마디에 포함된 시(詩)조차 이해할 수 있었다. 나는 거기에 「빼앗기」가 아니라 「엉겅퀴풀」이라는 제목을 달아야 한다고 생각했기 때문에 나중에 형이 잘못 쓴 원고용지 귀퉁이에 그러한 내 의견을 작게 적어 두었다. 형은 아마 그것을 알아채지 못했겠지, 제목을 바꾸는 일 없이 그대로 발표해 버렸다. 레코드도 상당히 수집하고 있었다. 아버지는 집에서 무슨 접대가 있으면 반드시 멀리 큰 도시에서 굳이 게이샤를 불렀고 나도 대여섯 살쯤부터 그런 게이샤들에게 안기거나 한 기억이 있는데, 「옛날 옛날 아주 오랜 옛날」이나 「그것은 기노쿠니의 밀감배」 같은 노래나 춤을 알고 있다. 그런고로 나는 형의 서양 음악 레코드보다 일본 음악에 일찍부터 친숙해졌다. 어느 날 밤 내가 자고 있을 때 형 방에서 좋은 음색이 흘러나와 베개에서 머리를 들고 귀를 기울였다. 다음날 나는 아침 일찍 일어나 형 방으로 가서 손에 닿는 대로 이것저것 레코드를 걸어 보았다. 그리고 드디어 찾아냈다. 어젯밤 나를 잠 못자게 흥분시킨 그 레코드는 난접(蘭蝶)이었다.

나는 그러나 큰형보다 둘째 형과 많이 친했다. 둘째 형은 도쿄의 상업학교를 우등으로 나와 귀향하여 우리 은행에 근무하고 있었다. 둘째 형도 역시 가족들에게 차갑게 대우받고 있었다. 나는 어머니나 할머니가 가장 못생긴 남자가 나이고 그 다음으로 못생긴 것은 둘째 형이라고 말하는 것을 들은 적이 있는데 둘째 형이 인기가 없는 것도 그 외모가 원인일 거라고 생각했다. 아무것도 필요 없어, 남자다운 외모로만 태어났다면, 그렇지? 하고 반쯤은 나를 놀리듯 중얼거린 둘째 형의 농담을 나는 기억한다. 그러나 나는 둘째 형의 얼굴을 못생겼다고 진심으로 느껴 본 적이 한 번도 없다. 머리도 형제 중에서는 좋은 편이라고 믿는다. 둘째 형은 매일같이 술을 마시고 할머니와 싸웠다. 나는 그럴 때마다 몰래 할머니를 미워했다.

막내 형과 나는 서로 반목(反目)하고 있었다. 나는 여러 가지 비밀을 이 형에게 들키고 있었기 때문에 언제나 거북스러웠다. 게다가 막내 형과 내 남동생은 얼굴이 닮아서 모두 잘생겼다고 칭찬받고 있었고 나는 이 두 사람 사이에 끼어 위 아래로 압박받는 듯한 느낌이 들어 견딜 수 없었다. 그 형이 도쿄의 중학교에 가게 되자 나는 겨우 안심했다. 남동생은 막내이고 얼굴이 예쁘장하여 아버지에게도 어머니에게도 사랑받았다. 나는 줄곧 남동생을 질투하여 더러 때리기도 해서 어머니에게 꾸중듣고는 어머니를 원망했다. 내가 열 살이나 열한 살 무렵 일이라고 생각한다. 내 셔츠나 속옷의 솔기에 깨를 뿌린 듯 이가 끓었을 때 남동생이 그것을 보고 조금 웃어서 문자 그대로 남동생을 때려눕혔다. 그러나 나는 역시 걱정이 되어 남동생 머리에 생긴 몇 개 혹에다 약을 발라 주었다.

나는 누나들에게는 귀여움을 받았다. 제일 위의 누나는 죽고 둘째 누나는 시집가고 나머지 두 누나는 각각 다른 도시에서 여학교에 다니고 있었다. 우리 동네에는 기차가 없었기 때문에 30리 정도 떨어진 기차가 있는 도시까지 가려면 여름은 마차, 겨울은 썰매, 봄눈이 녹을 무렵이나 가을에 진눈깨비가 내릴 때는 걷는 수밖에 없었다. 누나들은 썰매에 멀미를 해서 겨울방학 때도 걸어서 돌아왔다. 나는 그때마다 동네 변두리의 재목이 쌓인 곳까지 마중하러 나갔다. 해가 완전히 져도 길은 눈빛으로 밝다. 이윽고 이웃 마을의 숲 그늘에서 누나들의 등불이 언뜻언뜻 나타나면 나는 야아, 하고 큰소리로 부르며 두 손을 흔들었다.

윗 누나의 학교는 아래 누나의 학교보다 작은 도시에 있었기 때문에 선물도 아래 누나의 것에 비해 항상 보잘것없었다. 언젠가 윗 누나가 아무것도 없어서 하고 얼굴을 붉히면서 말하고는 선향(線香) 불꽃을 대여섯 다발 바구니에서 꺼내 나에게 주었는데 나는 그때 가슴이 조여드는 듯한 느낌이 들었다. 이 누나도 역시 얼굴이 못생겼다고 가족들로부터 연신 듣고 있었던 것이다.

이 누나는 여학교에 들어가기까지는 증조할머니와 둘이서 별채에서 기거하고 있어서 증조할머니의 딸이라고만 나는 생각하고 있을 정도였다. 증조할머니는 내가 초등학교를 졸업할 무렵 돌아가셨는데 흰 기모노를 입고 자그맣게 웅크린 증조할머니의 모습을 납관 때 얼핏 본 나는, 이 모습이 이후에 오래도록 내 눈에 엉겨 붙어 있으면 어떡하나 하고 걱정했다.

나는 곧 초등학교를 졸업했으나 몸이 약하다 하여 가족들은 나를 고등소학교에 일년 간만 다니게 하였다. 몸이 건강해지면 중학교에 넣어주겠다, 그것도 형들처럼 도쿄의 학교는 건강에 나쁘니까 시골 중학교에 보내 주겠다고 아버지가 말했다.

나는 중학교 따위 그다지 들어가고 싶지 않았으나 그래도, 몸이 약해서 유감으로 생각한다라고 작문에 써서 선생님들의 동정을 더 사기도 하였다.

이 무렵 우리 마을에도 읍제도가 깔려 있었는데 그 고등소학교는 우리 읍 부근의 대여섯 마을과 공동으로 출자하여 만들어진 것으로, 마을에서 2킬로나 떨어진 소나무 숲속에 있었다. 나는 병으로 줄곧 학교를 쉬고 있었지만 그 초등학교의 대표자였기 때문에 다른 마을의 우등생이 많이 모이는 고등소학교에서도 일등이 되도록 노력하지 않으면 안되었다. 그러나 나는 거기서도 변함없이 공부를 하지 않았다. 이제 중학생이 된다는 나의 긍지가 그 고등소학교를 더럽고 불쾌하게 느끼게 했던 것이다. 나는 수업중 주로 연속 만화를 그렸다. 휴식시간이 되면 배우 목소리를 흉내내어 그것을 친구들에게 설명해 주었다. 그런 만화를 그린 수첩이 네댓 권 모였다. 책상에 턱을 괴고 교실 바깥 풍경을 멍하니 바라보며 한 시간을 보내는 일도 있었다. 나는 유리창 옆 자리였는데 그 창문의 유리에는 파리가 한 마리 납작히 짓눌린 채로 오랫동안 눌러붙어 있어서 그것이 내 시야의 한쪽 귀퉁이에 어렴풋이 크게 들어오면, 나는 그것이 꿩이나 산비둘기처럼 생각되어 몇 번이나 깜짝 놀라곤 했다. 나를 사랑하는 대여섯 명의 친구들과 함께 수업을 빠져 나와서는 소나무숲 뒤에 있는 늪 근처에 벌렁누워 여학생 이야기를 하거나 모두 기모노를 걷어올리고 거기에 엷게 나 있는 털을 서로 비교하면서 놀곤 했다.

그 학교는 남녀공학이었지만 그래도 나는 직접 여학생에

게 접근한 적은 없었다. 나는 욕정이 강해서 힘껏 그것을 억누르며 여자에게도 매우 겁쟁이가 되어 있었다. 그때까지 두세 명의 여자 아이가 나를 좋아했는데 언제나 모르는 척해 왔다. 미술전람회의 입선화집을 아버지 서재에서 꺼내서는 그 속에 감춰진 하얀 그림에 뺨을 붉히며 들여다보거나, 내가 키우던 한 쌍의 토끼를 자주 교미시켜 그 수컷의 등이 불룩하게 둥글게 되는 모습에 가슴을 두근거리는 그런 일로 나는 참고 있었다. 나는 허영꾼이었으므로 그 안마조차 아무에게도 털어놓지 않았다. 그 해로움을 책에서 읽고 그만두려고 여러 가지로 고심을 했지만 허사였다. 그러는 동안 나는 먼 학교로 매일 걸어서 다닌 덕분에 몸도 뚱뚱해졌다. 이마 주변에 좁쌀 같은 작은 뾰루지가 생겼다. 이것도 부끄럽게 여겼다. 나는 여기에 호탄코(寶丹膏)라는 약을 빨갛게 발랐다. 큰형은 그 해 결혼하였고 혼례날 밤 나와 남동생은 새 형수 방에 살그머니 가 보았는데, 형수는 방 입구에 등을 돌리고 앉아서 머리를 올리고 있었다. 나는 거울에 비친 신부의 하얀 미소 띤 얼굴을 보자마자 남동생을 끌고 도망쳐 왔다. 그리고 나는, 대단한 것도 아니잖아! 하고 힘껏 허세를 부렸다. 약으로 빨간 내 이마 때문에 쓸데없이 풀이 죽어서 한층 이런 반발을 한 것이다.

겨울이 가까워 오자 나도 중학교 수험공부를 시작하지 않으면 안되었다. 나는 잡지 광고를 보고 도쿄로 여러 가지 참고서를 주문했다. 그러나 그것을 책장에 진열했을 뿐 조금도 읽지 않았다. 내가 시험 보기로 된 중학교는 현(縣 : 우리나라의 도(道)에 해당 — 역주)의 제일 큰 도시에 있어서 지원자도 두세 배는 늘 있었다. 나는 때때로 낙제 걱정에 휩싸였다. 그런 때는 나도 공부를 했다. 그리고 일주일을 계속 공부하면 금방 합격하리라는 확신이 서는 것이다. 공부를 하게 되면 밤 열두 시 가까이 되어도 잠자리에 들지 않고 아침에는 대개 네 시에 일어났다. 공부중에는 다미라는 하녀를 옆에 두고 불을 지피거나 차를 끓이게 하였다. 다미는 아무리 늦게까지 안 자고 있어도 다음날 아침 네 시가 되면 어김없이 나를 깨우러 왔다. 내가 산수에서 쥐가 새끼를 낳는 응용 문제로 쩔쩔맬 때 다미는 옆에서 얌전하게 소설책을 읽었다. 나중에 다미 대신 나이든 살찐 하녀가 내 곁에 있게 되었는데 그것이 어머니의 지시인 사실을 안 나는, 어머니의 그 속셈을 생각하고 얼굴을 찡그렸다.

다음해 봄, 눈이 아직 깊게 쌓여 있을 무렵, 아버지는 도쿄의 병원에서 피를 토한 뒤 돌아가셨다. 근처의 신문사가 아버지의 부고를 호외로 보도했다. 나는 아버지의 죽음보다도 이러한 센세이션 쪽에 흥분을 느꼈다. 유족 이름에 섞여 내 이름도 신문에 나왔다. 아버지의 시체는 큰 관에 눕혀져 썰매를 타고 고향으로 돌아왔다. 나는 많은 사람들과 같이 이웃 마을 근처까지 마중하러 갔다. 이윽고 숲 그늘에서 수도 없이 이어진 썰매 덮개가 달빛을 받으면서 미끄러져 나오는 것을 바라보고 나는 아름답다고 생각했다.

다음날 우리 가족들은 아버지의 관이 있는 부처님을 모신 방에 모였다. 관 뚜껑이 열렸을 때 모두 소리를 내어 울었다. 아버지는 주무시고 있는 것 같았다. 높은 콧날이 유난히 창백했다. 나는 사람들이 우는 소리를 듣고 덩달아 눈물을 흘렸다.

우리 집은 그 한 달 동안 불이라도 난 듯한 소동이었다. 나는 그 혼잡을 틈타 수험공부를 완전히 게을리했다. 고등소학교의 학년 시험에도 거의 엉터리 답안을 만들어 제출했다. 내 성적은 전체에서 세번째인가 그 정도였는데 이것은 분명히 담임 선생님의 우리 집에 대한 배려에서였다. 나는 그 무렵 이미 기억력 감퇴를 느끼고 있어서 미리 준비라도 해가지 않으면 시험 때 아무것도 쓸 수 없었던 것이다. 내게 있어 그런 경험은 처음이었다.

2장

좋은 성적은 아니었지만 그 해 봄, 나는 중학교 시험을 치러 합격했다. 나는 새 바지에 검은 양말, 구두를 신고 지금까지의 모포 대신 나사(羅紗) 망토를 멋쟁이처럼 단추를 잠그지 않고 앞을 튼 채로 걸치고 바다가 있는 소도시로 나갔다. 그리고 우리 집과 먼 친척에 해당하는 그 도시의 포목점에서 여장을 풀었다. 입구에 찢어진 낡은 포렴을 걸어 놓은 그 집에서 나는 앞으로 신세를 지게 되어 있었던 것이다.

나는 무슨 일에든 쉽게 우쭐해지는 성질이 있는데 입학 당시는 목욕탕에 가는 데도 학교 제모를 쓰고 새 바지를 입었다. 그런 내 모습이 길가의 유리창에라도 비치면 나는 웃으면서 거기다 가볍게 인사를 보내곤 했다.

그런데 학교는 조금도 재미있지 않았다. 교사(校舍)는 시 변두리에 있었고 흰 페인트가 칠해져 그 바로 뒤는 해협을 마주한 평탄한 공원이었다. 파도 소리와 소나무 술렁거리는 소리가 수업중에도 들려왔으며 복도도 넓고 교실 천장도 높아서 나는 모든 것에 좋은 느낌을 받았지만 거기에 있는 교사들은 나를 몹시 구박했다.

나는 입학식 날부터 어떤 체조 교사에게 맞았다. 내가 건방지다는 것이다. 이 교사는 입학시험 때 나의 구두시험을 담당했는데, 아버님이 돌아가셔서 공부도 제대로 못했겠지

하고 나에게 다정한 말을 걸어주어서 나도 고개를 숙여 보인 그 사람이었던 만큼 내 마음은 한층 상처를 입었다. 그 후에도 나는 여러 교사에게 맞았다. 싱글싱글 웃는다는 둥, 하품을 한다는 둥, 다양한 이유로 벌을 받았다. 수업중의 내 하품이 커서 교무실에 말이 오갔다고도 했다. 나는 그런 바보 같은 얘기를 서로 주고받는 교무실을 이상하게 여겼다.

나와 같은 마을에서 온 한 친구가 어느 날, 나를 교정의 모래언덕 뒤로 불러 너의 태도는 실제로 건방지게 보여, 그렇게 맨날 맞고만 있다가는 틀림없이 낙제할 거다라고 충고해 주었다. 나는 아연했다. 그날 방과후, 나는 해안을 따라 혼자 귀가를 서둘렀다. 구두 밑창이 파도에 젖어 한숨 지으며 걸었다. 양복 소매로 이마의 땀을 닦는데 깜짝 놀랄 정도로 큰 쥐색 돛이 바로 눈앞을 비틀거리며 지나갔다.

나는 지고 있는 꽃잎이었다. 약간의 바람에도 파르르 떨었다. 타인으로부터 아무리 사소한 멸시를 받아도 죽을 듯이 괴로웠다. 나는 자신이 이제 곧 훌륭한 사람이 될 거라고 생각하였고 영웅으로서의 명예를 지켜 가령 어른이 얕보는 것조차 용서할 수 없었으므로, 이 낙제라는 불명예도 그만큼 치명적이었던 것이다. 그 후 나는 전전긍긍하면서 수업을 받았다. 수업중에도 이 교실에는 눈에 보이지 않는 백 명의 적이 있다고 생각하여 조금도 방심하지 않았다. 아침에

학교로 가기 전 내 책상 위에 트럼프를 늘어놓고 그날 하루의 운명을 점쳤다. 하트는 대길(大吉)이었다. 다이아몬드는 반길(半吉), 클로버는 반흉(半凶), 스페이드는 대흉(大凶)이었다. 그리고 그 무렵은 거의 매일이다시피 스페이드만 나왔다.

그리고 얼마 안되어 시험이 다가왔는데 나는 박물이건 지리건 도덕이건 교과서를 글자 한 자 안 틀리고 그대로 암기해 버리도록 노력했다. 이것은 나의 의미심장한 결벽성에 의한 것이겠지만 이 공부법은 나에게 좋지 않은 결과를 불렀다. 나는 공부가 너무 갑갑했고 시험 때도 융통성을 발휘하지 못해서 거의 완벽에 가까운 답안을 작성하는 때가 있는가 하면, 별것 아닌 글자나 문장 하나에 걸려 생각이 흩어지고 의미도 없이 답안용지를 더럽히는 경우도 있었다.

그러나 나의 첫학기 성적은 반에서 삼등이었다. 품행도 갑이었다. 낙제 걱정으로 괴로워하던 나는 그 통신표를 한쪽 손에 쥐고 또 한쪽 손에는 구두를 늘어뜨리고 해안까지 맨발로 달렸다. 기뻤던 것이다.

한 학기를 끝내고 처음 귀향할 때 나는 고향의 남동생에게 나의 중학 생활의 짧은 경험을 가능한 한 훌륭하게 설명해 주고 싶어서 내가 삼사 개월 동안 몸에 지녔던 모든 것, 방석까지도 짐가방에 챙겼다.

마차에 흔들리면서 이웃 마을의 숲을 빠져 나오자 사방에는 푸른 논 바다가 전개되고 그 푸른 논이 끝나는 부근에 우리집 빨간 지붕이 높이 솟아 있었다. 나는 그것을 바라보며 십 년이나 보지 못한 것처럼 느꼈다.

나는 그 방학 한 달만큼 의기양양한 기분으로 지냈던 적이 없다. 나는 남동생에게 중학교에 대해 과장해서 꿈이야기처럼 들려주었다. 그 소도시 모습도 애써 환상적으로 이야기했다.

나는 풍경을 스케치하거나 곤충채집을 하면서 들판과 계곡을 뛰어다녔다. 수채화를 다섯 장 그리는 것과 진기한 곤충 표본을 열 종류 모으는 것이 선생님으로부터 받은 방학 숙제였다. 나는 곤충망을 어깨에 메고 남동생에게는 핀셋과 약병이 든 채집가방을 들게 하여 배추흰나비나 메뚜기를 좇아다니며 하루 종일 여름 들판에서 보냈다. 밤에는 정원에서 모닥불을 모락모락 피워 날아오는 벌레들을 망이나 빗자루로 닥치는 대로 쳐서 떨어뜨렸다. 막내 형은 미술학교 조소과에 들어가 있었는데 매일 정원의 큰 밤나무 밑에서 점토를 만지작거렸다. 이미 여학교를 졸업한 내 바로 위 누나의 흉상을 만들고 있었다. 나도 역시 그 옆에서 누나의 얼굴을 몇 장이고 스케치해서 형과 서로 상대방의 완성품을 깎아내렸다. 누나는 진지하게 우리들의 모델이 되어 주었는데 그럴 경우 주로 내 수채화 쪽에 편을 들었다. 이 형은 젊어서는 모두 천재라 하여 나의 모든 재능을 무시했다. 내 문장조차 초등학교 학생의 작문이라며 놀렸다. 나도 그 당시는 형의 예술적 힘을 노골적으로 경멸했다.

어느 날 밤, 그 형이 내가 자고 있는 곳으로 와서 오사무, 진기한 동물이야 하고 소리를 낮춰 말하면서 몸을 웅크리고 모기장 밑으로 휴지에 가볍게 싼 것을 살짝 건네주었다. 형은 내가 진기한 곤충을 수집하고 있는 것을 알고 있었던 것이다. 휴지 속에서는 사각사각 하고 벌레가 발버둥치는 소리가 났다. 나는 그 희미한 소리에 육친의 정을 깨달았다. 내가 거칠게 그 작은 종이 포장을 풀자 형은, 도망가잖아, 거 봐, 거 봐 하며 숨죽이듯 말했다. 보니까 보통의 하늘가재였다. 나는 그 갑충류도 내가 채집한 진귀 곤충 열 가지 속에 넣어 선생님께 제출했다.

방학이 끝나자 나는 슬퍼졌다. 고향을 뒤로 하고 소도시로 돌아와 포목점 이층에서 혼자 짐을 풀었을 때 나는 거의 울 뻔했다. 나는 그렇게 쓸쓸한 경우에는 서점에 가기로 마음 먹고 있었다. 그때도 나는 근처의 서점으로 달렸다. 거기에 진열된 수많은 간행물의 뒷 표지만 봐도 나의 우수는 신기하게도 사라지는 것이다. 그 서점 구석의 책장에는 내가 갖고 싶어도 살 수 없는 책이 대여섯 권 있어서 나는 가끔 그 앞을 아무렇지도 않게 멈춰서서는 무릎을 떨면서 그 책 페이지를 훔쳐보았는데, 그러나 내가 서점에 가는 것은 굳이 그런 의학 비슷한 기사를 읽기 위해서만은 아니었다. 그 당시의 내게는 어떤 책이든 휴양과 위안이었기 때문이다.

학교 공부는 더욱더 재미가 없었다. 흰 지도에 산맥이나 항만, 하천을 물감으로 그려 넣는 숙제 따위는 무엇보다 저주스러웠다. 나는 일에 몰두하는 편이라 이 지도의 채색에는 서너 시간이나 허비했다. 역사 같은 것도 교사는 일부러 노트를 만들게 하여 거기다 강의 요점을 적으라고 명령했는데, 교사의 강의가 대개 교과서를 읽는 식이어서 자연히 그 노트에도 교과서 문장을 그대로 베껴 적는 수밖에 없었다. 나는 그래도 성적에 미련이 있어서 그런 숙제를 매일 부지런히 했다. 가을이 되자 그 시의 중등학교끼리의 여러 가지 스포츠 시합이 시작되었다. 시골에서 온 나는 야구 시합조차 본 적이 없었다. 소설책에서 만루, 어택쇼트, 센터라든가 하는 용어를 기억하고 있었을 뿐으로 나중에 시합 보는 법을 익혔지만 별로 열광할 수 없었다. 야구뿐 아니라 정구, 유도 같은 뭔가 타교와의 시합이 있을 때마다 나도 응원단의 한 사람으로서 선수들에게 성원을 보내주어야 했는데 그것이 한층 중학 생활을 싫어하게 만들고 말았다. 응원단장이 일부러 더러운 복장에다 일장기 부채를 들고 교정 구석의 언덕에 올라 연설을 하면 친구들은 그 단장 모습을 더럽다, 더럽다 하면서 즐거워했다. 시합 때는 한 게임 막간마다 단장이 부채를 흔들면서 올 스탠드 업 하고 외쳤다. 우리들은 일어나 자주색 작은 삼각기를 일제히 팔랑팔랑 흔들면서 「적은 훌륭하고 씩씩하지만」이라는 응원가를 부른다. 이것이 나는 부끄러웠다. 나는 틈을 봐서 그 응원에서 도망쳐 집으로 돌아왔다.

그러나 내게도 스포츠 경험이 없는 것은 아니었다. 내 얼굴이 검푸른 빛이어서 나는 그것을 예의 안마 때문이라고 믿고 있었기 때문에, 사람들이 내 안색에 대해 물으면 내 비밀을 지적당한 것처럼 당황했다. 나는 어떻게든 혈색을 좋게 하고 싶어서 스포츠를 시작한 것이다.

나는 꽤 오래 전부터 혈색 때문에 고민해 왔다. 초등학교 사, 오학년 때 막내 형으로부터 데모크라시라는 사상을 듣고 어머니까지 데모크라시 때문에 세금이 엄청 비싸져서 곡식을 거의 전부 세금으로 빼앗기게 되었다고 손님들에게 불평하는 걸 듣고 나는 그 사상에 마음 약하게 허둥거렸다. 그리고 여름에는 남자 하인들이 정원 풀 깎는 것을 거들기도 하고 겨울에는 지붕의 눈 치우는 일에 손을 빌려주기도 하면서 남자 하인들에게 데모크라시 사상을 가르쳤다. 그리고 남자 하인들은 내가 일손 거드는 것을 그다지 달가워하지 않는다는 사실을 뒤늦게 알았다. 내가 벤 풀은 나중에 다시 그들이 새로 베어야 했기 때문인 것 같다. 나는 남자 하인들을 돕는다는 명목으로 내 안색을 좋게 할 방도를 꾀하고 있었으나 그만큼 노동을 했는데도 내 안색은 좋아지지 않았다.

중학교에 들어간 뒤부터 나는 스포츠로 안색을 좋게 만들겠다 마음먹고 더울 때는 학교에서 돌아오는 길에 반드시 바다에 들어가 헤엄쳤다. 나는 평영이라 하여 개구리처럼 양다리를 벌려 헤엄치는 방법을 좋아했다. 머리를 물에서 똑바로 들고 헤엄치니까 파도가 오르내리는 섬세한 물결도 해안의 신록도 흐르는 구름도 모두 헤엄치면서 바라볼 수 있다. 나는 거북이처럼 머리를 가능한 한 높이 쑥 내밀고 헤엄쳤다. 조금이라도 얼굴을 태양에 가까이 하여 빨리 그을리고 싶었기 때문이다.

또 내가 있던 집 뒤가 넓은 묘지여서 나는 거기로 백 미터 직선 코스를 만들어 혼자서 열심히 달렸다. 그 묘지를 키 큰 포플러가 우거져 둘러싸고 있었는데 달리다 지치면 나는 그곳의 소토바에 쓰인 문자를 꼼꼼이 읽으면서 빈둥거렸다. 월천담저(月穿潭底)라든가 삼계유일심(三界唯一心)이라는 구절을 지금도 잊지 않고 있다. 어느 날 나는 우산이끼가 가득 돋아 있는 검게 젖은 묘석에서 적성청요거사(寂性淸寥居士)

라는 이름을 발견하고는 가슴을 두근거리면서 그 묘 앞에 새로 장식된 종이 연꽃 잎에다, 나는 지금 땅속에서 구더기와 놀고 있다라는 어느 프랑스 시인에게서 암시받은 말을, 흙 묻은 내 검지 손가락으로 흡사 유령이 적어 놓은 듯이 어렴풋하게 문질러 써 두었다. 그 다음날 저녁 무렵, 나는 운동 전에 우선 어제의 묘표로 가 보았는데 아침 소나기로 망혼의 문자는 그의 친척 누구도 울리지 못한 채 흔적도 없이 씻겨 지워지고 연꽃의 흰 이파리도 군데군데 찢겨져 있었다.

나는 그런 걸 하며 놀아서 달리기가 매우 늘었다. 양다리의 근육도 울퉁불퉁 둥글게 튀어나왔다. 하지만 안색은 여전히 좋아지지 않았다. 검은 표피 밑에는 탁한 푸른색이 기분 나쁘게 고여 있었다.

나는 얼굴에 흥미를 가지고 있었다. 독서에 지치면 손거울을 꺼내 미소짓기도 하고 눈썹을 찡그리거나 턱을 괴고 사색에 잠기거나 하면서 그 표정을 지루해 하지 않고 지켜보았다. 나는 반드시 사람을 웃길 수 있는 표정을 터득했다. 눈을 가늘게 뜨고 코에 주름을 잡고 입을 작게 오므리면 아기곰처럼 귀여웠다. 나는 불만스러울 때나 당혹스러울 때 그 표정을 지었다. 내 바로 위의 누나는 그 즈음 도립병원 내과에 입원하고 있었는데 내가 누나를 병문안 가서 그 얼굴을 만들어 보이면 누나는 배를 잡고 침대 위를 굴렀다. 누나는 집에서 데려온 나이든 하녀와 둘이서만 병원에서 지내고 있었으므로 굉장히 쓸쓸해 하여 병원의 긴 복도를 쿵쿵 걸어오는 내 발소리를 들으면 벌써 야단을 피웠다. 내 발소리는 유별나게 컸다. 내가 만약 일주일이라도 누나를 찾아오지 않으면 누나는 하녀를 시켜서 나를 마중하러 보냈다. 내가 가지 않으면 이상하게도 누나의 열이 올라 용태가 좋지 않다고 하녀는 정색을 하고 말했다.

그 무렵엔 나도 벌써 열대여섯 살이 되어 있었고 손등에는 정맥의 푸른 혈관이 희미하게 비춰 보이고 몸도 왠지 묵직하게 느껴졌다. 나는 같은 반의 피부가 검은 작은 친구를 남몰래 사랑했다. 학교에서 돌아올 때는 꼭 둘이 나란히 걸었다. 새끼손가락이 서로 스치기만 해도 우리는 얼굴을 붉혔다. 언제던가, 둘이서 학교 뒷길 쪽을 걸어 돌아오는데 미나리며 별꽃이 파릇파릇 자라고 있는 논 속에 영원(도롱뇽과 비슷한 동물, 우리나라에는 없음 — 역주) 한 마리가 떠 있는 것을 그 친구가 발견하고 잠자코 떠서 내게 주었다. 나는 영원은 싫어했지만 기쁜 듯이 떠들면서 그것을 손수건에 감쌌다. 집으로 가져와 정원의 작은 연못에 놓아 주었다. 영원은 짧은 목을 흔들면서 헤엄쳐 다녔는데 다음날 아침 보니까 도망가 버리고 없었다.

나는 자긍심이 높았기 때문에 내 생각을 상대방에게 털어 놓는 일은 생각할 수도 없었다. 그 친구에게는 평소에 별로 말도 걸지 않았고 또 그 무렵 이웃집의 마른 여학생을 나는 의식하고 있었는데, 이 여학생과는 길에서 만나도 거의 무시라도 하는 양 얼굴을 금방 돌려버리곤 했다. 가을에 한밤중 화재가 나서 나도 일어나 밖으로 나가 보았더니 바로 근처의 신사 뒤쪽에서 불똥을 튀기며 타오르고 있었다. 신사의 삼나무 숲이 그 불꽃을 둘러싸듯 검게 서 있고 그 위를 많은 새들이 낙엽처럼 어지럽게 날고 있었다. 나는 이웃집 대문에서 흰 잠옷의 여자 아이가 내 쪽을 보고 있는 것을 잘 알고 있으면서 옆얼굴만을 그쪽으로 향하고 가만히 화재를 구경했다. 불꽃의 빨간 빛을 받은 내 옆 얼굴은 분명 환하고 아름답게 보일 거라고 생각했던 것이다. 이런 식이었기 때문에 나는 전의 친구와도 또 이 여학생과도 좀더 진척된 교제를 가질 수가 없었다. 그러나 혼자 있을 때 나는 더욱 대담하게 굴었다. 거울의 내 얼굴에 한쪽 눈을 찡긋 감고 웃어 보이거나 책상 위에 칼로 얇은 입술을 파서 거기다 내 입술을 얹기도 했다. 이 입술에는 나중에 빨간 잉크로 칠해 보았는데 묘하게 거무칙칙해져 싫은 느낌이 들어서 나는 칼로 완전히 깎아내 버렸다.

내가 삼학년이 된 어느 봄날 아침, 등교길에 주홍색으로 물들인 다리의 둥근 난간에 기대어 나는 잠시 멍하니 있었다. 다리 밑에는 스미다가와(隅田川)를 닮은 넓은 강이 천천히 흐르고 있었다. 완전히 멍하게 있어 본 경험이 그때까지의 나에게는 없었다. 뒤에서 누군가 보고 있는 듯한 느낌이 들어서 나는 언제나 뭔가 태도를 꾸미고 있었다. 나의 하나하나 세세한 동작에도, 그는 당혹해서 손바닥을 바라보았다, 그는 귀 뒤를 긁으면서 중얼거렸다와 같이 옆에서 계속 설명구를 달고 있었으므로 내게 문득이라든가 나도 모르게라는 동작은 있을 수 없었다. 다리 위에서의 방심 상태에서 깨어난 뒤 나는 쓸쓸함에 몸을 떨었다. 그런 기분일 때 나는 또 자신이 걸어온 길과 장래를 생각했다. 다리를 소리내어 건너면서 여러 가지를 떠올리고 또 몽상했다. 그리고 마침내 한숨지으며 이렇게 생각했다. 훌륭하게 될 수 있을까. 그 전후부터 나는 마음이 초조해지기 시작했던 것이다. 나는 모든 일에 대해 만족할 수 없었으므로 늘 공허한 발버둥을 치고 있었다. 나에게는 열 겹 스무 겹의 가면이 착 달라붙어 있어서 어느 것이 얼마나 슬픈지 확인을 해 볼 수가 없었다.

그리고 드디어 나는 어떤 쓸쓸한 배출구를 발견했다. 창작이었다. 여기에는 많은 동류가 있어서 모두들 나와 똑같이 이 정체를 알 수 없는 떨림을 응시하는 것처럼 생각되었다. 작가가 되자, 작가가 되자, 나는 남몰래 소망했다. 남동생도 그 해 중학교에 들어가서 나와 한 방에서 생활했는데 나는 남동생과 의논해서 초여름에 대여섯 명의 친구들을 모아 동인 잡지를 만들었다. 내가 있는 집과 비스듬히 마주한 곳에 큰 인쇄소가 있어서 그곳에 부탁했다. 표지도 석판(石版)으로 예쁘게 찍었다. 급우들에게 그 잡지를 나눠 주었다. 나는 거기에 매월 하나씩 창작을 발표했다. 처음에는 도덕에 대한 철학자풍의 소설을 썼다. 한 줄이나 두 줄의 단편적인 수필에도 자신이 있었다. 이 잡지는 그 후 일 년 정도 계속했는데 나는 그 일로 큰형과 거북한 문제를 만들고 말았다.

큰형은 내가 문학에 열광해 있는 모양을 걱정해 고향에서 긴 편지를 보내왔다. 화학에는 방정식이 있고 기하에는 정리(定理)가 있어서 그것을 이해하는 완전한 열쇠가 주어져 있지만 문학에는 그것이 없다, 허용된 연령, 환경에 도달하지 않으면 문학을 제대로 파악하기가 불가능하다고 생각한다라고 딱딱한 어조로 쓰여 있었다. 나도 그렇다고 생각했다. 더욱이 나는 스스로를 그 허용된 인간이라고 믿었다. 나는 곧 큰형에게 답장했다. 형님이 하는 말은 옳다고 생각한다, 훌륭한 형을 가진 것은 행복이다, 그러나 나는 문학 때문에 공부를 게을리하는 일은 없다, 그 때문에야말로 한층 공부하고 있을 정도다라고 과장된 감정마저 군데군데 섞어서 큰형에게 알려준 것이다.

무엇보다도 너는 남들보다 뛰어나지 않으면 안된다라는 협박과도 같은 생각에서였지만 사실 나는 공부하고 있었다. 삼학년이 되고부터는 언제나 반의 수석이었다. 점수 벌레라 불리지 않고 수석이 되는 것은 힘들었는데 나는 그런 조롱을 받지 않았을 뿐 아니라 급우를 길들이는 요령까지 꿰뚫고 있었다. 문어라는 별명의 유도부 주장조차 나에게는 순종했다. 교실 구석에 쓰레기통으로 쓰는 큰 단지가 있어 내가 가끔 그것을 가리키며 문어도 단지에 들어가라고 하면 문어는 그 단지에 머리를 넣고 웃는다. 웃음 소리가 단지에 울려서 괴상한 소리를 냈다. 반의 미소년(美少年)들도 대개 나를 따랐다.

내가 얼굴의 뾰루지에 삼각형이나 육각형, 꽃 모양으로 자른 반창고를 점점이 어지럽게 붙여도 아무도 웃거나 하지 않았을 정도이다.

나는 이 뾰루지로 상당한 고민을 했다. 그 무렵에는 더욱 수가 늘어나 매일 아침 눈을 뜰 때마다 손바닥으로 얼굴을 쓰다듬어 보고 그 모양을 관찰했다. 여러 가지 약을 사서 발랐지만 효능이 없었다. 나는 그것을 약국에 사러 갈 때는 종이 쪽지에 약 이름을 써서 이런 약이 있습니까 하고 마치 다른 사람으로부터 부탁받은 것처럼 말하지 않으면 안되었다. 나는 그 뾰루지를 욕정의 상징이라 생각하여 눈앞이 캄캄해질 정도로 창피했다. 차라리 죽어 버릴까 생각하는 일조차 있었다. 내 얼굴에 대한 가족들의 악평도 절정에 달했다. 다른 집으로 시집가 있던 큰누나는 오사무한테는 시집 올 사람이 없을 거야라고까지 말했다 한다. 나는 부지런히 약을 발랐다.

남동생도 내 뾰루지를 걱정해서 몇 번이고 대신 약 사러가 주었다. 나와 남동생과는 어릴 적부터 사이가 나빠서 남동생의 중학교 수험 때 나는 그의 실패를 바랐을 정도인데 이렇게 둘이서 고향을 떠나와 보니 나도 남동생의 좋은 성격을 점점 알 수 있게 되었다. 남동생은 자라면서 말이 없어지고 내성적이 되었다. 우리들의 동인 잡지에도 때때로 소품을 냈지만 거의가 허약한 문장이었다. 나에 비해 학교성적이 좋지 못한 것을 줄곧 괴로워해서 내가 위로라도 하면 오히려 불쾌해했다. 또 자신의 이마에 난 머리털 모양이 후지산 삼각형으로 여자 같다 하여 분하게 여겼다. 이마가 좁으니까 머리가 이렇게 나쁜 거라고 굳게 믿고 있었다. 나는 이 남동생에게만은 모든 걸 허락했다. 나는 그 무렵 사람을 대할 때는 전부 감춰 버리든가 전부 드러내 버리든가 어느 한쪽이었다. 우리는 무엇이든 털어놓고 이야기했다.

가을 초순의 어느 달 없는 밤에 우리는 항구의 잔교에 나가 해협을 건너오는 선선한 바람을 쐬면서 빨간 실에 대해 얘기를 나누었다. 그것은 언젠가 학교의 국어 선생님이 수업중에 학생들에게 들려준 것으로, 우리들 오른쪽 새끼발가락에 눈에 보이지 않는 빨간 실이 묶여 있어서 그것이 술술 길게 뻗어 한쪽 끝이 반드시 어떤 여자 아이의 같은 발가락에 묶여져 있다, 두 사람이 아무리 떨어져 있어도 그 실은 끊어지지 않는다, 아무리 가까이 가도 가령 길에서 만나도 그 실은 엉키는 법이 없다, 그래서 우리는 그 여자 아이를 신부로 맞도록 정해져 있다. 나는 이 이야기를 처음 들었을 때는 상당히 흥분해서 집으로 돌아가자마자 남동생에게 이야기해 주었을 정도였다. 우리는 그날 밤도 파도 소리, 갈매기 소리에 귀 기울이며 그 이야기를 했다. 너의 와이프는 지금쯤 뭘하고 있을까 하고 남동생에게 물었더니 남동생은 잔교의 난간을 두세 번 흔들고 나서, 정원을 걷고 있어 하고 쑥스러운 듯 말했다. 큰 정원 신발을 신고 부채를 들고 달맞이꽃을 들여다보는 소녀는 너무나도 남동생과 잘 어울린다고 생각했다. 내가 말할 차례였지만 나는 깜깜한 바다에 눈을 준 채, 빨간 허리띠를 매고 있어, 라고만 말하고 입을 다물었다. 해협을 건너오는 연락선이 큰 여관처럼 많은 방마다 노란 불을 밝히고 흔들흔들 수평선에서 떠올라 왔다.

이것만은 남동생에게도 숨기고 있었다. 내가 그 해 여름방학 때 고향에 돌아가 보니 유카타(浴衣 : 여름철에 입는 무명 홑옷—역주)에 빨간 허리띠를 맨 새로 온 조그만 심부름 아이가 난폭한 동작으로 내 양복을 벗겨 주었다. 미요라고 했다.

나는 잠들 때 담배를 한 개피 살짝 피우며 소설의 첫머리 등을 생각하는 습관이 있었는데 미요는 어느새 그걸 알고 어느 날 밤 내 이부자리를 펴고 나서 머리맡에 가지런히 담배갑을 놓아두었다. 나는 그 다음날 아침, 방을 청소하러 온 미요에게 담배는 숨어서 피우고 있으니까 담배갑 따위 놓아두면 안된다 하고 일러주었다. 미요는 네, 대답하고 뾰로통해진 것 같았다. 같은 방학중의 일이었는데 동네에 나니와부시(浪花節 : 샤미센(三味線)을 반주로 하여 보통 의리나 인정을 노래한 대중적인 창—역주) 공연이 왔을 때, 우리 집에서는 부리고 있던 사람들 전부를 연극 극장으로 보냈다. 나와 남동생도 가라고 했지만 우리는 시골의 공연을 무시하여 일부러 반디를 잡으러 논으로 나갔다. 이웃마을 숲 근처까지 갔지만 너무나 밤이슬이 심해서 스무 마리 정도를 바구니에 담아 집으로 돌아왔다. 나니와부시를 들으러 갔던 사람들도 슬슬 돌아왔다. 미요에게 이부자리를 깔고 모기장을 치게 한 뒤 우리는 전등을 끄고 그 반디를 모기장 안에다 놓았다. 반디는 모기장 여기저기를 힘있게 날았다. 미요도 잠시 모기장 밖에 멈춰서서 반디를 보고 있었다. 나는 남동생과 나란히 누워서 반디의 파아란 불빛보다도 미요의 희끄무레한 모습을 한층 느끼고 있었다. 나니와부시는 재미있었니, 나는 조금 굳어져서 물었다. 나는 그때까지 하녀에게는 용무 이외에 결코 말을 걸지 않았던 것이다. 미요는 조용한 어조로 아뇨, 하고 대답했다. 나는 웃음을 터뜨렸다. 남동생은 모기장 귀퉁이에 달라붙어 있는 반디 한 마리를 부채로 탁탁 몰아내면서 잠자코 있었다. 나는 아무래도 어색했다.

그때부터 나는 미요를 의식하기 시작했다. 빨간 실 하면 미요의 모습이 가슴에 떠올랐다.

3장

사학년이 되고 나서 내 방에는 매일이다시피 두 친구가 놀러왔다. 나는 포도주와 마른 오징어를 대접했다. 그리고 그들에게 갖가지 엉터리를 가르쳤다. 숯불 피우는 법에 대해 한 권의 책이 나와 있다든가, 『짐승의 기계』라는 어느 신진 작가의 저서에 내가 끈적끈적한 기계 기름을 발라두고는 이렇게 해서 발매되고 있는데 진기한 장정이 아닐 수 없다라든가, 『미모의 친구』라는 번역본이 군데군데 잘려서 공백이 생긴 부분에 내가 지은 형편 없는 문장을 아는 인쇄소에 비밀로 부탁해서 편집해 놓고 이건 굉장한 책이다라든가 그런 이야기를 하면서 친구들을 깜짝 놀라게 해 주었다.

미요에 대한 생각도 점차 엷어졌고 게다가 한 집에 있는 사람들끼리 서로 좋아하는 일 따위가 괜히 떳떳치 못하게 여겨지고 보통 때 여자의 흉만 보아 온 체면도 있어서 미요로 인해 아무리 미약하게나마 마음이 어지럽혀진 것이 속상하게 느껴질 때조차 있을 정도여서, 남동생에게는 물론 이 친구들에게도 미요에 관해서만은 말하지 않고 있었다.

그런데 그 무렵 나는 어느 러시아 작가의 유명한 장편소설을 읽고 생각을 고쳐먹었다. 그것은 한 여자 죄수의 과거 이야기부터 시작되었는데 그 여자가 불행해지게 된 첫걸음은 그녀 주인의 조카인 귀족 대학생에게 유혹받은 데서부터 비롯되었다. 나는 그 소설의 보다 중요한 감상법을 잊어버리고 두 사람이 흐드러지게 핀 라일락꽃 아래에서 첫 입맞춤을 나누는 페이지에 내 마른잎 서표를 끼워 두었다. 나 역시 뛰어난 소설을 남의 일처럼 읽을 수 없었던 것이다. 나는 그 두 사람이 미요와 나를 닮은 듯한 기분이 자꾸 들었다. 내가 조금만 더 모든 일에 뻔뻔스러울 수 있다면 결국 이 귀족과 똑같이 닮게 되는 것이다라고 생각했다. 그렇게 생각하자 나의 용기 없음이 허무하게 느껴지기도 했다. 이러한 곰상스런 기질이 내 과거를 너무나 평탄하게 만든 것이라고 생각했다. 나 자신이 인생의 빛나는 수난자가 되고 싶다고 생각했던 것이다.

나는 이것을 우선 남동생에게 털어놓았다. 밤에 누워서 이야기했다. 나는 엄숙한 태도로 이야기할 셈이었지만 그렇게 의식해서 만든 자세가 오히려 방해가 되어 결국 기분이 들떴다. 나는 목덜미를 문지르거나 양손을 비벼대기도 하면서 기품이라곤 없이 이야기를 했다. 그렇게라도 하지 않으면 안되는 내 습성이 나는 슬펐다. 남동생은 얇은 아랫입술을 깨물면서 뒤척이지도 않고 듣고 있다가 결혼할 거야? 하고 말하기 어려운 듯이 물었다. 나는 왠지 움찔했다. 할 수 있을지 어떨지, 하고 일부러 힘없이 대답했다. 남동생은 아마 할 수 없는 게 아닌가 하는 의미의 말을 의외로 어른 같은 어조로 에둘러서 했다. 그걸 듣고 나는 자신의 진짜 태도를 분명히 발견했다. 나는 발끈해서 험상궂게 되었다. 이불 위에 상반신을 드러내고 그러니까 싸우는 거야, 싸우는 거야 하고 소리를 죽인 채 힘있게 주장했다. 남동생은 사라사 이불 밑에서 몸을 비틀면서 뭔가 말하려 하는 것 같았는데 내 쪽을 훔치듯 보고 나서 살짝 미소지었다. 나도 웃음을 터뜨렸다. 그리고 이제 출발이니까 하고 남동생에게 손을 내밀었다. 남동생도 부끄러운 듯이 이불에서 오른손을 꺼냈다. 나는 낮게 소리를 내어 웃으면서 두세 번 남동생의 힘없는 손을 흔들었다.

그러나 친구들에게 내 결의를 승인시킬 때는 이렇게 고심하지 않아도 되었다. 친구들은 내 이야기를 들으면서 여러모로 생각을 굴리는 듯한 표정을 지어보였지만 그것은 내 이야기가 끝나고 난 뒤의 동의에 효과를 보태기 위한 것에 다름 아님을 나는 알고 있었다. 사실 그대로였다.

사학년 여름방학에 나는 이 친구들을 데리고 고향으로 돌아왔다. 겉으로는 셋이서 고등학교 시험공부를 시작하기 위함이었지만 미요를 보여 주고 싶은 마음도 내게 있어서 무리하게 친구를 데리고 온 것이다. 나는 내 친구들이 가족들에게 악평을 듣지 않기를 기원했다. 내 형들의 친구는 모두 지방에서도 이름 있는 가정의 청년뿐이었으므로 내 친구들처럼 금단추가 두 개밖에 없는 상의를 입지는 않았다.

뒷 공터에는 그 당시 큰 양계장이 있었는데 우리는 그 옆의 문지기 방에서 오전에만 공부했다. 문지기 방의 외벽은 흰색과 녹색 페인트로 채색되었고 안은 두 평 정도의 마루방으로 아직 새것인 니스칠 탁자나 의자가 말끔하게 놓여 있었다. 넓은 문이 동쪽 북쪽에 두 개나 달려 있었고 남쪽에도 서양식 여닫이창이 있어서 그것을 모두 한껏 열어 젖히면 바람이 가득 들어와 책장이 늘 팔랑팔랑 날리곤 했다. 주위에는 잡초가 옛날 그대로 무성하게 우거져 노란 병아리가 수십 마리 그 풀 사이를 보였다 사라지며 놀고 있었다.

우리 세 사람은 점심때를 즐겁게 기대하고 있었다. 그 문지기 방으로 어느 하녀가 식사를 알리러 오는가가 문제였다. 미요가 아닌 하녀가 오면 우리는 탁자를 탁탁 치거나 혀를 차면서 난리를 피웠다. 미요가 오면 모두 잠잠해졌다. 그리고 미요가 가 버리면 일제히 웃음을 터뜨리는 것이다. 어느 맑은 날, 남동생도 우리와 함께 거기서 공부를 하고 있었는데 정오가 되자 오늘은 누가 올까 하고 여느때처럼 모두 서로 이야기를 주고받았다. 남동생만은 이야기에서 빠져 창가를 어슬렁어슬렁 걸으면서 영어 단어를 암기하고 있었다. 우리는 여러 가지 농담을 하고 서로 책을 내던지거나 마루가 삐걱거리도록 발을 굴러대기도 했는데 그러는 동안에 나는 다소 장난이 지나치고 말았다. 나는 남동생도 우리 패에 넣고 싶다고 생각하여, 너는 아까부터 조용히 있기만 하는데 그러면, 하고 입술을 가볍게 깨물고 남동생을 쏘아보았다. 그러자 남동생은 아냐, 하고 짧게 외치며 오른손을 크게 흔들었다. 들고 있던 단어 카드가 두세 장 휙 날며 떨어졌다. 나는 깜짝 놀라서 시선을 돌렸다. 그 순간 나는 어색한 단정을 내렸다. 미요에 대한 생각은 오늘로 그만두자고 생각했다. 그리곤 곧 아무 일도 없었다는 듯 왁자하게 웃어 버렸다.

그날 식사를 알리러 온 것은 다행히 미요가 아니었다. 안채로 통하는 콩밭 사이의 좁은 길을 띄엄띄엄 한 줄로 나란히 걸어가는 모두의 뒤를 따라 나는 쾌활하게 떠들며 동그란 콩잎을 몇 장이고 몇 장이고 잡아뜯었다.

희생 따위는 애초부터 생각하고 있지 않았다. 그저 싫었던 것이다. 라일락 흰 무더기가 흙탕물을 뒤집어썼다. 특히 그 장난꾼이 혈육이라는 것이 더욱 싫었다.

그런 뒤 이삼 일은 여러 가지로 번민했다. 미요도 정원을 걷는 일이 있겠지. 그는 내 악수에 완전히 당황했다. 요컨대 나는 운이 좋은 게 아닌가. 내게 있어 운이 좋다는 것만큼 심한 치욕은 없었다.

같은 무렵, 좋지 않은 일이 연달아 일어났다. 어느 날 점심식사 때 나는 남동생이랑 친구들과 같이 식탁에 앉아 있었는데 그 옆에서 미요가 빨간 원숭이 얼굴이 그려진 부채로 살랑살랑 우리를 부치면서 시중을 들고 있었다. 나는 그 부채 바람의 양으로 미요의 마음을 몰래 재고 있었다. 미요는 나보다도 남동생 쪽을 많이 부쳤다. 나는 절망하여 커틀렛 접시에 딸그락 하고 포크를 놓았다.

모두가 나를 따돌리고 있다라고 생각했다. 친구들도 전부터 알고 있었음에 틀림없다 하며 무턱대고 사람을 의심했다. 이제 미요를 잊을 테니까 괜찮아, 나는 혼자 결심했다.

다시 이삼 일 지나 어느 날 아침, 나는 지난 밤 피운 담배가 아직 대여섯 개피 상자에 들어 있는 것을 머리맡에 깜빡 잊고 둔 채로 문지기 방으로 나갔다가, 나중에 생각이 나서 허둥지둥 방으로 되돌아와보니 방은 깨끗이 치워져 상자가 없었다. 나는 각오했다. 미요를 불러 담배는 어쨌어, 보았겠지? 하고 나무라듯 물었다. 미요는 진지한 얼굴로 고개를 흔들었다. 그리고 곧 방의 횡목 뒤로 발돋움해서 손을 집어넣었다. 두 마리의 금색 박쥐가 날고 있는 녹색 작은 종이상자가 거기서 나왔다.

나는 이 일로 용기를 백 배나 회복해서 전부터의 결의에 다시 눈뜨게 되었다. 그러나 남동생을 생각하면 역시 마음이 울적해져 미요 일로 친구들과 떠드는 일도 피하였고 그 밖에 남동생에게는 무엇이든 비굴한 사양을 했다. 내 쪽에서 적극적으로 미요를 유혹하는 일도 삼갔다. 나는 미요가 고백해 주기를 기다리기로 했다. 나는 얼마든지 그 기회를 미요에게 줄 수가 있었다. 나는 자주 미요를 방으로 불러 필요 없는 일을 시켰다. 그리고 미요가 내 방으로 들어올 때 나는 어딘가 방심하는 유유한 자세를 취해 보이는 것이다. 미요의 마음을 움직이기 위해 나는 얼굴에도 신경을 썼다. 그 무렵쯤 되어 내 얼굴의 뾰루지는 어느 정도 나았지만 그래도 타성으로 나는 어떡하든 얼굴을 매만지고 있었다. 나는 뚜껑에 담쟁이덩굴 같은 길고 꾸불텅한 덩굴들이 가득 조각되어 있는 아름다운 은 콤팩트를 갖고 있었다. 그것으로 내 살결을 때로 메우고 있었는데 이 일을 한층 더 정성들여 했다.

이제부터는 다만 미요가 결심하기에 달렸다고 생각했다. 그러나 기회는 좀처럼 오지 않았다. 문지기 방에서 공부하다가도 가끔 거기서 빠져 나와 미요를 보러 안채로 갔다. 거의 난폭하리만큼 소리를 내며 빗질 청소를 하는 미요의 모습을 몰래 지켜보며 입술을 깨물었다.

그럭저럭 하는 동안 이윽고 여름방학도 끝나고 나는 남동생, 친구들과 함께 고향을 떠나지 않으면 안되었다. 하다못해 이 다음 방학까지 나를 잊지 않게 해둘 만한 뭔가 사소한 추억만이라도 미요의 마음에 심어 주고 싶다고 다짐했지만 그것도 허사였다.

출발하는 날이 되어 우리는 우리 집 검은 상자마차에 올라탔다. 가족들과 나란히 현관 입구에 미요도 배웅하기 위해 서 있었다. 미요는 내 쪽도 남동생 쪽도 보지 않았다. 연두색 앞치마를 벗어 염주처럼 양손으로 굴리면서 아래만 내려다보고 있었다. 드디어 마차가 움직이기 시작해도 계속 그러고 있었다. 나는 큰 미련을 느끼며 고향을 떠났다.

가을이 되어 나는 그 도시에서 기차로 삼십 분 정도 걸려

갈 수 있는 해안의 온천지에 남동생을 데리고 갔다. 그곳에는 어머니와 병 후의 막내 누나가 집을 빌려 탕치(湯治)하고 있었다. 나는 쭉 거기서 머물며 시험공부를 계속했다. 나는 수재라는 확고한 명예를 위해 무슨 일이 있어도 중학 사학년에서 고등학교에 들어가 보이지 않으면 안되었다. 나의 학교 기피증은 그 무렵 더욱 심했는데 뭔가에 쫓기는 나는 그래도 한결같이 공부했다. 나는 그곳에서 기차로 학교에 다녔다. 일요일마다 친구들이 놀러왔다. 우리는 이미 미요에 관해서는 잊어버린 듯했다. 나는 친구들과 반드시 소풍을 나갔다. 해안의 평평한 바위 위에 전골냄비를 놓고 포도주를 마셨다. 남동생은 목소리도 좋고 새로운 노래를 많이 알고 있어서 우리는 남동생에게 배워 다같이 불렀다. 놀다 지쳐 그 바위 위에서 잠이 들었다가 눈을 뜨면 만조로 육지와 이어졌던 그 바위가 어느새 외딴섬으로 변해 있어서 우리는 아직 꿈속에 있는 듯한 기분이 들곤 했다.

나는 이 친구들과 하루라도 만나지 않으면 쓸쓸했다. 그즈음 생긴 일인데 태풍이 몹시 불던 어느 날, 나는 학교에서 교사에게 호되게 양 볼을 얻어맞았다. 그것이 우연하게도 나의 용감한 행동으로 그런 처벌을 받은 것이어서 내 친구들은 분노했다. 그날 방과후 사학년 전부가 박물교실로 모여 그 교사의 추방에 대해 의논했다. 스트라이크, 스트라이크 하며 소리 높여 외치는 친구도 있었다. 나는 당황했다. 만약 나 하나 개인을 위해 스트라이크를 하는 거라면 그만둬, 나는 그 선생님을 미워하지 않아, 사건은 간단해, 간단한 거야 하며 친구들에게 부탁했다. 친구들은 나를 비겁하다 혹은 제멋대로다라고 했다. 나는 견디기 힘들어서 그 교실에서 나와 버렸다. 온천장 집으로 돌아와 나는 곧 탕에 들어갔다. 태풍에 맞아 다 찢어진 두세 장의 파초 잎이 그 정원 구석에서 욕조 안으로 푸른 그늘을 드리우고 있었다. 나는 욕조 가에 걸터앉아 살아 있다는 느낌도 없이 생각에 잠겼다.

부끄러운 기억에 사로잡힐 때는 그것을 떨쳐 버리기 위해 혼자서 자아, 하고 중얼거리는 버릇이 내게 있었다. 간단해, 간단한 거야라고 속삭이며 여기저기를 허둥지둥 다녔던 자신의 모습을 상상하고 나는 물을 손바닥으로 떠서는 흘리고 떠서는 흘리고 하면서 자아, 자아 하고 몇 번이고 말했다.

다음날 그 교사가 우리에게 사과하여 결국 스트라이크는 일어나지 않았고 친구들과도 간단히 화해했지만 이 재난은 나를 어둡게 했다. 미요가 자꾸만 생각났다. 마지막에는 미요와 만나지 않으면 자신이 이대로 타락해 버릴 것같이 생각되었다.

마침 어머니도 누나도 탕치를 떠나는 날이 공교롭게도 토요일이었기 때문에 나는 어머니를 배웅한다는 명목으로 고향에 돌아갈 수 있었다. 친구들에게는 비밀로 해두고 살짝 나왔다. 남동생에게도 귀향의 진짜 이유는 말하지 않았다. 말하지 않아도 알고 있을 거라고 생각했다.

함께 그 온천장을 떠나 우리가 신세를 지고 있는 포목점에서 잠깐 쉬었다가 어머니와 누나 셋이서 고향을 향했다. 열차가 플랫폼을 떠날 때 배웅하러 나온 남동생이 열차 창문으로 푸른 후지이마를 들이밀며, 힘내 하고 한 마디 했다. 나는 그것을 깜빡 순순히 받아들여 좋아 좋아, 기분 좋게 끄덕거렸다.

마차가 이웃 마을을 지나 점차 집으로 가까워오자 나는 완전히 침착할 수가 없었다. 해가 져서 하늘도 산도 깜깜했다. 벼가 가을 바람에 살랑살랑 흔들리는 소리에 귀기울이며 가슴이 쿵덕거렸다. 연신 창 밖의 어둠에 눈을 주고 있다가 길가의 참억새 숲이 하얗게 불쑥 코앞에 나타나면 흠칫 뒤로 물러설 만큼 깜짝 놀랐다.

현관의 희미한 처마등 아래에서 가족들이 우르르 마중 나와 있었다. 마차가 멈췄을 때 미요도 종종걸음으로 현관에서 뛰어나왔다. 추운 듯이 어깨를 동그랗게 움츠리고 있었다.

그날 밤 이층 방에 누워서 나는 굉장히 쓸쓸한 생각을 했다. 범속이라는 관념에 괴로워했다. 미요와의 일이 생기고부터는 나도 결국 바보가 돼 버린 게 아닌가. 여자를 생각하는 따위 누구나 할 수 있는 일이다. 그러나 나는 다르다, 한마디로 말할 수 없지만 다르다. 내 경우는 모든 의미에서 천하지 않다. 그러나 여자를 떠올리는 남자라면 누구나 그렇게 생각하는 것이 아닌가. 그러나, 하고 나는 자신의 담배연기에 켁켁거리며 고집을 부렸다. 내 경우는 사상이 있다!

나는 그날 밤 미요와의 결혼에서 틀림없이 맞닥뜨리게 될 가족과의 논쟁을 생각하고 몸이 오싹할 정도의 용기를 얻었다. 나의 모든 행위는 범속하지 않다, 역시 나는 이 세상의 상당한 단위임에 틀림없다고 확신했다. 그래도 무지무지 쓸쓸했다. 쓸쓸함이 어디서 오는 건지 알 수 없었다. 도저히 잠들 수가 없어서 그 안마를 했다. 미요를 완전히 머리속에서 빼고 했다. 미요를 더럽힐 기분은 될 수 없었던 것이다.

아침에 눈을 뜨니 가을 하늘이 높고 투명했다. 나는 일찍 일어나 건너편 밭으로 포도를 따러 나갔다. 미요에게 큰 대바구니를 들고 따라오게 했다. 나는 가능한 한 대수롭지 않게 미요에게 그렇게 일렀기 때문에 아무도 이상히 여기지 않았다. 포도 덩굴은 밭의 동남쪽 구석에 열 평 정도의 크기로 뻗어 있었다. 포도가 익을 무렵이 되면 갈대발로 사방을 꼼꼼이 둘러쳤다. 우리는 한쪽 구석의 작은 쪽문을 열고 울타리 안으로 들어갔다. 안은 후끈하게 더웠다. 두세 마리의 노란 쌍말벌이 붕붕거리며 날고 있었다. 아침 해가 지붕의 포도 잎사귀와 둘레의 갈대발 틈으로 환하게 비추고 있어서 미요의 모습도 연두색으로 보였다. 여기로 오는 도중에는 나도 이것저것 계획하여 악동답게 입술을 일그러뜨리며 미소짓기도 했지만 이렇게 단지 둘만이 되고 보니 너무 어색한 나머지 거의 불쾌한 기분이 되고 말았다. 나는 그 판자 쪽문조차 일부러 열어놓은 채로 두었다.

나는 키가 컸으므로 받침대 없이 싹둑싹둑 전정가위로 포도송이를 잘랐다. 그리고 하나하나 그것을 미요에게 건네주었다. 미요는 그 한 송이 한 송이의 아침이슬을 흰 앞치마로 재빨리 닦아 내고 아래의 바구니에 담았다. 우리는 한 마디도 나누지 않았다. 오랜 시간처럼 생각되었다. 그러는 동안 나는 점점 화가 나기 시작했다. 포도가 거의 바구니 가득 찼을 때, 미요는 내가 건네주는 포도송이로 뻗은 한쪽 손을 움칠하고 제 쪽으로 끌어당겼다. 나는 포도를 미요에게 내밀며 이봐, 부르고는 혀를 찼다.

미요는 오른손 손목을 왼손으로 꽉쥐고 힘주고 있었다. 찔렸니? 하고 물으니 아아, 하며 부신 듯 눈을 가늘게 떴다. 바보, 나는 야단치고 말았다. 미요는 잠자코 웃었다. 더 이상 나는 그곳에 있을 수 없었다. 약 발라 줄게, 하고는 그 울타리를 뛰어나왔다. 곧 안채로 데리고 가서 나는 암모니아 병을 약장에서 찾아주었다.

그 자주빛 유리병을 될 수 있는 대로 난폭하게 미요에게 건네주었을 뿐 직접 발라 주려고는 하지 않았다.

그날 오후, 나는 최근 시에서 새로 다니기 시작한 회색 천막이 쳐진 허술한 승합자동차에 흔들리면서 고향을 떠났다. 가족들은 마차로 가라고 했지만 가문(家紋)이 그려져 있고 검게 번쩍번쩍 빛나는 우리 집 상자마차는 임금님 행차 같아서 나는 싫었다. 나는 미요와 둘이서 딴 한 바구니의 포도를 무릎 위에 얹고 낙엽이 깔린 시골길을 의미 깊게 바라보았다. 나는 만족했다. 그 정도의 추억이라도 미요에게 심어준 것은 나로서 힘껏 한 일이다라고 생각했다. 미요는 이제 내 것으로 정해졌다 하고 안심했다.

그 해 겨울방학은 중학생으로 마지막 방학이었다. 귀향날이 가까워짐에 따라 나와 남동생은 다소 거북함을 서로에게 느끼고 있었다.

드디어 함께 고향집으로 돌아와 우리는 우선 부엌의 돌화로를 마주보며 책상다리를 하고 두리번두리번 집안을 둘러보았다. 미요가 없다. 우리는 두 번 세 번 불안한 눈동자를 서로 마주쳤다. 그날 저녁을 먹고 나서 우리는 둘째 형의 권유로 그의 방에 가서 셋이서 난로를 쬐면서 트럼프를 하고 놀았다. 내게는 트럼프가 그저 새까맣게만 보였다. 뭔가 이야기가 나온 김에 맘먹고 둘째 형에게 물었다. 하녀가 하나 모자라는 것 같은데, 하고 손에 쥔 대여섯 장의 트럼프로 얼굴을 덮듯이 하며 정신없는 어조로 말했다. 만약 둘째 형이 추궁해 온다면 마침 남동생도 동석해 있으므로 분명히 얘기해 버리자고 마음먹었다.

둘째 형은 자기 손에 든 패를 고개를 갸우뚱 갸우뚱해 가며 한참 동안 내는 데 주저하다가 미요? 미요는 할머니와 싸우고 고향으로 가 버렸어, 그 앤 고집쟁이야, 중얼거리며 휙 하고 한 장 버렸다. 나도 한 장 던졌다. 남동생도 말없이 한 장 버렸다.

그러고 나서 사오 일 지나 나는 양계장 문지기 방을 찾아 그곳의 문지기인 소설을 좋아하는 청년으로부터 좀더 상세한 이야기를 들었다. 미요는 어느 남자 하인에게 딱 한 번 더럽혀진 것을 다른 하녀들에게 들켜 우리 집에 있을 수 없게 된 것이다. 남자는 그 외에도 여러 가지 나쁜 짓을 했기 때문에 그때는 이미 우리 집에서 나가고 없었다. 그렇긴 해도 청년은 말이 좀 지나쳤다. 미요는 그만해, 그만해 하고 나중에 속삭였다고, 그 남자의 솜씨 이야기까지 보태어.

설날이 지나 겨울방학도 거의 끝나갈 무렵, 나는 남동생과 둘이서 서고에 들어가 갖가지 장서나 족자를 보며 놀았다. 높은 채광창으로 눈이 내리는 것이 얼핏얼핏 보였다. 아버지 대(代)에서 큰형 대로 옮겨지면서 우리 집 방 장식에서 이러한 장서나 족자류까지 재빠르게 바뀌어 가는 것을 나는 귀향 때마다 흥미롭게 지켜보았다. 나는 큰형이 최근 새로 구입한 듯한 족자 하나를 펼쳐 보았다. 황매화나무가 물에 지는 그림이었다. 남동생은 내 옆에 큰 사진 상자를 꺼내 와서 수백 장이나 되는 사진을 차가워지는 손가락에 가끔 하얀 입김을 쐬이면서 열심히 보고 있었다. 조금 후에 남동생은 내 쪽으로 아직 바탕지가 새것인 사진 한 장을 내밀어 건네주었다. 보니까 미요가 최근 어머니와 동행으로 숙모 집에 가서, 둘째 숙모와 셋이서 찍은 사진 같았다. 어머니가 혼자 낮은 소파에 앉았고 그 뒤에 숙모와 미요가 똑같은 키로 나란히 서 있었다. 배경은 장미가 가득 핀 화원이었다. 우리는 서로 머리를 맞대고 한참 동안 그 사진에 시선을 두고 있었다. 나는 마음속으로 일찍이 남동생과 화해를 하고 있었고, 미요의 그 일도 우물쭈물 하다가 남동생에게는 아직 알리지 않은 채여서 비교적 침착을 가장하고 그 사진을 바라볼 수가 있었다. 미요는 움직인 듯 얼굴에서 가슴까지의 윤곽이 흐릿했다. 숙모는 양손을 허리띠 위에 깍지 끼고 눈부신 듯이 서 있었다. 나는 닮았다고 생각했다.

어복기(魚服記)

1

혼슈(本州) 북단 산맥은 본주산맥이라고 한다. 겨우 300~400미터 정도의 구릉이 기복을 이룰 뿐이어서 일반 지도에는 그려져 있지 않다. 옛날 이 근처는 드넓은 바다였다 하며, 요시쓰네(義經)가 부하들을 이끌고 북으로 북으로 망명해서 아득히 먼 홋카이도(北海道) 땅으로 가기 위해 이곳을 배로 지났다는 것이다. 그때 그들의 배가 이 산맥에 충돌했다. 맞부딪친 자국이 지금도 남아 있다. 산맥의 한가운데쯤 울창한 낮은 산중턱에 그것이 있다. 약 30평 정도의 적토로 된 벼랑이 그것이다.

낮은 산은 마하게야마(馬禿山)라고 불린다. 산중턱 마을에서 벼랑을 바라보면 달리는 말 모습을 닮았기 때문이라 하는데, 사실은 늙수그레한 사람의 옆얼굴을 닮았다.

마하게야마는 그 산의 뒷 경치가 좋아서 더욱 이 지방에서 이름이 높다. 산중턱 마을은 가옥 수도 겨우 2, 30여 채로 보잘것없는 한촌(寒村)인데, 그 마을 변두리를 흐르는 강을 20리 정도 거슬러 올라가면 마하게야마의 뒤로 나오게 되며 거기에는 30미터나 되는 폭포가 하얗게 떨어지고 있다. 늦여름부터 가을에 걸쳐 산의 나무들이 너무 예쁘게 단풍이 들어, 그런 계절에는 인근 마을에서 구경 오는 사람들로 산도 약간 활기를 띠곤 했다. 폭포 밑에는 조촐한 찻집조차 서 있다.

올해 여름이 끝나갈 무렵, 이 폭포에서 죽은 사람이 있다. 고의로 뛰어든 것이 아니고 순전한 과실에서였다. 식물채집을 하러 이 폭포에 온 피부가 흰 도시 학생이다. 이 근처에는 진기한 양치류가 많아서 그런 채집가가 자주 찾아오는 것이다.

용소(龍沼)는 세 면이 높은 절벽이고 서쪽의 한 면만이 좁게 열려 있어 거기서 계곡물이 바위를 깨물며 흘러내렸다. 절벽은 폭포의 물보라로 언제나 젖어 있었다. 양치류는 이 절벽 여기저기에 돋아 있어 폭포의 굉음에 늘 후들후들 떨고 있었다.

학생은 이 절벽을 기어올랐다. 정오를 지났지만 초가을 햇살은 아직 절벽 꼭대기에 밝게 남아 있었다. 학생이 절벽 중간에 도달했을 때, 발을 디디고 있던 머리 크기의 돌멩이가 힘없이 부서졌다. 벼랑에서 떼어낸 듯 쉽게 떨어졌다. 도중에 절벽의 고목가지에 걸렸다. 가지가 부러졌다. 무시무시한 소리를 내고 깊은 소(沼)로 빠져들었다.

폭포 부근에 마침 와 있던 네댓 사람이 그것을 목격했다. 그러나 소 옆 찻집에 있는 열다섯 살 먹은 여자 아이가 가장 똑똑히 그것을 보았다.

한 번 용소 깊이 가라앉았다가 가볍게 상반신이 수면에서 솟구쳐 올라왔다. 눈을 감고 입을 작게 벌리고 있었다. 청색 셔츠가 군데군데 찢어지고 채집가방은 아직 어깨에 걸려 있었다.

그러고는 다시 바닥 밑으로 쑤욱 빨려 들어갔다.

2

입춘에서 입추에 걸쳐 날씨가 좋은 날이면, 마하게야마에서 흰 연기가 몇 줄기 피어오르는 것을 아주 먼 곳에서도 볼 수 있다. 이 시기의 산나무에는 정기가 많아 숯을 만들기에 적합해서 숯 굽는 사람들도 바빠진다.

마하게야마에는 숯 굽는 오두막이 십여 채 있다. 폭포 옆에도 하나 있었다. 이 오두막은 다른 오두막과 상당히 떨어져서 세워져 있었다. 오두막 주인이 다른 곳에서 온 사람이기 때문이다. 찻집의 여자 아이는 이 오두막의 딸로 스와라는 이름이다. 아버지와 둘이서 일년 내내 거기서 생활하고 있었다.

스와가 열세 살 때, 아버지는 용소 옆에 통나무와 갈대발로 작은 찻집을 지었다. 라무네, 센베이, 사탕, 그 밖에 두세 가지 막과자를 거기에 진열했다.

여름이 되어 산으로 놀러오는 사람이 드문드문 보이기 시작할 시기가 되면, 아버지는 매일 아침 그 물건들을 손바구니에 넣어 찻집까지 날랐다. 스와는 아버지 뒤를 맨발로 타박타박 따라갔다. 아버지는 곧 숯오두막으로 돌아가지만 스와는 혼자 남아 가게를 보는 거였다. 놀러온 사람들의 그림자가 조금이라도 보이면, 쉬어 가이소 하고 큰 소리로 부른다. 아버지가 그렇게 하라고 일렀기 때문이다. 그러나 스와의 그런 아름다운 목소리도 폭포의 시끄러운 소리에 지워져, 대개 손님들은 뒤돌아보는 일조차 없었다. 하루 50전도 팔리는 일이 없었다.

저물녘이 되면 아버지는 숯오두막에서 온몸이 새까맣게

되어 스와를 마중하러 왔다.

“얼매 팔았노.”

“아무것도.”

“그런기라, 그런기라.”

아버지는 아무렇지도 않다는 듯이 중얼거리며 폭포를 올려다본다. 그리고 둘이서 가게 물건을 다시 손바구니에 담아 숯오두막으로 돌아온다.

그런 일과가 서리내릴 무렵까지 계속된다. 스와를 찻집에 혼자 두어도 걱정은 없었다. 산에서 태어난 아이니까 바위를 잘못 디딘다거나 용소에 빨려 들어갈 염려는 없었다. 날씨가 좋으면 스와는 알몸으로 용소 바로 가까이까지 헤엄쳐 갔다. 헤엄치면서도 손님일 듯한 사람을 발견하면, 붉은 빛이 도는 짧은 머리칼을 힘차게 끌어올리고 나서, 쉬어 가이소 하고 외쳤다.

비 오는 날은 찻집 구석에서 거적을 덮고 낮잠을 잤다. 찻집 위에 큰 떡갈나무가 빽빽이 가지를 뻗고 있어 좋은 비막이가 되었다.

즉 그때까지의 스와는 콸콸 떨어지는 폭포를 바라보면서 이렇게 많은 물이 떨어지면 언젠가 꼭 말라 버리고 말 테지 하고 기대하거나, 폭포 모양은 어째서 이렇듯 늘 똑같기만 할까 하고 의심해 보기도 했다.

그것이 요즈음 와서는 약간 생각이 깊어졌다.

폭포 모양은 결코 똑같지 않음을 발견했다. 물보라가 튀기는 모양이든 폭포의 넓이든 눈이 어지럽도록 바뀌고 있음을 알 수 있었다. 마침내 폭포는 물이 아니라 구름이라는 것도 알았다. 폭포 초입에서 떨어지면 하얗게 뭉게뭉게 부풀어오르는 상태를 봐서 그렇게 짐작되었다. 무엇보다 물이 이토록 하얗게 될 리가 없다고 생각한 것이다.

스와는 그날도 멍하니 용소 옆에 멈춰 서 있었다. 흐린 날로 가을 바람이 꽤 차갑게 스와의 빨간 볼에 와 닿는다. 옛날 일을 떠올리고 있었다. 언젠가 아버지가 스와를 안고 숯가마를 지키면서 들려주었는데 그것은 사부로(三郎)와 하치로(八郎)라는 나뭇꾼 형제가 있어, 동생 하치로가 어느 날 계곡에서 송어라는 물고기를 잡아 집으로 가져왔는데, 형 사부로가 아직 산에서 돌아오기도 전에 그 물고기를 우선 한 마리 구워 먹었다. 먹어 보니 맛있었다. 두 마리 세 마리 먹어도 자꾸만 먹고 싶어져 마침내 전부 먹어 버렸다. 그랬더니 목이 너무 말라 참을 수 없게 되었다. 우물물을 완전히 다 마시고 마을 변두리의 강가로 달려가 또 물을 마셨다. 마시는 동안 온몸에 툭툭 비늘이 돋았다. 사부로가 나중에 달려갔을 때, 하치로는 끔찍한 구렁이가 되어 강을 헤엄치고 있었다. 하치로야! 하고 부르니 물 속에서 구렁이가 눈물을 흘리며 사부로야! 하고 대답했다. 형은 둑 위에서 동생은 물 속에서 하치로야! 사부로야! 하고 울며 울며 서로를 불렀지만 어떻게 해 볼 수가 없었다.

스와가 이 이야기를 들었을 때는 너무도 슬퍼서 아버지의 숯검정투성이 손가락을 작은 입에 넣고 울었다.

스와는 추억에서 깨어나 이상하다는 듯 눈을 깜박깜박거렸다. 폭포가 속삭인다. 하치로야, 사부로야, 하치로야.

아버지가 절벽의 단풍든 담쟁이덩굴 잎을 걷어 내며 나왔다.

"스와, 얼매 팔았노."

스와는 대답하지 않았다. 물보라에 젖어 반짝반짝 빛나는 코끝을 세게 문질렀다. 아버지는 아무말 않고 가게를 정리했다.

숯오두막까지의 짧은 산길을 스와와 아버지는 얼룩조릿대를 헤치며 걸었다.

"이제 가게를 닫는기라."

아버지는 손바구니를 오른손에서 왼손으로 바꿔쥐었다. 라무네 병이 달각달각 소리를 냈다.

"가을이 끝나 산에 오는 사람도 없는기라."

해가 지자 산은 바람 소리뿐이었다. 졸참나무와 전나무의 마른 잎이 가끔 진눈깨비처럼 두 사람 몸에 떨어져 내렸다.

"아부지."

스와는 아버지 뒤에서 불렀다.

"아부진 와 사는기요."

아버지는 커다란 어깨를 움찔 들먹였다. 스와의 진지한 얼굴을 찬찬히 보고 나서 중얼거렸다.

"모르겠는기라."

스와는 손에 들고 있던 참억새 잎을 씹으면서 말했다.

"뒈지는 편이 좋은 긴데."

아버지는 손바닥을 올렸다. 때려 주려고 했다. 그러나 우물쭈물 손을 내렸다. 스와가 흥분되어 있음을 전부터 알아차리고는 있었으나, 그것도 스와가 이젠 어엿한 여자가 된 탓일 거라고 생각하여 그때는 참기로 했다.

"그런기라, 그런기라."

스와는 그런 아버지의 흐리멍텅한 대답이 너무 엉터리같이 들려서 참억새 잎을 퉤퉤 내뱉으며,

"바보, 바보."

하고 소리질렀다.

3

추석이 지나 찻집을 거두고 나면 스와가 가장 싫어하는

계절이 시작된다.

아버지는 이때부터 사오 일 간격으로 숯을 짊어지고 마을로 팔러 나갔다. 남에게 부탁할 수도 있지만 그렇게 하면 15전이나 20전을 줘야 하니까 굉장한 낭비여서 스와 혼자 남겨두고 산기슭 마을로 내려간다.

스와는 하늘이 파랗게 개인 날이면 집을 지키다가 버섯을 따러 나간다. 아버지가 만드는 숯은 한 가마니에 5, 6전 벌이가 있으면 나은 편이고, 도저히 그것만으로는 살아갈 수 없으므로 아버지는 스와에게 버섯을 따게 해서 마을로 가져간다.

나메코라는 미끈미끈한 콩버섯은 매우 값이 좋았다. 그것은 양치류가 밀생하는 썩은 나무에 무리지어 돋아 있다. 스와는 그런 이끼를 볼 때마다 단 한 사람의 친구를 추억했다. 버섯이 가득 담긴 바구니 위에 파란 이끼를 끼얹어 오두막으로 가져가기를 좋아했다.

아버지는 숯이든 버섯이든 그것이 좋은 가격으로 팔리면, 으레 술 냄새를 풍기며 돌아왔다. 가끔은 스와에게도 거울이 달린 종이 지갑이나 뭔가를 사 가지고 왔다. 초겨울 찬바람으로 아침부터 산이 어수선해지고 오두막에 걸어논 거적이 적잖이 흔들리던 날이었다. 아버지는 새벽부터 마을에 내려가고 없었다.

스와는 하루 종일 오두막에 틀어 박혀 있었다. 모처럼 오늘은 머리를 묶어 보았다. 동그랗게 감은 머리꼭지에 아버지가 사다준 파도 무늬가 그려진 장식핀을 꽂았다. 그리고 모닥불을 활활 피워 놓고 아버지가 돌아오기를 기다렸다. 나무 흔들리는 소리에 섞여 짐승 우는 소리가 간간이 들려왔다.

날이 저물어 혼자 저녁밥을 먹었다. 검은 밥에 구운 된장을 얹어 먹었다. 밤이 되자 바람이 그치고 으시시 추워졌다. 이처럼 묘하게 조용한 밤은 산에서 틀림없이 이상한 일이 생긴다. 산도깨비가 거목을 베어 넘어뜨리는 소리가 우지끈 들리거나 오두막 입구에서 누군가 팥을 씻는 듯한 소리가 사그락사그락 귀에 와 박히고 먼 곳에서 산사나이의 웃음소리가 똑똑히 울려 퍼지거나 했다.

아버지를 기다리다 지친 스와는 짚 이불을 덮고 화롯가에서 잠이 들었다. 꾸벅꾸벅 졸고 있는데 이따금 몰래 입구의 거적을 들치고 엿보는 사람이 있다. 산사나이가 엿보고 있다는 생각이 들어 계속 자는 척했다.

흰 것이 얼핏얼핏 입구 바닥에 떨어져 내려오는 게 타다 남은 모닥불 빛으로 흐릿하게 보였다. 첫눈이다! 꿈꾸는 기분으로 가슴이 설레었다.

통증. 몸이 저리도록 무거웠다. 동시에 그 역겨운 호흡을 들었다.

"바보."

스와는 짧게 외쳤다.

아무것도 모른 채 밖으로 달려나갔다.

눈보라! 한꺼번에 얼굴을 때렸다. 엉겁결에 털썩 주저앉고 말았다. 금방 머리도 옷도 새하얗게 변했다.

스와는 일어나 어깨로 거칠게 숨을 쉬며 한걸음 한걸음 내디뎠다. 옷이 거센 바람에 마구 뒤엉켰다. 정처없이 걸었다. 폭포 소리가 점점 크게 들려왔다. 자꾸만 걸었다. 손바닥으로 콧물을 몇 번이고 닦았다. 거의 발아래에 폭포 소리가 났다. 미친 듯 울부짖는 겨울 숲 좁은 틈새로,

"아부지!"

낮게 부르고 뛰어들었다.

4

정신을 차려보니 주위는 어두컴컴하다. 폭포의 굉음이 어렴풋이 느껴졌다. 쭉 머리 위에서 그걸 느꼈다. 몸이 그 울림에 따라 하늘하늘 움직이고 온몸이 뼈까지 차가웠다.

아하 물 속이구나, 알고 나니 터무니없이 기분이 상쾌했다. 후련했다.

문득, 두 다리를 뻗쳐 보았는데 쑥, 앞으로 소리없이 나아갔다. 콧등이 하마터면 물가의 바위 모서리에 부딪힐 뻔했다.

구렁이!

구렁이가 되어 버렸구나 생각했다. 잘됐어, 이제 오두막에 돌아갈 수 없어, 혼잣말을 하고 콧수염을 크게 움직였다.

조그만 붕어였다. 그저 입을 빠끔빠끔 거리며 코끝의 사마귀를 움직여 보는 정도였지만.

붕어는 용소 근처의 웅덩이를 여기저기 헤엄쳐 다녔다. 가슴지느러미를 팔랑팔랑 대며 수면으로 떠오르는가 싶으면, 갑자기 꼬리지느러미를 세차게 흔들어 바닥 깊숙이 잠수해 들어갔다.

물 속의 작은 새우를 쫓아다니거나 물가의 갈대숲에 숨어 보기도 하고 바위 모서리에 난 이끼를 쪼기도 하면서 놀았다. 그러고 나서 붕어는 가만히 꼼짝 않고 있었다. 더러 가슴지느러미를 살짝 흔들 뿐이다. 뭔가 생각하고 있는 것 같았다. 오랫동안 그러고 있었다.

이윽고 몸을 비틀면서 똑바로 용소를 향했다. 순식간에 빙글빙글 나뭇잎처럼 빨려 들어갔다.

열차

1925년 우메하치(梅鉢) 공장에서 만들어진 C51형(型)의 그 기관차는 같은 공장, 같은 시기에 제작된 3등객차 3량과 식당차, 2등객차, 2등침대차 각각 1량씩과 그 외 우편물이나 짐을 싣는 화차 3량을 합해 아홉 칸에 대략 이백 명 정도의 승객과 십만이 넘는 통신, 거기에 관련된 얼마 간의 가슴 아픈 사연들을 싣고 비가 오나 바람이 부나, 오후 두시 반이 되면 연기를 내뿜으며 우에노(上野)에서 아오모리(青森)를 향해 달렸다. 때에 따라 만세 외침으로 배웅을 하기도 하고 손수건으로 이별을 아쉬워하거나 혹은 오열이라는 불길한 전별을 받기도 한다. 열차번호는 103.

번호부터 기분이 나쁘다. 1925년부터 지금까지 8년이나 지났는데 그 동안 이 열차는 몇만 명의 애정을 찢어 놓았던가. 실제로 내가 이 열차 때문에 몹시 괴로운 일을 당했다.

바로 작년 겨울, 시오다(汐田)가 데쓰 씨를 고향으로 돌려보낼 때의 일이다. 데쓰 씨와 시오다는 같은 시골에서 어린 시절부터 아는 사이인 듯, 나는 시오다와 고등학교 기숙사의 한 방에서 생활한 관계여서 가끔씩 이 연애 이야기를 들었다. 데쓰 씨는 가난하게 자란 아가씨여서 다소 유복한 시오다 집안에서는 두 사람의 결혼을 허락지 않았고, 이 때문에 시오다는 아버지와 수도 없이 격렬한 언쟁을 벌였다. 그 첫번째 싸움 때 시오다는 졸도할 것처럼 흥분해서 마지막에는 코피를 줄줄 흘렸는데 그런 우직한 에피소드마저 젊은 내 가슴을 이상하게 쿵쿵 울리게 만들었다.

그럭저럭 나도 시오다도 고등학교를 졸업하고 함께 도쿄에 있는 대학에 들어갔다. 그 후 3년이 지났다. 이 기간이 내게는 힘든 시간이었지만 시오다는 그렇지 않은 모양으로 매일매일 태평하게 지내고 있는 것 같았다. 내가 처음 방을 빌린 집이 대학 바로 근처에 있었기 때문에, 시오다는 입학 당시에는 겨우 두세 번 들렀는데 환경도 사상도 소리를 내며 상반되어 가는 두 사람에게 이전처럼 거리낌 없는 우정은 도저히 바랄 수 없었다. 나의 비뚤어진 생각일진 몰라도 그

때 만약 데쓰 씨의 상경(上京)조차 없었다면 시오다는 틀림없이 영원히 나로부터 멀어져 갈 작정이었던 듯하다.

시오다는 나와 친밀한 교제를 끊고 나서 3년째 겨울에 돌연 교외의 우리 집을 찾아와 데쓰 씨의 상경을 알렸다. 데쓰 씨는 시오다의 졸업을 기다리다 못해 혼자 도쿄로 도망온 것이었다.

그 무렵은 나도 어떤 무식한 시골 여자와 결혼한 후여서 새삼 시오다의 그 사건에 가슴을 두근거리는 그런 풋풋한 기분을 점차 상실하고 있던 터였으므로 시오다의 갑작스런 방문에 어느 정도 당황하긴 했어도 그가 방문한 저의를 꿰뚫어 보기를 잊지 않았다. 그런 한 소녀의 출분을 친구들에게 퍼뜨리는 일이 얼마나 그의 자존심을 만족시켰던가. 나는 그의 우쭐함이 불쾌했고 데쓰 씨에 대한 진실을 의심하기조차 했다. 나의 이 의혹은 무참히도 적중했다. 그는 내게 한바탕 미친 듯 감격해 보인 뒤, 미간에 주름을 잡고 어떻게 하면 좋을까?라는 의논을 작은 소리로 들고 나오는 게 아닌가. 나는 이미 그런 한가한 유희에는 동정심을 가질 수 없었기 때문에 너도 영리해졌구나, 네가 데쓰 씨에게 예전만큼의 사랑을 느낄 수 없다면 헤어지는 수밖에 없겠지, 하고 시오다가 생각하는 요점을 단도직입적으로 말해 주었다. 시오다는 입가에 뚜렷한 미소를 머금고 하지만, 하고 생각에 잠졌다.

그러고 나서 사오 일 지나 나는 시오다로부터 속달우편을 받았다. 그 엽서에는 친구들의 충고도 있고 서로의 장래를 위해 데쓰 씨를 고향으로 보낸다, 내일 두시 반 기차로 돌아갈 것이다라는 내용이 간단히 적혀 있었다. 나는 부탁받은 것도 아닌데 데쓰 씨를 배웅해 주자고 그 자리에서 각오를 했다. 나한테는 그런 경솔한 행동을 하기 쉬운 슬픈 습성이 있었던 것이다.

다음날은 아침부터 비가 내렸다.

나는 꺼리는 기색의 아내를 다그쳐 함께 우에노역으로 나갔다.

103호 열차는 차가운 빗속에서 시꺼먼 연기를 토하며 출발 시각을 기다리고 있었다. 우리는 열차 창문을 하나하나 꼼꼼하게 찾아다녔다. 데쓰 씨는 기관차 바로 옆의 3등 객차에 자리를 잡고 있었다. 삼사 년 전에 시오다의 소개로 한 번 만난 적이 있는데, 그때에 비해 얼굴색이 매우 하얘지고 턱 주위도 통통하게 살이 쪄 있었다. 데쓰 씨도 내 얼굴을 잊지 않고 있어서 내가 말을 걸자 금방 열차 창문으로 상반신을 내밀고 기쁜 듯이 인사를 받았다. 나는 데쓰 씨에게 아내를 소개했다. 내가 일부러 아내를 데려온 것은, 아내 역시 데쓰 씨와 마찬가지로 가난하게 자란 여자니까 데쓰 씨를 위로하기에도 나보다 뭔가 훨씬 적절한 태도와 말을 할 수 있을 거라고 독단했기 때문이다. 그러나 나는 감쪽같이 배반당하고 말았다. 데쓰 씨와 아내는 서로 귀부인 같은 절을 아무 말 않고 나누었을 뿐이었다. 나는 거북한 느낌이 들어 무슨 부호인지 객차 옆구리에 흰 페인트로 작게 쓰여 있는 스하프 134273이라는 문자 부근을 톡톡 우산으로 두드렸다.

데쓰 씨와 아내는 날씨에 대해 두세 마디 서로 얘기를 나누었다. 그 대화가 끝나 버리고 나니 모두 더욱 할 일이 없어지고 말았다. 데쓰 씨는 창가에 얌전하게 놓인 갸름한 열 개의 손가락을 쓸데없이 오므렸다 폈다 하면서 한곳을 물끄러미 응시하고 있었다.

나는 그런 광경을 보고 있을 수가 없어서 데쓰 씨가 있는 곳에서 살짝 떨어져 긴 플랫폼을 이리저리 왔다갔다 했다. 열차 밑에서 토해지는 스팀이 차가운 김이 되어 하얗게 내 발밑을 기어다녔다.

나는 전기 시계 근처에 멈춰 서서 열차를 바라보았다. 열차는 비에 흠뻑 젖어 검푸르게 빛나고 있었다.

3량째의 3등 객차 창문으로 한껏 목을 빼내고 대여섯 명의 배웅 나온 사람들에게 허둥대며 절을 하는 푸르둥둥한 얼굴 하나가 보였다. 그 무렵 일본에서는 외국 어느 나라와 전쟁을 시작했는데 거기에 동원된 병사겠지. 나는 보지 말아야 할 것을 본 듯한 느낌이 들어 질식할 듯 가슴이 답답해졌다.

수년 전 나는 어느 사상단체에 잠깐 관계를 했던 적이 있고 그 후 얼마 안되어 대단치 않은 변명을 내세워 그 단체와 헤어져 버렸는데, 지금 이렇게 병사를 눈앞에 지켜보고 또 창피를 당하고 더럽혀진 채 귀향하는 데쓰 씨를 보고 있노라니, 나의 그런 변명이 서고 안 서고를 따질 게 못된다고 생각한 것이다.

나는 머리 위의 전기 시계를 올려다보았다. 출발까지 아직 3분 정도 짬이 있었다. 나는 견디기 힘든 기분이 되었다. 누구나 그렇겠지만 배웅나온 사람에게 그 출발 전의 3분만큼 질리는 건 없다. 말해야 할 것은 전부 말해 버렸고 그저 허무하게 서로 얼굴을 마주볼 뿐이다. 하물며 지금 이 경우, 나는 그 말해야 할 것조차 무엇 하나 떠올리지 못하고 있는 게 아닌가. 아내가 좀더 재능 있는 여자라면 나는 그래도 마음이 편할 테지만 보라, 아내는 데쓰 씨 옆에 부루퉁해진 얼굴로 아까부터 잠자코 서 있기만 하는 것이다. 나는 결심하고 데쓰 씨의 창 쪽으로 걸어갔다.

곧 출발이다. 열차가 사백 오십 마일의 도정을 앞두고 들뜨기 시작하여 플랫폼은 활기를 띠었다. 내 가슴에는 이미 타인의 신상까지 동정해 줄 그런 여유가 없었으므로 데쓰 씨를 위로하는 데 '재난'이라는 무책임한 단어를 쓰기도 했다. 그러나 둔한 아내는 열차 옆구리에 걸려 있는 파란 철판에 물방울이 가득 달린 문자를 요즘 배우기 시작한 서툰 지식으로 FOR A-O-MO-RI라고 낮게 읽고 있었다.

광대의 꽃

「여기를 지나 슬픔의 도시」

친구는 모두 떠나가고 슬픈 눈으로 나를 바라본다. 친구여, 나와 이야기하고 나를 비웃어라. 아아, 친구는 허무하게 얼굴을 돌린다. 친구여, 나에게 물어라. 나는 뭐든지 알려주마. 나는 이 손으로 소노(園)를 물에 빠뜨렸다. 나는 악마의 오만함으로, 나 살아나도 소노는 죽어 버려 하고 바랐다. 더 얘기할까. 아아, 그렇지만 친구는 그저 슬픈 눈으로 나를 바라본다.

오바 요조(大庭葉藏)는 침대 위에 앉아서 먼바다를 보고 있었다. 먼바다는 비로 자욱했다.

꿈에서 깨어나 나는 이 몇 줄을 되읽고 그 추함과 비겁함에 죽고 싶다는 생각을 한다. 맙소사, 허풍의 극치. 무엇보다 오바 요조란 무엇인가. 술이 아닌 다른 더욱 강렬한 것에 흥건히 취해서 나는 이 오바 요조에게 손뼉을 쳤다. 이 이름은 내 주인공에게 딱 어울렸다. 오바는 주인공의 범상치 않은 기백을 상징하기에 부족함이 없다. 요조는 또 뭔가 신선하다. 고통스러운 바닥에서 솟구치는 진정한 새로움이 느껴진다. 더구나 大庭葉藏라고 이렇게 넉 자 쓸 때의 유쾌한 조화. 이 이름부터 이미 획기적이 아닌가. 그 오바 요조가 침대에 앉아 비로 자욱한 먼바다를 바라보고 있다. 더 더욱 획기적이 아닌가.

그만두자. 자신을 비웃는 것은 치사한 일이다. 그것은 꺾인 자존심에서 오는 것 같다. 실제로 나부터도 남에게 여러 말 듣고 싶지 않아서 우선 제일 먼저 자신의 몸에 못을 박는다. 이거야말로 비겁하다. 좀더 솔직해지지 않으면 안된다. 아아, 겸손하게.

오바 요조.

비웃음 당해도 도리가 없다. 가마우지 흉내를 내는 까마귀. 꿰뚫어 보는 사람에게는 들킨다. 보다 나은 이름도 있겠지만 내게는 약간 거추장스럽다. 차라리 '나' 라고 해 버려도 좋은데, 나는 올 봄에 '나' 라는 주인공의 소설을 쓴 적이 있기 때문에 두 번 계속하는 것이 낯간지럽다. 내가 만약 내일이라도 덜컥 죽는다면, 저 녀석은 '나'를 주인공으로 하지 않고서는 소설을 쓸 수 없었다 하며 의기양양하게 술회하는 엉뚱한 남자가 나오지 않는다고도 할 수 없다. 사실은 그것만의 이유로 나는 이 오바 요조를 역시 고집한다. 이상한가. 뭐야, 너마저.

1929년 12월 하순, 이 세이쇼엔(青松園)이라는 바닷가 요양원은 요조의 입원으로 약간 소란스러웠다. 세이쇼엔에는 서른여섯 명의 폐결핵 환자가 있었다. 두 명의 중증 환자와 열한 명의 가벼운 환자가 있고 나머지 스물세 명은 회복기 환자였다. 요조가 수용된 동(東)제일병동은 말하자면 특등 입원실이고 여섯 개 방으로 나뉘어 있었다. 요조 방의 양옆은 빈방으로 서쪽 끝의 ㅎ호실에는 키와 코가 큰 대학생이 있었다. 동쪽의 ㅇ호실과 ㅁ호실에는 젊은 여자가 각각 누워 있었다. 세 사람 다 회복기 환자이다. 전날 밤 다모토가우라(袂ヶ浦)에서 동반자살이 있었다. 함께 몸을 던졌는데 남자는 귀항 어선에 구조되어 목숨을 건졌다. 그러나 여자의 시체는 발견되지 않았다. 그 여자를 찾으러 경종을 오랫동안 세게 치면서 마을 소방수들이 몇 척이고 연달아 어선을 끌어내 먼바다로 타고 나가는 소리를, 세 사람은 가슴을 두근거리며 들었다. 어선에 밝힌 빨간 불빛이 밤새 에노시마(江の島) 해안을 떠돌았다. 대학생도 두 명의 젊은 여자도 그날 밤은 잠들 수 없었다. 새벽녘이 되어 여자의 시체가 다모토가우라 물가에서 발견되었다. 짧게 깎은 머리칼이 번들번들 빛나고 얼굴은 허옇게 부풀어 있었다.

요조는 소노가 죽은 것을 알고 있었다. 어선으로 흔들흔들 운반될 때 이미 알았다. 별이 총총한 하늘 밑에서 제정신이 들어 여자는 죽었습니까, 우선 물었다. 어부 한 사람이 안 죽었어, 안 죽었어, 걱정 안해도 돼 하고 대답했다. 왠지 자비 넘치는 어조였다. 죽었겠지, 생각하고 또 의식을 잃었다. 다시 눈떴을 때는 요양원 안에 있었다. 비좁은 흰 판자벽 방에 사람이 가득 차 있었다. 그중 누군가가 요조의 신원에 대해 이것저것 물었다. 요조는 하나하나 분명히 대답했다. 날이 밝고 나서 요조는 좀더 넓은 다른 병실로 옮겨졌다. 사고 소식을 들은 요조의 고향에서 그의 용태에 대해 재빨리 세이쇼엔으로 장거리 전화를 걸어왔기 때문이다. 요조의 고향은 여기서 이천 리나 떨어져 있었다.

동제일병동의 세 명의 환자는, 이 새 환자가 자기들 바로 가까이에 누워 있다는 것에 이상한 만족을 느끼고 오늘부터의 병원 생활을 즐겁게 기대하면서 하늘도 바다도 완전히 환해졌을 즈음에야 겨우 잠들었다.

요조는 자지 않았다. 때때로 머리를 천천히 움직였다. 얼굴 군데군데에 흰 가제를 붙이고 있었다. 파도에 휩싸이고 여기저기 튀어나온 바위에 몸을 다쳤다. 마노(眞野)라는 스무 살 가량의 간호사가 한 사람 딸려 있었다. 왼쪽 눈꺼풀 위에 다소 깊은 상처가 있어서 한쪽 눈에 비해 왼쪽 눈이 더 컸다. 그러나 밉지는 않았다. 빨간 윗입술이 약간 위로 말려 올라가고 볼이 거무스름했다. 침대 옆 의자에 앉아 흐린 날의 바다를 바라보고 있다. 요조의 얼굴을 안 보려고 애썼다. 안쓰러워서 볼 수 없었다.

정오 가까이, 경찰서 사람이 두 명 요조를 병문안 왔다. 마노는 자리를 떴다.

두 사람 다 양복을 입은 신사였다. 한 사람은 짧은 콧수염을 길렀고 한 사람은 안경을 끼고 있었다. 수염은 목소리를 낮추어 소노와의 경위를 물었다. 요조는 있는 그대로를 대답했다. 수염은 작은 수첩에다 그걸 받아 적었다. 대충 심문을 끝내고 나서 수염은 침대 위로 몸을 굽히며 말했다. "여자는 죽었어. 자넨 죽을 마음이 있었나?"

요조는 잠자코 있었다.

안경 낀 형사는 살이 두툼한 이마에 주름을 두세 개 만들어 가며 빙그레 웃고는 수염의 어깨를 쳤다. "그만둬, 그만둬. 가엾잖나. 다음에 하지."

수염은 요조의 시선을 똑바로 응시한 채 마지못해 수첩을 웃옷 주머니에 집어넣었다.

그 형사들이 떠난 뒤에 마노는 서둘러 요조의 병실로 돌아왔다. 그러나 문을 연 순간, 오열하는 요조를 보고 말았다. 그대로 소리 없이 문을 닫고 복도에 잠시 서 있었다.

오후가 되어 비가 내리기 시작했다. 요조는 혼자서 변소에 걸어갈 수 있을 정도로 몸이 회복되었다.

친구 히다(飛驒)가 젖은 외투를 입은 채로 병실에 뛰어 들어왔다. 요조는 자는 척했다.

히다는 마노에게 작은 소리로 물었다. "괜찮습니까?"

"네, 이젠."

"놀랐는 걸."

히다는 살찐 몸을 흔들흔들거리며 기름 찰흙 냄새나는 외투를 벗어 마노에게 건네주었다.

히다는 이름없는 조각가로 역시 무명의 서양화가인 요조와는 중학 시절부터 친구였다. 순진한 마음을 지닌 사람이라면 젊었을 때 자신의 신변 가까이에 있는 누군가를 꼭 우상으로 만들고 싶어하는 법인데, 히다도 마찬가지였다. 그는 중학교에 들어가자 반에서 수석하는 친구를 황홀하게 바라보았다. 수석은 요조였다. 수업중에 짓는 요조의 얼굴 표정도 히다에게 있어서는 예삿일이 아니었다. 또 교정의 모래언덕 뒤에서 요조의 어른스런 고독한 모습을 발견하고 남몰래 깊은 한숨을 쉬었다. 아아, 그리고 요조와 처음 이야기를 나눈 날의 환희. 히다는 뭐든지 요조의 흉내를 냈다. 담배를 피웠다. 교사를 비웃었다. 양손을 머리 뒤에 깍지끼고 교정을 흔들거리며 돌아다니는 법도 배웠다. 예술가가 가장 훌륭한 이유도 알았다. 요조는 미술학교에 들어갔다. 히다는 일년 늦어졌지만 그래도 요조와 같은 미술학교에 들어갈 수 있었다. 요조는 서양화를 공부했지만 히다는 일부러 조소과를 선택했다. 로댕의 발자크상(像)에 감격했기 때문이라고 말하지만 그건 그가 대가가 되었을 때 경력에다 가볍게 멋으로 보태기 위한 순전한 엉터리로, 사실은 요조의 서양화에 대한 사양에서였다. 열등감에서였다. 그 무렵에 드디어 두 사람의 길이 나뉘어지기 시작했다. 요조의 몸은 갈수록 말랐지만 히다는 조금씩 뚱뚱해졌다. 두 사람의 간격은 그것뿐이 아니었다. 요조는 어떤 간단명쾌한 철학에 마음이 쏠려 예술을 무시하기 시작했다. 히다는 또 너무 우쭐해져 있었다. 듣는 사람이 오히려 멋적어질 정도로 예술이라는 단어를 연발했다. 늘 걸작을 꿈꾸며 공부를 소홀히 했다. 그런 두 사람 다 좋지 않은 성적으로 학교를 졸업했다. 요조는 거의 화필을 내던졌다. 회화는 포스터일 수밖에 없다라고 말해 히다를 풀죽게 만들었다. 모든 예술은 사회의 경제 기구에서 나온 방귀이다. 생활력의 한 형식에 불과하다. 어떤 걸작이라도 양말과 똑같은 상품이다 따위를 불확실한 어조로 말하여 히다를 얼떨떨하게 했다. 히다는 예전과 다름없이 요조를 좋아했고 요조의 최근 사상에도 막연한 경외심을 느끼고 있었으나, 그래도 히다에게 걸작의 설레임은 그 무엇보다 컸던 것이다. 이제 곧, 이제 곧 하면서도 다만 안절부절 점토를 매만지고 있었다. 즉 이 두 사람은 예술가이기보다는 예술품이다. 아니, 바로 그렇기 때문에 나도 이렇게 술술 서술할 수 있었던 거다. 진짜 시장예술가를 보여 주면 제군은 석 줄을 채 읽기도 전에 구역질을 할 테지. 그건 보증해. 그런데 자네, 그런 류의 소설을 써보지 않겠나? 어때.

히다도 또한 요조의 얼굴을 볼 수 없었다. 가능한 한 능숙하게 발소리를 죽이고 요조의 머리맡까지 다가갔어도 유리문 밖의 빗발을 물끄러미 바라보고 있을 뿐이었다.

요조는 눈을 뜨고 엷게 웃으면서 말을 걸었다. "놀랐겠지?"

깜짝 놀라 요조의 얼굴을 얼핏 보았지만 곧 눈을 내리깔고 대답했다.

"응."

"어떻게 알았니?"

히다는 머뭇거렸다. 오른손을 바지 주머니에서 빼고 넓은 얼굴을 매만지면서 마노에게, 말해도 좋아? 하고 눈으로 살짝 물었다. 마노는 진지한 얼굴로 가볍게 고개를 흔들었다.

"신문에 나왔니?"

"응."

사실은 라디오 뉴스로 안 것이다.

요조는 히다의 우물쭈물하는 태도가 미웠다. 좀더 솔직해져도 좋다고 생각했다. 하룻밤 사이에 공중제비하듯 변해서 자신을 이방인 취급하는 십여 년 사귄 이 친구가 미웠다. 요조는 다시 잠든 척했다.

히다는 따분해져서 마루를 슬리퍼로 탁탁 치기도 하면서 잠시 요조 머리맡에 서 있었다.

문이 소리 없이 열리고 제복을 입은 자그마한 대학생이 불쑥 그 아름다운 얼굴을 내밀었다. 히다는 그걸 보고 신음할 정도로 안심했다. 볼에 번지는 미소의 그림자를 입술을 일그러뜨려 지우고 일부러 느긋한 발걸음으로 문 쪽으로 갔다.

"지금 도착했어?"

"그래." 고스게(小管)는 요조 쪽을 신경쓰며 재빨리 대답했다.

고스게. 이 남자는 요조의 친척으로 대학 법과에 적을 두고 요조와는 세 살이나 차이가 있지만 그래도 격의 없는 친구였다. 신세대 청년은 나이에 그다지 구애받지 않는 모양이다. 겨울방학이어서 고향에 돌아가 있다가 요조 소식을 듣고 곧 급행열차로 달려 온 것이다. 두 사람은 복도로 나가 선 채 이야기했다.

"그을음이 묻었어."

히다는 너털웃음을 껄껄 웃으며 고스게의 코밑을 가리켰다. 열차 매연이 엷게 달라붙어 있었다.

"그래?" 고스게는 당황해서 가슴 주머니에서 손수건을 꺼내 서둘러 코밑을 문질렀다. "어때, 상태는?"

"오바말야? 괜찮은 모양이야."

"그래. 떨어졌니?" 코밑을 쑥 내밀어 히다에게 보였다.

"떨어졌어. 떨어졌어. 집에서는 큰 소동이 났겠지."

손수건을 가슴 주머니에 집어넣으면서 대답했다. "응. 대소동이야. 장례식 같았어."

"집에선 누가 오지?"

"형이 와. 아버지는 내버려두라 하시지만."

"대사건이군." 히다는 낮은 이마에 한손을 대고 중얼거렸다.

"요짱은 정말로 괜찮아?"

"의외로 태연해. 저 녀석은 늘 그래."

고스게는 들떠 있는 듯이 입가에 미소를 머금고 고개를 갸웃했다. “어떤 기분일까?”

“몰라. 오바를 만나 보지 않겠어?”

“됐어. 만나 봤자 얘기할 것도 없고 게다가 — 무서워.”

두 사람은 낮게 웃었다.

마노가 병실에서 나왔다.

“들려요. 여기서 이야기는 삼가해 주세요.”

“아. 그 녀석은.”

히다는 미안해서 큰 덩치를 최대한 작게 오므렸다. 고스게는 신기한 듯한 표정으로 마노의 얼굴을 엿보았다.

“두 사람 다, 저, 점심 식사는?”

“아직입니다.” 두 사람이 똑같이 대답했다.

마노는 얼굴을 붉히고 웃음을 터뜨렸다. 셋이 나란히 식당으로 가고 난 뒤 요조는 일어나 앉았다. 비에 자욱한 먼바다를 바라보았다.

「여기를 지나 몽매의 늪」

그리고 최초의 서두로 돌아가는 것이다. 헌데, 나 자신 서툴다. 무엇보다 나는 이러한 시간 조작을 좋아하지 않는다. 좋아하지 않지만 시도해 보았다. 여기를 지나 슬픔의 도시. 나는 이 평소 입발린 지옥문의 영탄을 영예로운 서두의 한 줄로 바치고 싶었기 때문이다. 달리 이유는 없다. 만약 이

한 줄로 인해 내 소설이 실패해 버린들, 나는 마음 약하게 그것을 말살할 생각은 없다. 과장부리는 김에 한 마디만 더. 그 한 줄을 지우는 일은 내 지금까지의 생활을 지우는 일이다.

"사상이야, 이봐, 맑시즘이야."

이 말은 심각하지 않아서 좋다. 고스게가 그렇게 말했다. 의기양양한 얼굴로 말하고는 우유 잔을 고쳐 잡았다.

사방의 판자벽은 흰 페인트가 칠해져 있고 동쪽 벽에는 구리동전 크기의 훈장을 세 개 가슴에 단 원장의 초상화가 높이 걸려 있는데, 그 아래에 열 개 정도의 길다란 테이블이 가지런히 놓여 있었다. 식당은 텅 비어 있었다. 히다와 고스게는 동남쪽 구석 테이블에 앉아 식사를 했다.

"꽤 과격하게 했지." 고스게는 소리를 낮춰 계속 얘기했다. "허약한 몸으로 그 정도로 뛰어다녔다가는 죽고 싶기도 할거야."

"행동대 캡이지? 알고 있어." 히다는 빵을 우물우물 씹으며 참견했다. 히다는 박식한 체한 것이 아니다. 좌익 용어쯤이야 그 무렵의 청년이라면 누구나 알고 있었다. "그렇지만 — 그것만이 아냐. 예술가는 그렇게 단순한 게 아냐."

식당이 어두워졌다. 비가 심해졌다. 고스게는 우유를 한

모금 마시고 나서 말했다. "너는 사물을 주관적으로밖에 생각할 줄 모르니까 큰일이야. 대저, — 대저, 한 인간의 자살에는 본인이 의식하지 못하는 뭔가 객관적인 큰 원인이 감춰져 있는 법이라 하지. 집에서는 모두들 여자가 원인이라고 믿고 있지만 나는 그렇지 않다고 말해 두었어. 여자는 그저 길동무야. 다른 큰 원인이 있는 거라구. 집에 있는 작자들은 그걸 몰라. 너까지 이상한 말을 하고. 안돼."

히다는 발밑에서 타는 스토브 불을 응시하며 중얼거렸다. "여자에겐 그렇지만 남편이 따로 있었다구."

우유 잔을 내려놓고 고스게는 응답했다. "알아. 그런 것쯤 아무것도 아냐. 요짱에게는 방귀 정도도 못돼. 여자에게 남편이 있다 해서 동반자살하다니 시시해." 말을 끝내고 나서 머리 위의 초상화를 한쪽 눈을 감고 겨누며 바라보았다. "저 사람이 여기 원장인가."

"그렇겠지. 하지만 — 사실이 어떤지는 오바가 아니고는 알 수 없어."

"그건 그래." 고스게는 선뜻 동의하고 두리번두리번 주위를 둘러보았다. "추운 걸. 넌 오늘 여기서 묵을 거니?"

히다는 빵을 급히 삼키고 고개를 끄덕였다. "그래."

청년들은 언제나 본격적인 논의를 하지 않는다. 서로 상대방의 신경을 거슬리지 않도록 최대한의 주의를 하면서 자신의 신경도 소중히 돌본다. 쓸데없는 조롱을 받고 싶지 않은 것이다. 게다가 한번 상처 입으면, 상대를 죽일까, 내가 죽을까, 꼭 거기까지 생각을 몰고 간다. 그래서 논쟁을 싫어하는 것이다. 그들은 대충 얼버무리는 말을 많이 알고 있다. 아니라는 한 마디조차 열 종류 정도는 힘들지 않고 다양하게 사용해 보일 것이다. 논의를 시작할 때부터 이미 타협의 눈동자를 교환한다. 그리고 마지막에 웃으며 악수하고는 속으로 서로 약속이라도 한 듯 이렇게 중얼거린다. 바보 녀석!

그런데 내 소설도 드디어 흐릿해져 버린 것 같다. 이쯤에서 일전, 파노라마식으로 한 장면 한 장면을 전개시킬까. 거창한 말을 하는 게 아냐. 뭘 시켜 봐도 서툰 네가. 아아, 잘돼 가면 좋은데.

다음날 아침은 화창하게 개었다. 바다는 조용하고 오시마(大島)의 분화 연기가 수평선 위에 하얗게 피어 오르고 있었다. 좋지 않다. 나는 경치를 쓰는 것이 싫다.

ㅇ호실 환자가 눈을 뜨자, 병실은 겨울 햇살로 가득 차 있었다. 딸린 간호사와 아침인사를 나누고 곧 체온을 쟀다. 36도 4분이었다. 그리고 식전의 일광욕을 하러 베란다에 나갔다. 간호사에게 살짝 옆구리를 찔리기 전부터 이미 ㄴ호실 베란다를 훔쳐보고 있었다. 어제의 새 환자는 감색 겹옷

을 단정히 입고 등의자에 앉아 바다를 바라보고 있었다. 눈부신 듯 굵은 눈썹을 찡그렸다. 그렇게 잘생긴 얼굴이라고 생각지 않았다. 때때로 볼의 가제를 손등으로 가볍게 두드렸다. 일광욕 침대에 누워 눈을 가늘게 뜨고 그것만을 관찰하고 나서 간호사에게 책을 가져오게 했다. 보봐리 부인. 평소에 이 책을 지루해 하여 5, 6페이지를 읽으면 내던져 버리곤 했는데 오늘은 제대로 읽고 싶었다. 지금 이 책을 읽는 것은 너무도 어울린다고 생각했다. 팔랑팔랑 책장을 넘겨 백페이지쯤에서 읽기 시작했다. 좋은 문장 하나를 주웠다. "엠마는 횃불을 밝히고 한밤중에 혼례를 올리고 싶었다."

ㅁ호실 환자도 일어나 있었다. 일광욕하러 베란다에 나갔다가 문득 요조의 모습을 보자마자 다시 병실로 뛰어들어 왔다. 까닭없이 무서웠다. 곧 침대로 기어들고 말았다. 옆에 있던 어머니가 웃으며 모포를 덮어 주었다. ㅁ호실 소녀는 머리부터 모포를 뒤집어쓰고 그 좁은 어둠 속에서 눈을 빛내며 옆 방의 이야기 소리에 귀기울였다.

"미인인 것 같아." 그리고 나즈막한 웃음.

히다와 고스게가 묵은 것이다. 옆의 빈 병실에서 침대 하나에 두 사람이 잤다. 고스게가 먼저 일어나 그 가는 눈을 설핏이 뜨고 베란다에 나갔다. 요조의 다소 꾸민 듯한 포즈를 옆 눈으로 슬쩍 보고 나서, 그런 포즈를 취하게 한 근원을 찾아 빙 왼쪽으로 고개를 돌려보았다. 제일 끝 베란다에서 젊은 여자가 책을 읽고 있었다. 여자의 침대 배경은 이끼가 낀 젖은 돌담이었다. 고스게는 서양식으로 어깨를 움찔 들어보이고 곧 방으로 되돌아와, 자고 있는 히다를 흔들어 깨웠다.

"일어나. 사건이다." 그들은 사건을 날조하기를 즐긴다. "요짱의 대(大)포즈."

그들의 회화에는 '대' 라는 형용사가 자주 사용된다. 지루한 이 세상에 뭔가 기대할 만한 대상을 원하기 때문일 것이다. 히다는 깜짝 놀라 벌떡 일어났다. "뭐야." 고스게는 웃으며 가르쳐 주었다.

"소녀가 있어. 요짱이 그 애한테 득의의 옆얼굴을 보여 주고 있다구."

히다도 들뜨기 시작했다. 양쪽 눈썹을 과장되게 쑥 위로 들어올리며 물었다. "미인?"

"미인인 것 같아. 책 읽는 흉내를 내고 있어."

히다는 웃음을 터뜨렸다. 침대에 걸터앉은 채로 자켓과 바지를 입고 나서 소리쳤다.

"좋아, 혼내 주자." 혼내 줄 마음은 없다. 이건 다만 험담이다. 그들은 친구의 험담조차 태연히 내뱉는다. 그때의 기분에 맡기는 것이다. "오바 녀석, 전세계의 여자를 모두 탐

내다니."

얼마 후, 요조의 병실에서 많은 사람들의 웃음소리가 왁자하고 일어나 그 병동 전체에 울려퍼졌다. ㅇ호실 환자는 책을 탁 덮고 요조의 베란다 쪽을 의심스럽다는 듯 바라보았다. 베란다에는 아침 해를 받아 빛나고 있는 하얀 등의자가 하나 남겨져 있을 뿐 아무도 없었다. 그 등의자를 응시하면서 꾸벅꾸벅 졸았다. ㅁ호실 환자는 웃음소리를 듣고 살짝 모포에서 얼굴을 내밀어 머리맡에 서 있는 어머니와 다정한 미소를 나누었다. ㅎ호실의 대학생은 웃음소리에 눈을 떴다. 대학생에게는 간호해 줄 사람도 없었고 하숙집 생활 같은 태평스런 나날을 보내고 있었다. 웃음소리가 어제의 새 환자 방에서 난 것이라 깨닫고 그 검푸른 얼굴을 붉혔다. 웃음소리를 점잖지 못하다고는 생각지 않았다. 회복기 환자 특유의 관대한 마음으로 오히려 요조가 쾌활한 데 안심했다.

나는 삼류 작가가 아닐까. 아무래도 기분을 너무 낸 것 같다. 파노라마식 어쩌고 분수에 맞지 않는 계획을 세워 마침내 이 모양으로 신명이 났다. 아니, 잠깐만. 이런 실패가 있으려니 하고 미리 준비해 둔 말이 있다. 아름다운 감정으로 사람은 나쁜 문학을 만든다. 즉 내가 이렇듯 너무 기분을 낸 것도 내 마음이 그만큼 악마적이 아니기 때문이다. 아아, 이 말을 생각해 낸 남자에게 행운 있기를. 이 얼마나 보배로운 말인가. 그렇지만 작가는 일평생 단 한 번밖에 이 말을 사용할 수 없다. 아무래도 그런 것 같다. 한 번은 애교다. 만약 자네가 두 번 세 번 거듭해서 이 말을 방패로 삼는다면 아무래도 자네는 비참한 꼴이 될 걸세.

"실패했어."

침대 옆 소파에 히다와 나란히 앉아 있던 고스게는 그렇게 말하고 히다와 요조의 얼굴, 그리고 문을 기대고 선 마노의 얼굴을 순서대로 둘러본 뒤에 모두 웃고 있는 것을 확인하자, 만족스러운 듯 히다의 둥근 오른쪽 어깨에 힘없이 머리를 올려놓았다. 그들은 잘 웃는다. 대수롭지 않은 일에도 왁자지껄 포복절도한다. 웃는 얼굴을 만드는 것은 청년들에게 있어 숨을 내쉬는 일만큼이나 손쉽다. 언제부터 그런 습성이 배기 시작했을까. 웃지 않으면 손해본다. 웃어야 할 어떤 사소한 대상도 놓치지 마라. 아아, 이거야말로 탐욕스런 미식가의 덧없는 편린이 아닌가. 그런데 슬프게도 그들은 진정으로 웃을 수 없다. 배를 잡고 웃으면서도 자신의 자세를 신경 쓴다. 그들은 또 남을 잘 웃긴다. 자신을 상처 입히면서까지 남을 웃기고 싶어한다. 그건 결국 예의 허무의 마음에서 시작되는 것이지만, 그러나 좀더 깊은 곳에 뭔가 심각한 배려가 있음을 추측해 볼 수 있지 않을까. 희생의 영혼. 다소 자포자기이면서, 이것이다 하는 목적도 갖지 않는 희생의 영혼. 그들이 더러 지금까지의 도덕률로 재어 보아도 미담이라 할 만한 훌륭한 행동을 보이기도 하는 것은 전부 이 숨겨진 영혼 때문이다. 이것은 나의 독단이다. 게다가 서재 안에서의 모색이 아니다. 모두 나 자신의 육체로부터 들은 사념이긴 하다.

요조는 아직 웃고 있다. 침대에 걸터앉아 양다리를 흔들거리고 볼의 가제에 매우 신경을 쓰며 웃었다. 고스게의 얘기가 그토록 우스웠던 것일까. 그들이 어떤 스토리에 흥겨워하는가의 한 예로, 여기에 몇 줄 덧붙이겠다. 고스게가 이번 휴가중, 고향마을에서 30리 정도 떨어진 산속의 어느 유명한 온천장으로 스키를 타러 가서 그곳 여관에 일박했다. 한밤중 변소로 가다가 복도에서 같은 곳에서 묵고 있는 젊은 여자와 마주쳤다. 그것이 전부다. 그러나 이것이 대사건이다. 고스게로 보면 잠깐 마주쳤을 뿐이라도 그 여자에게 자신의 특출한 인상을 남겨 놓지 않으면 개운해지지 않는 것이다. 특별히 어떻게 하려는 목적도 없지만 그 마주친 순간에 그는 목숨을 내던지고 포즈를 취한다. 인생에 진지하게 뭔가 기대를 갖는다. 그 여자와의 모든 경위를 순간에 상상하고는 가슴이 터질 듯한 느낌이다. 그들은 그러한 숨막히는 순간을 적어도 하루에 한 번은 경험한다. 그래서 그들은 방심을 하지 않는다. 혼자 있을 때라도 자신의 자세를 꾸미고 있다. 고스게는 한밤중 변소에 갈 때조차 자신의 새로 맞춘 푸른 외투를 말쑥하게 차려 입고 복도로 나섰다 한다. 고스게는 그 젊은 여자와 마주친 후, 정말이지 잘했다고 생각했다. 외투를 입고 나가길 잘했다고 생각했다. 안도의 숨을 쉬고 복도 맨 끝의 커다란 거울을 들여다보니 실패였다. 외투 밑으로 꾀죄죄한 잠방이를 걸친 양다리가 삐죽이 나와 있다.

"아이쿠," 과연 가볍게 웃으면서 말하는 것이다. "잠방이는 말려 올라가고 다리털이 시커멓게 보이는 거야. 얼굴은 잠으로 퉁퉁 부었고."

요조는 내심 그렇게 웃고 있지도 않다. 고스게가 지어낸 얘기라고도 생각되었다. 그래도 큰소리로 웃어 주었다. 친구가 어제완 달리 요조에게 가까워지려고 애쓰는, 그 마음 씀씀이에 대한 보답의 심정으로 일부러 배를 잡고 웃어 준 것이다. 요조가 웃었기 때문에 히다도 마노도 따라 웃었다.

히다는 안심했다. 이제 뭐든 말할 수 있다고 생각했다. 아직 아직, 하고 억누르기도 했다. 우물쭈물하고 있었다.

신이 난 고스게가 도리어 서슴지 않고 말해 버렸다.

"우리는 여자라면 실패해. 요짱도 그렇잖아."

요조는 여전히 웃으면서 고개를 갸우뚱했다.

"그럴까."

"그렇지. 죽지는 않아."

"실패일까."

히다는 너무 기뻐서 가슴이 두근거렸다. 가장 곤란한 돌담을 미소로 무너뜨린 것이다. 이런 놀라운 성공도 고스게의 모자라는 인덕 덕분일 거라고, 이 나이 어린 친구를 꽉 안아 주고 싶은 충동을 느꼈다.

히다는 엷은 눈썹을 시원스럽게 들어올리고 더듬거리며 말했다.

"실팬지 어떤지는 한 마디로 말할 수 없다고 생각해. 우선 원인을 모르니까." 서툴다고 생각했다.

곧 고스게가 거들어 주었다. "그건 알고 있지. 히다와 대논의를 했어. 나는 길이 막혀 버린 사상 때문이라고 생각하는데. 히다는 이 녀석, 거드름 피우면서 다른 이유가 있다고 하니." 빈틈을 두지 않고 히다가 응했다. "그것도 있겠지만 그뿐이 아냐. 즉 반했던 거야. 싫은 여자와 죽을 리가 없어."

요조가 아무것도 억측하지 못하게 하려는 속셈에서 단어를 고르지 않고 서둘러 말했는데 그것이 오히려 자신의 귀에도 순진하게 들렸다. 대성공이야, 속으로 안심했다.

요조는 긴 속눈썹을 내리깔았다. 오만, 나태, 아첨, 교활,

악덕의 소굴, 피로, 분노, 살의, 이기주의, 취약, 기만, 병독(病毒). 어지럽게 그의 가슴을 흔들었다. 말해 버릴까 하고 생각했다. 일부러 풀죽어 중얼거렸다.

"사실은 나도 잘 모르겠어. 모든 게 원인인 듯한 느낌이야."

"알아. 알아." 고스게는 요조의 말이 채 끝나기 전에 끄덕였다. "그럴 수도 있겠지. 이봐, 간호사가 없어졌어. 일부러 피해 준 건가."

내가 앞에서도 말해 두었지만, 그들의 논의는 서로의 사상을 교환하기보다는 그때그때의 분위기를 기분 좋게 마무리하기 위해 행해진다. 무엇 하나 진실을 말하지 않는다. 그렇긴 해도 한참 듣다 보면 예기치 않은 수확을 거두는 수가 있다. 그들의 과장된 말 속에 때로 깜짝 놀랄 정도의 솔직한 느낌이 전해지기도 한다. 부주의하게 흘리는 말이야말로 진실된 내용을 담고 있는 것이다. 요조는 지금, 모든 게 라고 중얼거렸지만 이것이 바로 그가 얼떨결에 내뱉은 본심이 아닐까. 그들의 마음속에는 혼돈 그리고 까닭을 알 수 없는 반발만 있다. 혹은 자존심뿐이라 해도 좋을지 모른다. 게다가 날카롭고 예민해진 자존심이다. 어떠한 미풍에도 부들부들 떤다. 모욕을 받았다고 생각하자마자 죽어 버릴까 하며 괴로워한다. 요조가 자신의 자살 원인에 대한 질문에 당혹해 하는 것도 무리가 아니다 — 모든 것이다.

그날 정오가 조금 지나 요조의 형이 세이쇼엔에 도착했다. 형은 요조를 닮지 않고 멋지게 살쪄 있었다. 정장 차림이었다.

원장에게 안내받아 요조의 병실 앞에까지 왔을 때, 방안의 유쾌한 웃음소리를 들었다. 형은 모른 척했다.

"여깁니까?"

"네. 이젠 건강합니다." 원장은 그렇게 대답하면서 문을 열었다.

고스게가 깜짝 놀라 침대에서 뛰어내렸다. 요조 대신 누워 있었던 것이다. 요조와 히다는 소파에 나란히 앉아 트럼프를 하고 있었는데 둘 다 서둘러 일어났다. 마노는 침대 머리맡 의자에 앉아 뜨개질을 하고 있다가 역시 멋적다는 듯이 머뭇머뭇 뜨개질 도구를 치우기 시작했다.

"친구 분이 와 계셔서 떠들썩합니다." 원장은 뒤돌아보며 형에게 그렇게 속삭이고 요조 옆으로 다가왔다. "이젠 괜찮지요?"

"네." 대답하며 요조는 갑자기 비참한 느낌이 들었다.

원장의 눈은 안경 속에서 웃고 있었다.

"어때요. 요양원 생활이라도 해 보지 않겠습니까?"

요조는 처음으로 죄인의 열등감을 맛보았다. 다만 미소로써 대답했다.

형은 그 사이 꼼꼼한 사람답게 마노와 히다에게 신세를 졌습니다 하고 절을 한 뒤 고스게에게 진지한 얼굴로 물었다. "어젯밤은 여기서 잤다고?"

"네." 고스게는 머리를 긁적이며 말했다. "옆에 빈 병실이 있어서 거기서 히다와 같이 잤습니다."

"그럼 오늘 밤부터 내 여관으로 와. 에노시마에 여관을 얻어 놨으니까. 히다 씨, 당신도."

"예." 히다는 얼어 있었다. 손에 쥐고 있던 석 장의 트럼프를 만지작거리며 대답했다.

형은 아무 일도 아니란 듯이 요조를 향했다.

"요조, 이제 괜찮니?"

"응." 일부러 못마땅한 표정을 지으며 고개를 끄덕였다.

형은 돌연 수다스러워졌다.

"히다 씨. 원장 선생님을 모시고 모두 함께 점심 먹으러 갑시다. 난 아직 에노시마를 본 적이 없어요. 선생님께 안내를 부탁하려고 하는데. 곧 나가지요. 자동차를 세워 놓았습니다. 좋은 날씨군."

나는 후회하고 있다. 어른 둘을 등장시킨 탓으로 온통 뒤죽박죽이다. 요조, 고스게, 히다 그리고 나, 이렇게 네 사람이 모여 모처럼 좋은 상태로 이끈 좀 색다른 분위기도 이 두어른 때문에 흔적도 없이 시들어 버렸다. 나는 이 소설을 분위기 있는 로맨스로 만들고 싶었던 것이다.

처음 몇 페이지로 빙글빙글 소용돌이치는 분위기를 만들어 놓고 그것을 조금씩 여유 있게 풀어 가고 싶다고 기원하였다. 솜씨 없음을 한탄하면서 그래도 여기까지 펜을 움직여 왔다. 그러나 일시에 와해되고 말았다.

용서해 다오! 거짓말이야. 시치미 뗀 거다. 모두 내가 일부러 꾸민 거야. 쓰는 동안에 그 분위기의 로맨스 따위가 쑥스러워져서 내가 고의로 부숴뜨렸다는 얘기다. 만약 정말로 일시적인 와해에 성공했다면 그건 오히려 내가 바라는 바다. 악취미. 지금 내 마음을 괴롭히는 것은 이 한 마디다. 남을 까닭도 없이 위압하려고 하는 끈질긴 취향을 그렇게 부르는 거라면, 어쩌면 나의 이런 태도도 악취미겠지. 나는 지고 싶지 않아. 속셈이 탄로나기를 바라지 않았던 거다. 그러나 그건 허무한 노력일거야. 아! 작가는 모두 이런 것일까. 고백하는 데도 말을 꾸민다. 나는 사이비 인간이 아닐까. 진짜 인간다운 생활이 내게 가능할까. 이렇게 쓰면서도 나는 내 문장을 의식한다.

뭐든지 털어놓겠다. 사실 내가 이 소설의 한 장면 한 장면의 묘사 사이에 나라는 남자의 얼굴을 내밀어, 말하지 않아도 되는 일을 장황하게 늘어놓게 한 것도 교활한 생각이 있어서였다. 나는 그것을 독자가 눈치 못 채게 바로 나라고 해서 살짝 특이한 뉘앙스를 작품에 담고 싶었던 것이다. 그것은 일본에 아직 없는 하이칼라한 작품이라고 우쭐해 하고 있었다. 그러나 패배했다. 아니, 나는 이 패배의 고백 또한 이 소설의 플랜 속에 계산하고 있던 터였다. 가능하면 나는 좀더 있다가 그것을 말하고 싶었다. 아니, 이 말조차 나는 처음부터 준비하고 있었던 듯한 느낌이 든다. 아아, 더 이상 나를 믿지 마. 내가 말하는 건 한 마디도 믿지 마.

나는 왜 소설을 쓰는 걸까. 신진 작가로서의 영예를 원하는가. 그렇지 않으면 돈을 원하는가. 연극하지 말고 대답해. 둘 다 원한다고. 너무 너무 원한다고. 아아, 나는 아직 속 들여다보이는 거짓말을 하고 있다. 이런 거짓말에 사람은 쉽게 걸려든다. 거짓말 중에서도 비열한 거짓말이다. 나는 왜 소설을 쓰는 걸까. 난처한 말을 꺼내 버렸군. 어쩔 수 없어. 억지로 변죽 울리는 듯해서 싫지만 그냥 한 마디 대답해 두자. '복수'.

다음 묘사로 넘어가자. 나는 시장 예술가다. 예술품이 아니다. 내 불쾌한 고백도 나의 이 소설에 뭔가 뉘앙스를 가져다 준다면, 그건 천만다행이다.

요조와 마노가 뒤에 남겨졌다. 요조는 침대에 들어가 눈을 깜박깜박거리며 생각에 잠겼다. 마노는 소파에 앉아 트럼프를 치웠다. 트럼프 패를 자주색 종이 상자에 담고 나서 말했다.

"형님이시지요?"

"아아" 높은 천정의 흰 벽을 응시하며 대답했다. "닮았어?"

작가가 묘사의 대상에 애정을 잃으면 즉각 이런 구질구질한 문장이 된다. 아니, 이젠 말 말아야지. 상당히 멋진 문장이야.

"네. 코가."

요조는 소리내어 웃었다. 요조의 가족은 할머니를 닮아 모두 코가 길었다.

"몇 살이신지요." 마노도 조금 웃고 나서 물었다.

"형 말이야?" 마노 쪽으로 얼굴을 향했다.

"젊어. 서른넷이야. 대단한 듯이 폼잡고 우쭐대며 다니는 거지."

마노는 문득 요조의 얼굴을 쳐다보았다. 눈썹을 찡그리고 이야기하고 있다. 당황해서 눈을 내리깔았다.

"형은 아직 그래도 괜찮아. 아버지가."

말하려다 입을 다물었다. 요조는 어른스러워졌다. 나를

대신하여 타협하고 있다.

마노는 일어서서 병실 구석 선반으로 뜨개질 도구를 가지러 갔다. 원래대로 다시 요조의 머리맡 의자에 앉아 뜨개질을 시작하면서 마노도 또한 생각했다. 사상도 아니고 연애도 아닌 그보다 한발 가까운 원인을 생각하고 있었다.

나는 이제 아무것도 말하지 않겠다. 말하면 할수록 나는 아무것도 말하지 않게 된다. 정말로 중요한 사항에는 난 아직 전혀 언급하지 않은 듯한 느낌이다. 그건 당연하겠지. 많은 걸 빠뜨리고 있다. 그것도 당연하겠지. 작가는 그 작품의 가치를 알 수 없다는 것이 소설도(道)의 상식이다. 나는 분하지만 그것을 인정하지 않으면 안된다. 스스로 자신의 작품 효과를 기대한 나는 바보였다. 특히 그 효과 따위를 입 밖에 내어 말하지 말아야 했다. 입 밖에 내어 말하는 순간, 또 하나의 완전히 다른 효과가 생겨난다. 그 효과가 대개 이러할 것이다라고 추측하는 순간, 또 새로운 효과가 튀어나온다. 나는 영원히 그 뒤꽁무니를 좇고만 있어야 하는 우를 범한다. 형편없는 작품인지 아니면 나쁘지 않은 솜씨인지, 나는 그것조차 알려고 하지 않겠다. 어쩌면 나의 이 소설은 내가 미처 생각도 못한 대단한 가치를 낳게 될 것이다. 이러한 말은 내가 남에게서 얻어 들은 것이다. 내 육체에서 배어나온 말이 아니다. 그러니까 다시 마음이 약해지는 거겠지.

분명히 말하자면 나는 자신감을 잃었다.

전기가 들어오고 나서 고스게가 혼자 병실로 찾아왔다. 들어오자마자 누워 있는 요조의 얼굴을 덮치듯 하면서 속삭였다.

"마시고 왔어. 마노에겐 비밀이야."

그리고 요조 얼굴에 후욱 입김을 세게 불어댔다. 술을 마시고 병실에 출입하는 것은 금지되어 있었다.

뒤 소파에서 뜨개질을 계속하고 있는 마노를 얼핏 옆눈으로 보고 나서, 고스게는 외치듯 말했다.

"에노시마를 구경하고 왔어. 좋았지." 그리고 곧 다시 소리를 낮추어 속삭였다. "거짓말이야."

요조는 일어나 침대에 걸터앉았다.

"지금까지 쭉 마시고 있었나? 아니, 상관없어. 마노 씨, 괜찮지요?"

마노는 뜨개질 손을 늦추지 않고 웃으면서 대답했다. "안 괜찮은데요."

고스게는 침대 위로 벌렁 누웠다.

"원장과 넷이서 의논. 이봐, 형님은 책략사야. 의외로 수완가던 걸."

요조는 잠자코 있었다.

"내일, 형님과 히다가 경찰서에 가. 완전히 정리를 해 버린대. 히다는 바보야. 마구 흥분해 가지고. 히다는 오늘 거기서 잘 거야. 나는 싫어서 돌아왔어."

"내 흉을 보았겠지."

"응. 봤어. 대바보라고 했어. 앞으로도 무슨 일을 저지를지 알 수 없다고 하더군. 그러나 아버지도 나쁘다고 덧붙였어. 마노 씨, 담배 피워도 돼?"

"네." 눈물이 나올 것 같아 그렇게만 대답했다.

"파도 소리가 들리는데. 좋은 병원이야."

고스게는 불 붙지 않은 담배를 입에 물고 주정꾼답게 거친 숨을 내쉬면서 잠시 눈을 감고 있었다. 이윽고 상체를 벌떡 일으켰다.

"그렇지. 옷을 가져왔어. 거기 두었어." 턱으로 문 쪽을 가리켰다.

요조는 문 옆에 놓인 당초 무늬의 큼직한 보따리에 눈을 던지고 역시 눈썹을 찡그렸다. 그들은 육친에 대해 이야기할 때 약간 감상적인 표정을 짓는다. 그렇지만 이건 그저 습관에 불과하다. 어릴 때부터의 교육이 그런 표정을 만들어 냈을 뿐이다. 육친이라 하면 재산이라는 단어를 생각해 내는 것은 변함이 없는 듯하다. "어머니에겐 못 당해."

"응, 형님도 그렇게 말했어. 어머니가 제일 가엾대. 이렇게 옷 걱정까지 해 주니까 말야. 이봐, 정말이야. 마노 씨, 성냥 없어?" 마노에게서 성냥을 받아들자, 성냥갑에 그려진 말 얼굴을 볼을 불룩하게 해서 바라보았다. "지금 입고 있는 건 원장에게 빌린 옷이라며?"

"이거? 그래. 원장 아들 옷이야. 형은 그 밖에도 뭔가 말했겠지? 내 욕을."

"빈정거리지 말아." 담배에 불을 붙였다. "형님은 비교적 참신해. 널 이해하고 있어. 아냐, 그렇지도 못한가. 꽤나 고생한 척하던 걸. 너의 이번 일 원인에 대해 함께 이야길 했는데 그때 말야, 한바탕 웃었어." 연기를 둥글게 내뱉았다. "형님의 추측으로는, 이건 요조가 방탕으로 돈이 궁해졌기 때문이다. 아주 진지하게 얘기하는 거야. 그렇지 않으면 이건 형으로서 말하기 힘든 건데, 틀림없이 부끄러운 병에라도 걸려서 자포자기가 된 걸 거다." 술로 개개풀린 탁한 눈을 요조에게 향했다.

"어때. 야아, 의외로 이 녀석."

오늘 저녁은 고스게 혼자 묵게 되어 일부러 옆 병실을 빌릴 것 없다고 함께 의논해서 고스게도 같은 병실에 자기로 했다. 고스게는 요조와 나란히 소파에 누웠다. 녹색 우단이 깔린 그 소파는 장치가 되어 있어 어설프게나마 침대가 되기도 했다. 마노는 매일 밤 거기서 자곤 했다. 오늘은 그 침상을 고스게에게 빼앗겼으므로 병원 사무실에서 돗자리를 빌려 방의 서북쪽 구석에 깔았다. 거기는 바로 요조의 발밑 근처였다. 그리고 마노는 어디서 찾아왔는지 두 폭 짜리 낮은 병풍으로 그 얌전한 잠자리를 둘러쳤다.

"주의 깊군." 고스게는 누우면서 허름한 병풍을 보고 혼자 킬킬 웃었다. "가을 풀이 그려져 있네."

마노는 요조 머리 위의 전등을 보자기로 싸 어둡게 하고 나서, 안녕히 주무세요를 두 사람에게 말하곤 병풍 뒤로 사라졌다.

요조는 잠들기 어렵겠다고 생각했다.

"추운데." 침대 위에서 뒤척였다.

"응." 고스게도 입술을 내밀고 맞장구쳤다. "술이 다 깼는걸."

마노는 가볍게 기침했다. "뭔가 덮어 드릴까요?"

요조는 눈을 감고 대답했다.

"나? 괜찮아. 잠이 안 와서 그래. 파도 소리 때문이야."

고스게는 요조를 불쌍하다고 생각했다. 그것은 전적으로 어른의 감정이다. 말할 필요도 없겠지만 불쌍한 건 여기 있는 요조가 아니라 요조와 똑같은 처지에 있던 때의 자신, 혹은 그런 처지에 대한 일반적인 추상이다. 어른은 그런 감정에 능숙하게 훈련되어 있어서 쉬 남을 동정한다. 그리고 감동 잘하는 자신에 대해 자부심을 갖는다. 청년들도 역시 때로 그러한 안이한 감정에 젖는 수가 있다. 어른은 그런 훈련을 우선 호의적으로 말해, 자기 생활과의 타협에서 얻는다고 하면 청년들은 도대체 어디서 배운 것일까. 이런 시시한 소설에서?

"마노 씨, 무슨 얘기든 해 봐요. 재미있는 얘기가 없어?"

요조의 기분을 전환시켜 주려는 과잉친절에서 고스게는 마노에게 응석을 부렸다.

"글쎄." 마노는 병풍 뒤에서 웃음소리와 함께 다만 그렇게 대답했다.

"무서운 얘기라도 괜찮아." 그들은 언제나 전율하고 싶어서 좀이 쑤신다.

마노는 뭔가 생각하고 있는 듯 한참 동안 대답하지 않았다.

"비밀이에요." 그렇게 운을 떼고 소리 죽여 웃음을 터뜨렸다. "괴담이에요. 고스게 씨, 괜찮아요?"

"꼭, 꼭." 진심이었다.

마노가 간호사가 된 지 얼마 안 된 열아홉 살 여름에 있었던 일. 역시 여자 때문에 자살을 꾀한 청년이 발견되어 어느 병원에 수용되었는데 그를 마노가 돌보았다. 환자는 마약을 사용하고 있었다. 몸 전체에 자주빛 반점이 흩어져 있었다. 살아날 가망이 없었다. 저녁 무렵 한 번 의식을 되찾았다. 그때 환자는 창밖의 돌담을 따라 놀고 있는 작은 바닷게들을 보고, 예쁜데라고 했다. 그곳의 게는 살아 있으면서 등딱지가 빨갛다. 나으면 잡아서 집으로 가져가야지라는 말을 남기고 다시 의식을 잃었다. 그날 밤, 환자는 세면기에 두 번 토악질을 하고 죽었다. 고향에서 친지들이 올 때까지 마노는 그 병실에 청년과 함께 있었다. 한 시간 정도는 참고 병실 구석 의자에 앉아 있었다. 뒤에서 희미한 소리를 들었다. 가만히 있으니까 또 들렸다. 이번엔 분명히 들렸다. 발소리 같았다. 용기를 내어 뒤돌아보니 바로 뒤에 빨갛고 조그만 게가 있었다. 마노는 그것을 지켜보고 울었다.

"참 신기하죠. 정말로 게가 있었던 거예요. 산 게. 전 그때 간호사를 그만둘까 생각했어요. 내가 일하지 않아도 집형편은 그런 대로 살아갈 만했으니까. 아버지께 말씀드렸다가 실컷 웃음거리가 되고 말았지만. 고스게 씨, 어때요?"

"무서워." 고스게는 일부러 놀리듯 외쳤다. "그 병원은?"

마노는 거기엔 대답 않고 살며시 뒤척이고는 혼잣말처럼 중얼거렸다.

"난 오바 씨 때도 병원의 호출을 거절할까 생각했더랬어요. 겁이 났으니까. 그렇지만 와 보고 안심했죠. 이렇게 건

강하고, 애초부터 화장실엔 혼자서 가겠다고 말씀하셨어요."

"아니, 병원 말야. 이 병원 아냐?"

"여기예요. 여기란 말예요. 하지만 그건 비밀로 해 주세요. 신용문제이기도 하니까."

요조는 잠에 취한 듯한 소리로 말했다. "설마, 이 방은 아니겠지."

"아니예요."

"설마" 고스게도 흉내내어 말했다. "우리가 어젯밤 잔 침대는 아니겠지."

마노는 웃음을 터뜨렸다.

"아니예요. 괜찮다니까요. 그렇게 신경 쓰신다면 전 말하지 말 걸 그랬어요."

"ㅇ호실이다." 고스게는 살짝 머리를 들었다.

"창문으로 돌담이 보이는 건 저 방밖에 없어. ㅇ호실이다. 이봐, 소녀가 있는 방이야. 가엾어라."

"소란 피우지 말고 조용히 주무세요. 거짓말이예요. 지어낸 얘기란 말예요."

요조는 딴 생각을 하고 있었다. 소노의 유령을 생각하고 있었다. 아름다운 모습을 가슴에 그리고 있었다. 요조는 가끔 이렇듯 담백한 데가 있다. 그들에게 있어 신(神)이라는 단어는 얼빠진 인물에게 던지는 야유와 호의가 섞인 별것 아닌 대명사에 불과한데, 그것은 그들이 너무나 신에 접근해 있기 때문인지도 모른다. 이런 식으로 경솔하게 소위 '신의 문제'에 언급한다면, 틀림없이 여러분은 천박하다든가, 안이하다라는 말로 심한 비난을 하겠지. 아아, 용서해 다오. 아무리 형편없는 작가라도 자신의 소설 주인공을 은밀하게 신에 접근시키고 싶어하는 법이다. 그러면 말하지. 그야말로 신을 닮았다. 총애하는 새, 올빼미를 황혼의 하늘에 날리고 조용히 미소 지으며 바라보는 지혜의 여신 미네르바에.

다음날, 아침부터 요양원이 술렁거렸다. 눈이 내리고 있었다. 요양원 앞뜰에 심어진 천 그루나 됨직한 키작은 해송이 한결같이 눈을 뒤집어쓰고, 거기서 내려오는 삼십여 개의 돌계단에도, 다시 이어지는 모래사장에도 눈이 엷게 쌓였다. 내렸다가 그쳤다가 하면서 눈은 정오까지 계속되었다.

요조는 침대 위에 엎드려 눈 경치를 스케치했다. 목탄지와 연필을 마노에게 사 오게 하여 눈이 완전히 그쳤을 무렵부터 일에 착수했다.

병실은 눈이 반사되어 밝았다. 고스게는 소파에 드러누워 잡지를 읽었다. 가끔 요조의 그림을 목을 빼고 엿보았다. 예술이라는 것에 막연한 외경심을 느끼고 있는 거다. 그것은 요조 한 사람에 대한 신뢰에서 생긴 감정이다. 고스게는 어렸을 적부터 요조를 보아 알고 있었다. 어딘가 색다른 데가 있다고 생각했다. 같이 놀면서 요조의 그 색다른 면이 모두 머리가 좋아서 그렇다고 독단해 버렸다. 멋쟁이에다 거짓말 잘하고 호색적인, 그리고 잔인하기조차 한 요조를 고스게는 소년 때부터 좋아했다. 특히 학생 시절의 요조가 교사들의 험담을 늘어놓을 때의 타는 듯한 눈동자를 사랑했다. 그러나 그 사랑법은 히다와는 달리 관상하는 태도였다. 즉 영리했던 것이다. 따라갈 수 있는 데까지는 따라가되 곧 시시해져서 몸을 돌려 방관한다. 이 점이 고스게가, 요조나 히다보다도 한층 뭔가 새롭다 할 수 있을 것이다. 고스게가 예술을 조금이라도 외경한다고 하면, 그것은 예의 푸른 외투를 입고 몸치장하는 것과 똑같은 의미여서 이 따분한 인생에 뭔가 기대할 만한 대상을 찾고 싶은 마음에서이다. 요조 정도의 남자가 땀투성이가 되어 만들어 내고 있으니 필경 대단한 것임에 틀림없어. 그렇게 그저 가볍게 생각하고 있다. 그러니까 역시 요조를 신뢰하는 것이다. 하지만 때로 실망한다. 지금 고스게가 요조의 스케치를 훔쳐보면서도 실망하고 있다. 목탄지에 그려진 것은 그저 바다와 섬 풍경이다. 그것도 평범한 바다와 섬이다.

고스게는 단념하고 잡지 읽는 데에 몰두했다. 병실은 고즈넉했다.

마노는 없었다. 세탁실에서 요조의 털 셔츠를 빨고 있다. 요조는 이 셔츠를 입고 바다에 들어갔다. 바다 내음이 은은하게 배어 있었다.

오후가 되자 히다가 경찰서에서 돌아왔다. 기세 좋게 병실문을 열었다.

"야아" 요조가 스케치하는 걸 보고 과장되게 외쳤다. "열심이군. 좋은데. 예술가는 역시 일을 하는 것이 강점이야."

그렇게 말하면서 침대로 다가와 요조의 어깨 너머로 힐끗 그림을 보았다. 요조는 당황해서 그 목탄지를 둘로 접어 버렸다. 그것을 다시 넷으로 작게 접으면서 쑥스러운 듯 말했다.

"잘 안돼. 오랫동안 그리지 않아 머리만 앞서서."

히다는 외투를 입은 채로 침대 끝에 걸터앉았다.

"그럴지도 모르지. 서둘기 때문이야. 하지만 그걸로 족해. 예술에 열심이니까. 음, 그렇게 생각해. 도대체 어떤 걸 그렸는데?"

요조는 턱을 괸 채, 유리문 밖의 경치를 턱으로 가리켰다.

"바다를 그렸어. 하늘과 바다는 새까만데 섬만이 흰색이야. 그리는 동안 아니꼽다는 생각이 들어 그만두었어. 취향이 우선 아마추어 같아서."

"괜찮아. 훌륭한 예술가는 모두 어딘가 아마추어 같지. 그걸로 족한 거야. 처음엔 아마추어, 그런 다음 전문가가 되고, 그리고 다시 아마추어가 돼. 또 로댕 이야기지만, 그 녀석은 아마추어의 좋은 점을 겨냥한 남자야. 아니, 그렇지도 않은 건가."

"난 그림을 그만두려고 해." 요조는 작게 접은 목탄지를 품에 넣고 나서 히다의 이야기를 덮어씌우듯 말했다. "그림은 미적지근해서 안돼. 조각도 마찬가지야."

히다는 긴 머리카락을 쓸어 올리고 쉽게 동의했다. "그런 기분도 이해해."

"가능하면 시를 쓰고 싶어. 시는 정직하니까."

"응. 시도 좋아."

"그렇지만 역시 시시해." 뭐든 모조리 시시하다 해 주려 했다. "내게 제일 어울리는 것은 후원자가 되는 건지도 몰라. 돈을 벌어서 히다처럼 좋은 예술가를 많이 모아 귀여워해 주는 거야. 그게 어떨까. 예술 따위 쑥스러워졌어." 여전히 턱을 괴고 바다를 바라보면서 그렇게 말을 끝내고 자신의 말에 대한 반응을 조용히 기다렸다.

"나쁘지 않아. 그것도 멋진 생활이라고 생각해. 그런 사람도 없으면 안되지. 사실."

말하면서 히다는 비틀거렸다. 무엇 하나 반박하지 못하는 자신이 과연 동조꾼 같다는 생각이 들어 싫었다. 그의 소위 예술가로서의 자부심은 드디어 여기까지 그를 끌어올린 셈인지도 모른다. 히다는 조심스레 준비했다. 이 다음의 말을!

"경찰 일은 어땠어?"

고스게가 불쑥 말을 꺼냈다. 거슬리지 않는 대답을 기대하고 있었다.

히다의 동요는 그쪽으로 출구를 발견했다.

"기소(起訴)야. 자살방조죄라는 거." 말하고 나서 후회했다. 너무 심했다고 생각했다. "하지만 결국 기소유예가 되겠지."

고스게는 그때까지 소파에 엎드려 있다가 벌떡 일어나 손뼉을 탁 쳤다. "일이 성가시게 됐는 걸." 농으로 얼버무리려고 했다. 그러나 잘 안되었다.

요조는 몸을 크게 비틀어 천정을 보고 누웠다.

사람을 하나 죽인 뒤 같지도 않게 그들의 태도가 너무나 태연하다고 분노를 터뜨리고 있을 여러분은, 여기에 이르러 비로소 쾌재를 부르겠지. 꼴 좋다 하고.

그러나 그건 가혹하다. 어떻게 태연할 수가 있는가. 늘 절망 곁에 있으면서 상처 입기 쉬운 광대의 꽃을 바람에도 내놓지 못하고 만들고 있는 이 서글픔을 자네가 이해해 준다면!

히다는 자신의 한 마디 효과에 안절부절못해서 요조의 다리를 이불 위로 가볍게 쳤다.

"괜찮아, 괜찮다니까."

고스게는 다시 소파에 벌렁 누웠다.

"자살방조죄." 일부러 한층 소란을 피운다. "그런 법률도 있었던가."

요조는 발을 움츠리며 말했다.

"있어. 징역감이야. 너는 법과 학생인 주제에."

히다는 슬프게 미소지었다.

"괜찮아. 형님이 잘하고 있어. 형님은 그래도 고마운 데가 있어. 굉장히 열심이야."

"수완가야." 고스게는 엄숙하게 눈을 감았다.

"걱정하지 않아도 될 거야. 상당한 책략가니까."

"바보." 히다는 웃음을 터뜨렸다.

침대에서 내려와 외투를 벗어 문 옆 못에 걸었다.

"좋은 이야기를 들었어." 문 가까이에 놓인 도자기 화로를 쬐면서 말했다. "여자의 남편이 말야." 약간 주저한 뒤에 눈을 내리깔며 말을 이었다.

"그 사람이 오늘 경찰서에 왔어. 형님과 둘이서 이야기를 했는데 말야, 나중에 형님한테서 그 이야기를 듣고 좀 감동

했어. 돈은 한푼도 필요 없다, 다만 그 남자를 만나고 싶다라고 말했다는 거야. 형님은 그걸 거절했어. 환자는 아직 흥분되어 있으니까 하고 거절했어. 그러자 그 사람은 실망스런 얼굴로, 그러면 동생에게 안부 전해 주시오, 우리 일은 신경쓰지 말고 몸 조리 잘하시고—" 입을 다물었다.

자신의 말에 가슴이 두근두근해진 것이다. 그 남편이라는 사람이 너무도 실업자답게 볼품없는 차림을 하고 있었다고, 경멸의 웃음마저 뚜렷이 입가에 지으며 들려 준 요조 형에 대한 참을 대로 참은 울분에서, 일부러 과장을 섞어 아름답게 이야기한 거였다.

"만나게 해 주면 될 텐데. 쓸데없는 참견을 하고 야단이야." 요조는 오른쪽 손바닥을 들여다보았다.

히다는 커다란 몸을 한번 흔들었다.

"그렇지만 만나지 않는 게 좋아, 역시 이대로 타인이 되어 버리는 편이 좋은 거야. 벌써 도쿄로 돌아갔어. 형님이 정류장까지 배웅하고 왔어. 형님은 부의(賻儀)로 이백 엔을 줬대. 앞으로는 아무런 관계도 없다라는 증서 같은 것도 그 사람한테서 받아놨어."

"수완가인 걸." 고스게는 얇은 아랫입술을 앞으로 내밀었다. "겨우 이백 엔. 대단한데."

히다는 숯불로 달아 번들번들 빛나기 시작한 둥근 얼굴을 험악하게 찡그렸다. 그들은 자신의 도취에 찬물이 끼얹히는 것을 극도로 겁낸다. 그 때문에 상대방의 도취도 인정해 준다. 애써 그것에 장단을 맞춰 준다. 그것은 그들 사이의 묵계다. 고스게는 지금 그걸 깨고 있다. 고스게는 히다가 그토록 감격해 있다고는 생각되지 않았다. 그 남편이라는 사람의 연약함이 답답했고, 그걸 이용하는 요조의 형도 형이다 하며 여느 때와 다름없는 세상 이야기로 듣고 있었다.

히다는 어슬렁어슬렁 걸어 요조의 머리맡 쪽으로 다가왔다. 유리 문에 코끝을 갖다대듯이 해서 흐린 하늘의 바다를 바라보았다.

"그 사람이 훌륭한 거야. 형님이 수완가라서가 아니야. 그렇지 않다고 생각해. 훌륭한 거야. 인간의 체념이 낳은 아름다움이야. 오늘 아침 화장했는데 뼈단지를 안고 혼자 돌아갔대. 기차 탄 모습이 눈에 어른거려."

고스게는 겨우 이해했다. 금방 낮은 한숨을 내쉰다. "미담이군."

"미담이지? 좋은 얘기지?" 히다는 고스게 쪽으로 휙 얼굴을 돌렸다. 기분이 좋아진 것이다. "난 이런 얘기를 들으면 살아 있는 기쁨을 느껴."

큰 맘 먹고 나는 얼굴을 내민다. 그렇게라도 하지 않으면 나는 더 이상 계속 쓸 수가 없다. 이 소설은 혼란 투성이다.

나 자신 비틀거리고 있다. 요조를 힘겨워하고 고스게를 힘겨워하고 히다를 힘겨워하고 있다. 그들은 나의 치졸한 붓이 성에 안 차 멋대로 비상한다. 나는 그들의 흙 구두에 매달려, 기다려 기다려 하고 소리친다. 이쯤에서 진용을 가다듬지 않고서는 우선 내가 견딜 수 없다.

도대체 이 소설은 재미가 없다. 자세만의 문제다. 이런 소설이라면 한 장을 쓰든 백 장을 쓰든 마찬가지다. 그러나 그것은 처음부터 각오한 바다. 써 가는 동안에 뭔가 하나 정도 적당한 것이 나올 거라고 낙관하고 있었다. 나는 아니꼽다. 아니꼽지만 뭔가 하나쯤 좋은 게 있지 않을까. 나는 자신의 가락이 붙은 형편없는 문장에 절망하면서 뭔가 하나쯤 뭔가 하나쯤 하고 그것만을, 여기저기 뒤집어 보며 찾았다. 그러면서 나는 서서히 경직되기 시작했다. 뻗어 버린 것이다. 아아, 소설은 무심히 써야 하거늘! 아름다운 감정으로 사람은 나쁜 문학을 만든다. 이 얼마나 바보스런. 이 말에 최상급의 화(禍) 있으라. 우쭐대지 않고 소설 따위 쓸 수 있는가. 한 마디 말, 하나의 문장이 열 가지 정도의 다른 의미로 내 가슴에 되튀어 온다면 펜을 꺾어 내던져야 한다. 요조든, 히다든, 또 고스게든 구태여 그렇게 어마어마하게 과장해서 보여 주지 않아도 좋다. 어차피 내력은 뻔한 거다. 쉽게 생각해, 쉽게 생각해. 무념무상.

그날 밤, 꽤 이슥해져서 요조의 형이 병실을 방문했다. 요조는 히다, 고스게와 셋이서 트럼프를 하며 놀고 있었다. 어제 형이 여기에 처음 왔을 때도 그들은 트럼프를 하고 있었다. 그러나 그들이 하루 종일 트럼프만 만지작거리고 있는 건 아니다. 오히려 그들은 트럼프를 싫어할 정도이다. 웬만큼 지루한 때가 아니면 꺼내지 않는다. 그것도 자신의 개성을 충분히 발휘할 수 없는 게임이라면 꼭 피한다. 마술을 좋아한다. 다양한 트럼프 마술을 직접 연구하여 해보인다. 그리고 일부러 그 수를 알아채도록 해 준다. 웃는다. 그리고 또 있다. 트럼프 패를 한 장 엎어 놓고 자, 이건 뭐지? 하고 한 사람이 말한다. 스페이드의 여왕. 클로버의 기사. 각각 제 생각대로 취향을 가미한 엉터리를 늘어놓는다. 패를 보여 준다. 맞힌 적이 없지만 그래도 언젠가는 딱 맞히겠지 하고 그들은 생각한다. 맞힌다면 얼마나 유쾌할까. 즉 그들은 긴 승부를 싫어한다. 길인가 흉인가. 번득이는 승부를 좋아한다. 그러므로 트럼프를 꺼내도 십 분 이상 손에 쥐지 않는다. 하루에 십 분. 그 짧은 시간에 형이 두 번이나 우연히 찾아왔다.

형은 병실에 들어와 잠시 눈살을 찌푸렸다. 언제나 태평스럽게 트럼프군 하고 오해한 것이다. 이런 불행은 인생에 간혹 있다. 요조는 미술학교 시절에도 이와 비슷한 불행을 느낀 적이 있다. 언젠가 프랑스어 시간에 그는 세 번 정도 하품을 해서 그 순간순간마다 교수와 시선이 마주쳤다. 분명히 단 세 번이었다. 일본 유수의 프랑스어 학자인 그 노교수는 세번째에 거의 참다 못해 큰소리로 말했다.

"자네는 내 시간에 하품만 하고 있군. 한 시간에 하품이 백 번이야." 교수는 그 많은 하품 횟수를 실제로 세어 보기라도 했다고 생각하는 모양이었다.

아아, 무념무상의 결과를 보라. 나는 끝없이 장황하게 써 대고 있다. 더욱 진용을 가다듬지 않으면 안된다. 무심하게 쓰는 경지 따위 나는 도저히 미치지 못한다. 도대체 이건 어떤 소설이 되려나. 처음부터 다시 읽어 보자.

나는 바닷가의 요양원을 쓰고 있다. 이 근처는 상당히 경치가 좋은 모양이다. 그리고 요양원에 있는 사람들도 모두 악인이 아니다. 특히 세 사람의 청년은 아아, 이들은 우리의 영웅이다. 이거야. 어려운 이론은 아무 소용이 없어. 나는 이 세 사람을 주장하고 있을 뿐이다. 좋아, 이걸로 결정됐어. 무리해서도 결정한다. 아무 말 하지 마.

형은 모두에게 가볍게 인사했다. 그리고 히다에게 뭔가 귓속말을 했다. 히다는 고개를 끄덕이고 고스게와 마노에게 눈짓을 했다.

세 사람이 병실에서 나가길 기다려 형이 말을 꺼냈다.

"전기가 어둡구나."

"응. 이 병원은 밝은 전기를 켜지 못하게 해. 앉지 그래?"

요조가 먼저 소파에 앉아 그렇게 말했다.

"아아" 형은 앉지 않고 어두운 전구가 거슬리는 듯 힐끔힐끔 쳐다보며 좁은 병실 안을 여기저기 걸었다. "대강 이쪽 일만은 처리가 됐어."

"고마워." 요조는 입 속으로 말하고 약간 머리를 숙였다.

"나는 아무렇지도 않아. 하지만 이제 집으로 돌아가면 다시 시끄러워져." 오늘은 정장 바지를 입고 있지 않았다. 검정 저고리에는 왠지 저고리 끈이 달려 있지 않았다. "나도 할 수 있는 데까지는 할 테니까 너도 아버지께 적당히 편지를 드리는 게 좋아. 너희들은 태평인 것 같은데, 하지만 이건 성가신 사건이야."

요조는 대답하지 않았다. 소파에 흩어져 있는 트럼프 패를 한 장 손에 들고 들여다보았다.

"쓰고 싶지 않으면 쓰지 않아도 돼. 모레, 경찰서에 가는 거야. 경찰에서도 지금까지 일부러 조사를 연기해 준 거지. 오늘은 나와 히다가 증인으로 조사 받았어. 평소의 너의 소행을 물었는데, 얌전한 편입니다라고 대답했어. 사상적으로 뭔가 의심쩍은 데가 없었는가라는 질문엔, 절대로 없습니다."

형은 걸어다니는 걸 그만두고 요조 앞의 화로에 우뚝 서서 큰 손을 숯불 위에 쬐었다. 요조는 그 손이 가늘게 흔들리고 있는 것을 멍하니 보고 있었다.

"여자에 대해서도 물었어. 전혀 모릅니다 하고 대답해 두었어. 히다도 대체로 비슷한 내용을 심문 받았대. 내 답변과 부합되는 것 같아. 너도 사실대로만 말하면 돼."

요조는 형 말의 속뜻을 알아차렸다. 그러나 모르는 척했다.

"쓸데없는 말은 하지 않는 게 좋아. 묻는 것만을 분명하게 대답하는 거야."

"기소 당하게 될까." 요조는 트럼프 패 가장자리를 오른손 검지로 만지작거리면서 낮게 중얼거렸다.

"몰라. 그건 알 수 없어." 어조를 강하게 해서 말했다. "어차피 사오 일은 경찰서에 있어야 하니까 그럴 준비를 하고 가. 모레 아침, 내가 여기로 데리러 올 테니까. 같이 경찰서에 가는 거야."

형은 숯불에 눈을 떨어뜨리고 잠시 침묵했다. 눈 녹은 물방울 소리가 파도 소리에 섞여 들려왔다.

"이번 사건은 사건으로서" 돌연 형이 불쑥 입을 열었다. 그러고 나서 자연스런 말투로 술술 말을 이어 나갔다. "너도 먼 장래 일을 생각지 않으면 안돼. 집에도 그렇게 돈이 있는 게 아니니까. 올해는 심한 흉작이야. 너에게 말해 봤자 아무 소용없겠지만 우리 은행도 지금 위태로운 상태이고, 대단한 소동이야. 너는 웃을지 몰라도 예술가든 뭐든 우선 생활문제를 생각지 않으면 안된다고 생각해. 뭐, 이제부터 다시 태어난 셈치고 힘껏 분발하면 돼. 난 이제 돌아가겠다. 히다도 고스게도 내 숙소에 묵도록 하는 게 좋아. 여기서 매일 밤 떠들고 있으면 좋지 않아."

"내 친구들 모두 좋지?"

요조는 일부러 마노 쪽으로 등을 돌리고 누웠다. 그날 밤부터 마노가 원래대로 소파침대에 자게 된 것이다.

"네. ― 고스게 씨라 하는 분" 조용히 몸을 뒤척였다. "재미있는 분이예요."

"아아. 그래도 아직 어려. 나와 세 살 차이니까 스물둘이야. 죽은 내 남동생과 같은 나이지. 그 녀석 내 나쁜 점만 흉내내고 있어. 히다는 훌륭해. 벌써 어른이야. 빈틈이 없어." 잠깐 사이를 두고 작은 소리로 덧붙였다. "내가 이런 일을 저지를 때마다 열심히 나를 위로하는 거야. 우리에게 무리해서 장단을 맞추고 있지. 다른 일에는 강한데 우리에게만 겁먹고 있어. 안돼."

마노는 대답하지 않았다.

"그 여자 이야기를 해 줄까."

여전히 마노에게 등을 돌린 채, 애써 느릿느릿 말했다. 뭔가 어색한 느낌이 들 때 그걸 피하는 방법을 몰라서 무턱대고 그 어색함을 철저하게 파고들 수밖에 없는 슬픈 습성을 요조는 지니고 있었다.

"시시한 얘기야." 마노가 뭐라고 말하기도 전에 요조는 이야기를 시작했다. "벌써 누군가에게서 들었겠지. 소노라고 해. 긴자(銀座)의 바에서 일하고 있었어. 정말이지 난 그 바에 세 번, 아니 네 번밖에 가지 않았어. 히다도 고스게도 이 여자만은 몰랐으니까. 나도 가르쳐 주지 않았고." 그만둘까. "시시한 이야기지. 여자는 생활고 때문에 죽은 거야. 죽기 직전까지 우리는 서로 완전히 다른 생각을 하고 있었던 것 같아. 소노는 바다에 뛰어들기 전에 당신은 우리 선생님을 닮았어요, 어쩌구 했어. 내연의 남편이 있었어. 이삼 년 전까지 소학교 선생님이었다나. 나는 왜 그 사람과 죽으려고 했을까. 역시 좋아했던 거겠지." 이제 그의 말을 믿어서는 안된다. 그들은 어째서 이렇게 자신을 이야기 하는 게 서툴까. "나는 이래도 좌익 일을 하고 있었어. 삐라를 뿌리고 데모를 하면서, 어울리지 않는 일을 한 거야. 코미디지. 그렇지만 꽤 괴로웠어. 나는 선각자로다 하는 영광에 부추겨졌을 뿐이야. 분수가 못돼. 아무리 발버둥쳐도 무너져 갈 뿐 아닌가. 난 이제 거지가 될지도 몰라. 집이 파산이라도 하게 되면 그날부터 먹을 게 없어지니까. 무엇 하나 할 수 있는 일이 없고, 그러니 거지겠지." 아아, 말하면 할수록 자신이 거짓말쟁이이고 부정직한 느낌이 드는 이 엄청난 불행! "난 숙명을 믿어. 발버둥치지 않아. 사실은 나, 그림을 그리고 싶어. 못 견디게 그리고 싶어." 머리를 긁적거리며 웃었다. "좋은 그림을 그릴 수 있다면."

좋은 그림을 그릴 수 있다면 하고 말했다. 게다가 웃으며 말했다. 청년들은 정색을 하고서는 아무것도 말하지 않는다. 특히 본심을 웃음으로 얼버무린다.

날이 밝았다. 하늘엔 구름 한 조각 없었다. 어제의 눈은 거의 없어지고 소나무 그늘이나 돌계단 구석에만 회색빛으로 조금씩 남아 있었다. 바다에는 안개가 자욱하니 끼여 있고 그 안개 깊숙이 여기저기서 어선의 발동기 소리가 들렸다.

원장은 아침 일찍 요조의 병실을 찾아왔다. 요조의 몸을 꼼꼼하게 진찰하고 나서 안경 속의 작은 눈을 깜박거리며 말했다.

"이젠 괜찮습니다. 하지만 조심하세요. 경찰 쪽에는 나도 잘 말해 놓겠습니다. 아직 온전한 몸이 아니니까. 마노 양,

얼굴 반창고는 떼도 좋겠지."

마노는 곧 요조의 가제를 뜯어냈다. 상처는 나아 있었다. 딱지조차 떨어져서 다만 분홍 반점이 되어 있었다.

"이런 말씀드리면 실례가 되겠지만, 앞으로는 정말로 공부 열심히 하시길."

원장은 그렇게 말하고 쑥스러워하는 시선을 바다로 던졌다.

요조도 어쩐지 거북했다. 침대 위에 앉은 채 벗은 옷을 다시 입으면서 잠자코 있었다.

그때 높은 웃음소리와 함께 문이 열리고, 히다와 고스게가 병실로 구르듯 들어왔다. 다같이 아침인사를 나누었다. 원장도 이 두 사람에게 인사를 하고 더듬거리며 말을 걸었다.

"오늘 하루입니다. 아쉬운데요."

원장이 가고 나서 고스게가 제일 먼저 입을 열었다.

"붙임성 있는데. 문어 같은 낯짝이다." 그들은 사람 얼굴에 흥미를 갖는다. 얼굴로 그 사람 전체의 가치를 매기고 싶어한다. "식당에 그 사람 그림이 있어. 훈장을 달고 있지."

"서툰 그림이야."

히다는 내뱉듯 말하고 베란다로 나갔다. 오늘은 형 옷을 빌려 입고 있었다. 갈색의 무거워 보이는 천이었다. 옷깃에 신경쓰면서 베란다 의자에 걸터앉았다.

"히다도 이제 보니까 대가의 풍모가 있는 걸." 고스게도 베란다로 나갔다. "요짱, 트럼프 안 할래?"

베란다에 의자를 꺼내 놓고 세 사람은 도무지 알 수 없는 게임을 시작했다.

승부가 한창일 때 고스게는 진지하게 중얼거렸다.

"히다는 잰 체하고 있어."

"바보. 너야말로. 뭐야 그 손놀림은."

세 사람은 킬킬 웃음을 터뜨리고 일제히 슬쩍 옆 베란다를 훔쳐보았다. ㅇ호실 환자도 ㅁ호실 환자도 일광욕 침대에 누워 세 사람의 모습에 얼굴을 붉히며 웃고 있었다.

"대실패. 알고 있었나?"

고스게는 입을 크게 벌리고 요조에게 눈짓했다. 셋은 마음껏 소리를 내어 웃어젖혔다. 그들은 자주 이런 광대극을 연출한다. 트럼프 하지 않을래? 하고 고스게가 말을 꺼내면 이미 요조도 히다도 그 숨겨진 의도를 꿰뚫고 있다. 막이 끝날 때까지의 줄거리를 훤히 알고 있는 것이다. 그들은 천연의 아름다운 무대장치를 발견하면 왠지 연극을 하고 싶어진다. 그것은 기념의 의미일지도 모른다. 이 경우 무대 배경은 아침 바다이다. 그런데 이때의 웃음소리는 그들조차 미처 생각지 못했을 정도의 대사건을 낳았다. 마노가 그 요양원의 간호부장에게 꾸중을 들었다. 웃음소리가 일고 오 분도 채 못되어 마노가 간호부장 방에 불려가, 조용히 해요 하고 따끔하게 야단 맞았다. 금방이라도 울 듯이 그 방을 뛰쳐나와, 트럼프를 중단하고 병실에 빈둥거리고 있는 세 사람에게 이 일을 알렸다.

셋은 아프도록 무참히 기가 죽어 오랫동안 그저 서로의 얼굴을 마주보고 있었다. 그들의 의기양양한 코미디를 현실의 외침이 그만두라고 비웃으며 때려부순 것이다. 이것은 거의 치명적이기조차 하다.

"아니예요, 아무 일도 아니예요." 마노는 도리어 격려하듯 말했다. "이 병동에는 중증환자가 한 사람도 없고 게다가 어제도 ㅁ호실의 어머니는 나와 복도에서 마주쳤을 때, 활기가 있어서 좋다고 말씀하시며 만족해 하셨어요. 매일 우리는 당신들의 이야기를 듣고 웃는다고 말씀하셨어요. 괜찮아요. 상관없어요."

"아냐" 고스게는 소파에서 일어났다. "괜찮지 않아. 우리 때문에 네가 창피를 당한 거야. 부장이라는 작자, 왜 우리에게 직접 말하지 않는 거야. 여기 데려와. 우리가 그렇게 싫다면 지금 당장이라도 퇴원시키면 될 거 아냐. 언제든지 퇴원해 주겠어."

세 사람 다 이 순간 진심으로 퇴원할 각오를 했다. 특히 요조는 자동차를 타고 해변을 따라 도주하는 화려한 네 사람의 모습을 어렴풋이 떠올렸다.

히다도 소파에서 일어나 웃으면서 말했다. "해 버릴까. 모두 부장에게 우르르 몰려갈까. 우리를 꾸중하다니 바보다."

"퇴원하자구." 고스게는 문을 살짝 찼다. "이런 째째한 병원은 재미없어. 꾸중하는 건 괜찮아. 그러나 꾸중하기 이전의 태도가 싫은 거야. 우리를 뭔가 불량소년쯤으로 생각하고 있었음에 틀림없어. 머리 나쁘고 부르주아 냄새 나는 반들반들한 평범한 모던 보이(modern boy)라고 생각하고 있는 거야."

말을 끝내고는 다시 문을 전보다 약간 세게 찼다. 그리고 참기 어려운 듯이 웃음을 터뜨렸다.

요조는 침대에 쿵하고 소리내어 벌렁 누웠다. "그렇다면 나는 결국 창백한 연애지상주의자라는 게 돼 버려. 더 이상 안돼."

그들은 이 야만인의 모욕에 한층 창자가 뒤집히는 느낌이 들었으나 쓸쓸히 생각을 고쳐 그것을 적당히 얼버무리려고 시도한다. 그들은 늘 그렇다. 그렇지만 마노는 솔직했다. 문 옆 벽에 양팔을 뒤로 돌려서 기댄 채, 말려 올라간 윗입술을 일부러 뾰족 내밀고 말했다.

"그렇다니까요. 너무해요. 어젯밤에도 부장실로 간호사

를 여럿 불러 모아 화투를 치고 소동을 벌인 주제에."

"그래. 열두 시가 되도록 왁자지껄 떠들어댔어. 약간 멍청해."

요조는 그렇게 중얼거리며 머리맡에 흩어져 있는 목탄지를 한 장 집어들고 천정을 보고 누운 채로 거기다 낙서를 시작했다.

"자신이 좋지 않은 일을 하니까 다른 사람의 좋은 점을 모르는 거예요. 소문에 의하면 부장님은 원장님의 첩이래요."

"그렇군. 좋은 구석이 있는데." 고스게는 매우 기뻐했다. 그들은 남의 추문을 미덕처럼 생각한다. 믿음직스럽다고 여긴다. "원장이 첩을 가졌다. 좋은 구석이 있어."

"정말이지 모두 악의 없는 이야기를 하면서 웃고들 있는데 이해가 안되는 걸까. 신경쓰지 마시고 한바탕 떠드는 편이 나아요. 괜찮고 말구요. 오늘 하루잖아요. 정말이지 아무한테도 꾸중 들어본 적이 없는 곱게 자란 분들인데." 한 손을 얼굴에 대고 갑자기 소리 죽여 울기 시작했다. 울면서 문을 열었다.

히다가 만류하고 속삭였다. "부장한테 간다 해도 소용없어. 그만둬. 아무 일도 아니잖아." 얼굴을 양손으로 감싼 채 두세 번 연달아 고개를 끄덕이고 복도로 나갔다.

"정의파다." 마노가 간 뒤 고스게는 싱글싱글 웃으며 소파에 앉았다. "울어 버렸어. 자기 말에 취해 버린 거야. 평소엔 어른스런 얘길 하고 있어도 역시 여자야."

"달라." 히다는 좁은 병실을 느릿느릿 걸어 다녔다. "처음부터 난 다르다고 생각했어. 이상한데. 울면서 뛰쳐나가려해서 놀랐잖아. 설마 부장에게 간 건 아니겠지."

"그렇진 않아." 요조는 태연한 표정을 가장해서 그렇게 대답하고, 낙서한 목탄지를 고스게 쪽으로 던져 주었다.

"부장 초상화군." 고스게는 껄껄 웃어젖혔다.

"어디 어디." 히다도 선 채로 목탄지를 들여다보았다. "여자 괴물이군. 걸작이야. 이건 닮았어?"

"완전히 똑같애. 한 번 원장을 따라 이 병실에도 온 적이 있어. 잘 그렸는데. 연필 빌려 줘." 고스게는 요조에게서 연필을 빌려 목탄지에 덧그렸다. "여기다 이렇게 각을 늘리는 거야. 더욱 닮게 되었는 걸. 부장실 문에 붙여 줄까."

"밖에 산책하러 나가 보자." 요조는 침대에서 내려와 기지개를 켰다. 기지개 켜면서 가만히 중얼거려 보았다. "풍자화의 대가."

풍자화의 대가. 슬슬 나도 질려 온다. 이건 통속소설이 아닐까. 혹 경직되고 싶어하는 내 신경에 대해서도, 또 필시 마찬가지일 여러분의 신경에 대해서도 다소 소독의 의의가 있었으면 하고 착수한 한 장면인데, 아무래도 이건 시시하다. 내 소설이 고전이 된다면—아아, 나는 정신이 돌아버린 걸까—여러분은 오히려 나의 이런 주석을 방해라 여기겠지. 작가가 미처 생각지도 못한 데까지 제멋대로 추측을 해서는 그것이 왜 걸작인가를 큰소리로 외쳐대겠지. 아아, 죽은 대작가는 행복하다. 살아남아 있는 어리석은 작가는 자신의 작품을 한 사람이라도 더 많은 사람에게 사랑받게 하려고 땀을 흘리며 빗나간 주석만을 달고 있다. 그리고는 대충 주석투성이의 번거로운 졸작을 만든다. 멋대로 해, 하고 뿌리쳐 버리는 그런 강인한 정신이 나에겐 없다. 좋은 작가가 될 수 없어. 역시 응석꾸러기다. 그렇다. 대발견을 했는 걸. 뱃속부터의 응석꾸러기다. 응석 가운데서야 나는 잠시 휴식을 취한다. 아아, 이제 아무래도 좋아. 내버려 둬. 광대의 꽃도 그럭저럭 여기서 시든 것 같다. 게다가 천하게 볼품없이 지저분하게 시들었다. 완벽에 대한 동경. 걸작으로의 유혹. "이제 질렸어. 기적의 창조주. 나!"

마노는 세면실로 몰래 들어갔다. 실컷 울고 싶다고 생각했다. 그러나 그다지 눈물이 나오지 않았다. 세면실 거울을 보면서 눈물을 닦고 머리를 매만지고 나서 식당으로 늦은 아침을 먹으러 나갔다.

식당 입구 근처의 테이블에 ㅎ호실의 대학생이 빈 수프 접시를 앞에 놓고 혼자 심심한 듯이 앉아 있었다.

마노를 보자 미소지었다. "환자 분은 건강한 것 같더군요."

마노는 멈춰 서서 테이블 가장자리를 꽉 잡고 대답했다.

"네, 그저 순진한 이야기만 해서는 우리를 웃긴답니다."

"그렇다면 다행이군. 화가라고요?"

"네. 멋진 그림을 그리고 싶다고 늘 말하고 있죠." 말하려다 귀까지 빨개졌다. "진지한 거예요. 진지하니까, 진지하니까 괴로운 일도 생기는 거죠."

"그렇습니다. 그렇습니다." 대학생도 얼굴을 붉히며 진심으로 동의했다.

대학생은 곧 퇴원하기로 정해졌기 때문에 한층 관대해져 있었다.

이 너그러움은 어떤가. 여러분은 이런 여자가 싫은가. 빌어먹을! 고리타분하다고 비웃어다오. 아아, 벌써 휴식도 내겐 낯뜨거워졌다. 나는 한 여자조차 주석 없이 사랑할 수 없는 거다. 어리석은 남자는 쉬는 데도 실수를 한다.

"저기야. 저 바위야."

요조는 배나무의 마른 가지 사이로 언뜻언뜻 보이는 크고 평평한 바위를 가리켰다. 바위의 움푹 패인 곳에는 군데군데 어제의 눈이 남아 있었다.

"저기서 뛰어내린 거야." 요조는 익살꾼같이 눈을 부리부리 둥글게 뜨고 말한다.

고스게는 잠자코 있었다. 정말로 태연스레 말하고 있는 걸까 하고 요조의 마음을 헤아리고 있었다. 요조도 태연스레 말하지는 않았지만 그러나 그것을 자연스럽게 말할 수 있을 정도의 기량을 지니고 있었다.

"돌아갈까." 히다는 옷자락을 양손으로 척 걷어올렸다.

세 사람은 모래사장을 되돌아 걷기 시작했다. 바다는 잔잔했다. 한낮의 해를 받아 희게 빛나고 있었다.

요조는 바다로 돌을 하나 내던졌다.

"안심이 돼. 지금 뛰어들면 이제 아무것도 문제될 것 없다. 빚도, 공부도, 고향도, 후회도, 걸작도, 수치도, 맑시즘도, 그리고 친구도, 숲도, 꽃도, 이제 아무래도 좋은 거다. 그렇게 깨달았을 때 나는 저 바위 위에서 웃었어. 안심이 돼."

고스게는 흥분을 감추려고 마구 조개를 줍기 시작했다.

"유혹하지 말아." 히다는 무리하게 웃음을 터뜨렸다. "나쁜 취미야."

요조도 웃음을 터뜨렸다. 세 사람의 발 소리가 사박사박 기분 좋게 모두의 귀에 울린다.

"화내지 말아. 방금 말한 건 약간 과장이 있었어."

요조는 히다와 어깨를 서로 맞닿게 해서 걸었다.

"하지만 이것만은 사실이야. 여자가 말야, 뛰어들기 전에 어떤 말을 속삭였는가."

고스게는 호기심에 불타는 눈을 교활하게 뜨고 일부러 두 사람으로부터 떨어져서 걸었다.

"아직 귀에 쟁쟁해. 고향 말로 이야기하고 싶어라고 했어. 여자의 고향은 남쪽 끝이야."

"안돼! 내겐 너무 과분해."

"정말. 이봐, 정말이야. 흐음. 그 정도의 여자다."

큰 어선이 모래사장에 올려져 쉬고 있었다. 그 옆에 직경이 2미터 남짓 될 듯한 멋진 어롱이 두 개 뒹굴고 있었다. 고스게는 그 배의 검은 옆구리에 주운 조개를 힘껏 내던졌다.

세 사람은 질식할 정도로 거북한 느낌이 들었다. 만약 이 침묵이 일 분만 더 계속되었다면 그들은 차라리 가볍게 바다로 몸을 날렸을지도 모른다.

고스게가 느닷없이 외쳤다.

"봐, 봐." 전방의 물가를 가리켰다. "ㅇ호실과 ㅁ호실이다!"

계절에 맞지 않는 흰 양산을 쓰고 두 소녀가 이쪽으로 천천히 걸어왔다.

"발견이군." 요조도 새롭게 소생되는 느낌이었다.

"말을 걸어볼까." 고스게는 한쪽 발을 올려 구두의 모래를 떨고 요조의 얼굴을 엿보았다. 명령 즉시, 뛰어나가려는 것이다.

"관둬, 관둬." 히다는 엄한 얼굴을 하고 고스게의 어깨를 잡았다.

양산은 멈춰섰다. 잠시 뭔가 서로 얘기를 나누더니 그리고는 휙 이쪽으로 등을 돌리고 다시 조용히 걷기 시작했다.

"따라갈까." 이번엔 요조가 떠들어댔다. 히다의 고개 숙인 얼굴을 언뜻 보았다. "그만두자."

히다는 쓸쓸하기 짝이 없다. 이 두 친구로부터 점점 멀어져 가는 자신의 생기 잃은 피를, 지금 분명히 느꼈다. 생활 때문일까 하고 생각했다. 히다의 생활은 약간 가난했던 것이다.

"하지만 부러운 걸." 고스게는 서양식으로 어깨를 움츠렸다. 어떻게든 이 자리를 능숙하게 꾸며 넘기려고 애쓴다. "우리가 산책하는 걸 보고 이끌린 거야. 아직 어려. 가엾군. 이상한 기분이 드는 걸. 응? 조개를 줍고 있잖아. 내 흉내를 내다니."

히다는 마음을 고쳐 미소지었다. 요조의 미안해 하는 눈동자와 부딪쳤다. 두 사람 다 빰을 붉혔다. 이해해. 서로가 위로해 주고 싶은 마음으로 가득 차 있다. 그들은 약자를 불쌍히 여긴다.

세 사람은 미적지근한 바닷바람을 쐬고 저 멀리 양산을 바라보며 걸었다.

아득한 요양원 흰 건물 아래에는 마노가 그들이 돌아오기를 서서 기다리고 있다. 낮은 문기둥에 기대어, 부신 듯 오른손을 이마에 얹고 있다.

마지막날 밤에 마노는 들떠 있었다. 누워서 자신의 조촐한 가족 이야기, 훌륭한 조상 이야기를 장황하게 늘어놓았다. 요조는 밤이 깊어짐에 따라 무뚝뚝해졌다. 여전히 마노 쪽으로 등을 돌린 채 건성으로 대답하면서 다른 생각을 하고 있었다.

마노는 이제 자신의 눈 위 상처에 대해 이야기하기 시작했다.

"내가 세 살 때" 쉽게 이야기하려 했지만 잘 안되었다. 소리가 목에 걸렸다. "램프를 엎지르는 바람에 화상을 입었대요. 꽤 비뚤어져 있었나 봐요. 초등학교에 들어갔을 무렵에는 이 상처가 훨씬 더 컸어요. 학교 친구들은 나를 반디,

반디" 잠깐 끊어졌다. "그렇게 불렀어요. 나는 그럴 때마다 반드시 원수를 갚겠다고 생각했어요. 네, 정말로 그렇게 생각했어요. 훌륭한 사람이 되자고 생각했죠." 혼자 웃음을 터뜨렸다. "우스워요. 훌륭해질 수가 있나요. 안경을 껴 볼까요? 안경을 끼면 이 상처가 조금 가려지지 않을까."

"그만둬. 오히려 이상해." 요조는 화라도 난 듯이 돌연 한마디 끼여들었다. 여자에게 애정을 느꼈을 때, 일부러 거칠게 대하는 고풍스러움을 그도 역시 지닌 거겠지. "그대로가 좋아. 눈에 띄지 않아. 이제 자는 게 어때. 내일 일찍 일어나야 하니까."

마노는 가만히 있었다. 내일 헤어지는 거다. 엉? 타인이었던 거야. 창피한 줄 알아. 창피한 줄 알아. 나는 나대로 긍지를 갖자. 기침을 하거나 한숨을 짓고 그리고 난폭하게 소리내어 뒤척이기도 했다.

요조는 모르는 척했다. 무얼 생각하고 있었는지는 말할 수 없다.

우리는 그보다 파도 소리나 갈매기 소리에 귀 기울이자. 그리고 이 나흘 간의 생활을 처음부터 되새겨 보자. 자신을 현실주의자라 부르는 사람은 말할지도 모른다. 이 나흘 간은 풍자로 가득 차 있다고. 그렇다면 대답하지. 내 원고가 편집자 책상 위에서 아마 질주전자 받침 역할을 한 듯, 까맣게 탄 커다란 자국을 달고 되돌아온 것도 풍자. 아내의 어두운 과거를 캐물어 일희일우(一喜一憂)한 것도 풍자. 전당포 포렴 밑을 지나면서도 옷깃을 여미고, 자신의 영락을 숨기려 풍채를 가다듬는 것도 풍자. 우리들 자신, 풍자의 생활을 보내고 있다. 그러한 현실에 짓눌린 남자가 무리하게 보이는 자제의 태도. 자네가 그걸 이해할 수 없다면, 나와 자네는 영원히 타인이다. 어차피 풍자라면 좋은 풍자. 진정한 생활. 아아, 그건 먼 일이다. 나는 적어도 인정(人情)으로 가득 찬 이 나흘 간을 천천히 천천히 그리워하련다. 단 나흘 간의 추억이 오 년 십 년 산 것보다 나은 때가 있다. 단 나흘 간의 추억이 아아, 일평생보다 나은 때가 있다.

마노의 편안한 숨소리가 들렸다. 요조는 끓어오르는 생각을 견디기 힘들었다. 마노 쪽으로 돌아누우려고 길다란 몸을 뒤척이는데, 격한 목소리가 귓가에 속삭였다.

그만둬! 반디의 신뢰를 저버리지 마.

날이 뿌옇게 밝아올 무렵, 두 사람은 벌써 일어났다. 요조가 오늘 퇴원한다. 나는 이 날이 다가오는 것을 두려워하고 있었다. 그건 어리석은 작가의 칠칠치 못한 감상이겠지. 이 소설을 쓰면서 나는 요조를 구제하고 싶었다. 아니, 이 바이런이 되지 못한 한 마리의 형편없는 여우를 용서해 주고 싶었다. 그것만이 괴로운 가운데서도 은밀한 기원이었다. 그러나 그날이 가까워 옴에 따라 나는 전보다 더 황량한 분위기가 다시 요조를, 나를 조용히 엄습해 옴을 느낀다. 이 소설은 실패다. 아무런 비약도 없고 아무런 해탈도 없다. 나는 스타일에 너무 신경쓴 것 같다. 그로 인해 이 소설은 천박스럽기까지 하다. 말하지 않아도 좋을 이야기를 많이 했다. 게다가 더 중요한 사항을 많이 빠뜨린 듯한 느낌이다. 아니꼬운 말투지만, 내가 오래 살아 몇 년인가 뒤에 이 소설을 손에 잡는 일이라도 생긴다면 나는 얼마나 비참할까. 필시 한 페이지도 채 읽지 못하고 나는 견디기 힘든 자기 혐오에 떨며 책을 덮을 것임에 틀림없다. 지금조차도 나는 앞을 되읽을 기력이 없다. 아아, 작가는 자신의 모습을 다 드러내서는 안된다. 그것은 작가의 패배이다. 아름다운 감정으로 사람은 나쁜 문학을 만든다. 나는 세 번 이 말을 반복한다. 그리고 승인하겠다.

나는 문학을 모른다. 한 번 더 처음부터 다시 할까. 자네, 어디서부터 손을 대면 좋겠는가.

나야말로 혼돈과 자존심덩어리가 아닐까. 이 소설도 다만 그 정도의 내용이 아니었을까. 아아, 어째서 나는 모든 것에 단정을 서두르는가. 모든 사념에 해결을 짓지 않으면 살아갈 수 없는 그런 째째한 근성을 도대체 누구한테 배웠나?

쓸까. 세이쇼엔의 마지막 아침을 쓰자. 될 대로 되겠지.

마노는 요조에게 뒷산 경치를 보러 가자고 했다.

"경치가 아주 좋아요. 지금이라면 틀림없이 후지산이 보일 거예요."

요조는 검정색 양모 목도리를 두르고, 마노는 간호복 위에 소나무 잎 모양이 있는 웃옷을 걸쳐 입고 빨간 털실로 짠 숄을 얼굴이 푹 싸이도록 둥글게 감아 같이 요양원 뒤뜰로 신을 신고 나섰다. 정원 바로 북쪽에는 적토의 높은 절벽이 우뚝 솟아 있고 거기에 좁은 철사다리가 하나 걸려 있었다. 마노가 먼저 그 사다리를 재빠른 발놀림으로 쑥쑥 올라갔다.

뒷산에는 마른풀이 빽빽이 우거져 있고 서리가 온통 내려 있었다.

마노는 양 손가락 끝을 하얀 입김을 불어 녹이면서 달리듯 산길을 올라갔다. 산길은 완만한 경사로 구불구불 굽어 있었다. 요조도 서리를 밟으며 그 뒤를 쫓았다. 얼어붙은 공기 속으로 즐거운 듯 휘파람을 불었다. 사람 하나 없는 산. 무슨 일이든 생길 수 있다. 마노에게 그런 불안을 느끼게 하고 싶지 않았던 거다.

움푹 패인 곳으로 내려왔다. 거기에도 마른 새이엉이 우거져 있었다. 마노는 멈춰 섰다. 요조도 대여섯 걸음 떨어져서 멈췄다. 바로 옆에 흰 텐트 오두막이 있다.

마노는 그 오두막을 가리키며 말했다.

"여긴 일광욕장. 가벼운 환자 분들이 알몸으로 여기에 모여요. 네, 지금도."

텐트에도 서리가 반짝였다.

"올라가자."

왠지 모르게 마음이 성급해진다.

마노는 다시 뛰기 시작했다. 요조도 따랐다. 낙엽송의 좁은 가로수 길로 접어들었다. 두 사람은 지쳐서 터덜터덜 걷기 시작했다.

요조는 어깨로 거친 숨을 쉬며 큰소리로 물었다.

"이봐, 설날은 여기서 보내?"

뒤돌아보지도 않고 역시 큰소리로 대답했다.

"아뇨. 도쿄에 갈까 해요."

"그럼, 내가 있는 곳에 놀러와. 히다도 고스게도 거의 매일 우리 집에 오니까. 설마 감옥에서 설날을 보내는 일은 없겠지. 틀림없이 잘될 거라고 생각해."

아직 보지 못한 검사의 시원스런 얼굴 표정까지 가슴에 그리고 있었다.

여기서 끝맺을 수 있다면! 한물간 대가는 이쯤에서 의미 있게 끝맺는다. 그러나 요조도 나도, 어쩌면 여러분도 이런 속임수의 위로에 이미 질렸다. 설날도 감옥도 검사도 우리에겐 아무래도 좋은 것이다. 우리는 도대체 검사에 관해 처음부터 신경을 쓰고 있었던가. 우리는 다만 산 정상에 가 닿고 싶은 것이다. 거기에 무엇이 있나. 무엇이 있을까. 약간의 기대를 거기에만 쏟는다.

드디어 정상에 이르렀다. 정상은 평평하게 땅이 골라져 열 평 정도의 붉은 흙이 드러나 있었다. 한가운데에 낮은 통나무 정자가 있고 정원석까지 여기저기 놓여 있었다. 모두 서리를 이고 있다.

"안돼. 후지가 보이지 않아요."

마노는 코끝을 새빨갛게 해서 외쳤다.

"이 근처에서 뚜렷이 보이는데."

흐린 동쪽 하늘을 가리켰다. 아침 해는 아직 뜨지 않았다. 이상한 빛깔의 조각구름이 피어 올랐다가 가라앉고, 가라앉았다가는 다시 느릿느릿 흘러가고 있었다.

"아냐, 괜찮아."

산들바람이 볼을 베는 듯하다.

요조는 아득한 바다를 내려다보았다. 바로 발 밑이 백미터 정도 되는 벼랑이고 에노시마가 그 아래로 작게 보였다. 짙은 아침 안개 속에서 바닷물이 출렁대고 있었다.

그리고 아니, 그뿐이다.

역행

나비

노인은 아니었다. 스물다섯을 넘겼을 뿐이었다. 그렇지만 역시 노인이었다. 보통 사람의 일년 일년을 이 노인은 족히 세 배가 되도록 살았다. 두 번 자살을 하려다 실패했다. 그 중 한 번은 정사(情死)였다. 세 번 유치장에 들어가 있었다. 사상범으로서였다. 결국 한 편도 팔리지 않았지만 백 편이 넘는 소설을 썼다. 그러나 그건 모두 이 노인이 진심으로 한 소행이 아니었다. 말하자면 심심풀이였다. 아직까지도 이 노인의 찌부러진 가슴을 쿵쿵 울려대고 홀쭉해진 뺨을 붉히는 것은, 고주망태가 되는 것과 다양한 여자들을 바라보면서 끝없는 공상을 펼치는 것, 두 가지였다. 아니 그 두 가지 추억이다. 찌부러진 가슴, 홀쭉해진 뺨, 그건 거짓말이 아니었다. 노인은 이날 죽은 것이다. 노인의 긴 생애 가운데 거짓말이 아니었던 것은 태어난 것과 죽은 것, 두 가지였다. 죽기 직전까지 거짓말을 했다.

노인은 지금, 병상에 누워 있다. 방탕에서 얻은 병이었다. 노인에게는 생활이 곤란하지 않을 정도의 재산이 있었다. 하지만 방탕하며 돌아다니기에는 부족한 재산이었다. 노인은 지금 죽는 것을 유감스럽다고는 생각지 않았다. 겨우 겨우 이어가는 생활을 노인은 받아들일 수 없는 것이다.

평범한 인간은 임종이 가까워지면 자신의 두 손바닥을 물끄러미 들여다보기도 하고 친지의 눈동자를 멍하니 올려다보는 법이지만, 이 노인은 대개 눈을 감고 있었다. 꽉 힘주어 감아 보기도 하고 어렴풋이 떠서 속눈썹을 파르르 떨어 보기도 하면서 얌전히 그렇게 있을 뿐이다. 나비가 보인다고 했다. 푸른 나비, 검은 나비, 흰 나비, 노랑 나비, 자주빛 나비, 옥색 나비, 수천 수만의 나비가 바로 이마 위를 가득 무리지어 날고 있다는 것이었다. 일부러 그런 말을 했다. 백 리 먼 곳은 나비의 안개. 백만의 날개짓 소리는 한낮에 등에가 붕붕거리는 소리와 비슷했다. 전투라도 하고 있는 거겠지. 날갯가루가, 부러진 다리가, 눈알이, 촉각이, 긴 혀가 비오듯 떨어진다.

먹고 싶은 것이 있으면 뭐든지라는 말에 팥죽 하고 대답했다. 노인이 열여덟 살에 처음 소설이라는 걸 썼을 때, 임종의 노인이 팥죽을 먹고 싶다고 중얼거리는 묘사를 한 적이 있다.

팥죽은 만들어졌다. 죽에 삶은 팥을 뿌려 소금으로 맛을 낸 것이었다. 노인 고향의 최고 요리였다. 눈을 감고 누운 채로 두 숟가락 받아 마시더니 이젠 됐어 했다. 그 밖에 뭔가 하고 묻자 엷은 웃음을 띠며 바람 피우고 싶어라고 대답했다. 배운 건 없어도 착하고 영리하고 젊고 아름다운 노인의 아내는, 죽 늘어앉은 친지들 앞에서 질투심보다는 뺨을 붉혔고 그리고 숟가락을 쥔 채 소리 죽여 울었다 한다.

도적

올해 낙제가 뻔했다. 그래도 시험은 본다. 보람없는 노력의 아름다움. 나는 그 미(美)에 마음이 끌렸다. 나는 오늘 아침이야말로 일찍 일어나 거의 일년 만에 학생복에 팔을 꿰고 국화 문장(紋章) 찬란한 높고 큰 철대문을 나왔다. 두려운 마음으로 나왔다. 곧 은행나무 가로수가 있다. 오른쪽에 열 그루, 왼쪽에도 열 그루, 모두 다 거목이다. 잎이 무성할 때

이 길은 어두컴컴해서 지하도 같다. 지금은 잎사귀 하나 없다. 가로수 길이 끝나는 곳, 정면의 빨간 장식 벽돌로 된 대건축물. 이것은 강당이다. 나는 이 내부를 입학식 때 단 한 번 보았다. 사원 같은 인상을 받았다. 지금 나는 이 강당의 전기 시계탑을 올려다본다. 시험까지는 아직 십오 분의 짬이 있었다. 탐정소설가의 아버지 동상에 연민의 시선을 던지며 오른쪽의 완만한 비탈을 내려가 정원으로 들어왔다. 여기는 옛날 어느 영주의 뜰이었다. 연못에는 검은 잉어, 붉은 잉어 그리고 자라가 있다. 5,6년 전까지는 한 쌍의 학이 놀고 있었다. 지금도 이 풀숲에는 뱀이 있다. 갈매기나 들오리 같은 철새도 이 연못에서 그 날개를 쉰다. 정원은 실제로는 이백 평도 못되는 넓이지만 언뜻 보기에는 천 평 정도의 넓이이다. 빼어난 조경술의 효과이다. 나는 연못가의 얼룩 조릿대 위에 앉아 등을 떡갈나무 고목의 그루터기에 기대어 두 다리를 길게 앞으로 뻗었다. 오솔길을 사이에 두고 크고 작은 울퉁불퉁한 바위가 늘어섰고 그 뒤부터 드넓은 연못이 펼쳐져 있다. 흐린 날씨지만 연못 수면은 희게 빛나고 간지러운 듯 잔 물결이 계속 일렁이고 있었다. 오른발을 왼발 위에 가볍게 얹고 나서 나는 중얼거린다.

—나는 도적.

앞의 샛길을 대학생들이 한 줄로 서서 지나간다. 연달아 줄줄이 흐르듯 지나간다. 하나같이 고향의 자랑. 선택된 수재들. 노트의 똑같은 문장을 읽고 그것을 대학생들이 너도 나도 일률적으로 암기하려고 애쓰고 있었다. 나는 주머니에서 담배를 꺼내 한 개피 입에 물었다. 성냥이 없다.

—불 좀 빌려 줘.

잘생긴 대학생을 하나 골라 말을 걸었다. 연두색 외투를 걸친 그 대학생은 멈춰 서서 노트에서 눈을 떼지 않고, 물고 있던 금색 필터 담배를 내게 주었다. 주고는 그대로 느릿느릿 걸어갔다. 대학에도 내게 필적할 만한 남자가 있군. 나는 그 금색 필터 외국 담배로 내 싸구려 담배에 불을 붙이고 서서히 일어나 금색 필터 담배를 힘껏 땅바닥에 메치고 나서 구둣발로 증오에 못 이겨 밟아 뭉갰다. 그리고 유유히 시험장에 나타났다.

시험장에는 백 명이 넘는 대학생들이 모두 뒤로 뒤로만 엉덩이를 빼고 있었다. 앞 자리에 앉으면 생각대로 답안을 쓸 수 없을 거라고 염려하는 것이다. 나는 수재답게 제일 앞줄 자리에 앉아 약간 손가락 끝을 떨면서 담배를 피웠다. 나는 책상 밑에 두고 찾아볼 노트는 물론이고 서로 소곤거리며 의논할 친구조차 하나 없는 것이다.

이윽고 불그레한 얼굴의 교수가 불룩한 가방을 손에 들고 허둥지둥 시험장으로 뛰어 들어왔다. 이 남자는 일본 제일의 프랑스 문학자이다. 나는 오늘 처음 이 남자를 보았다. 일본 제일의 시인과 일본 제일의 평론가가 있다지. 일본 제일의 소설가, 나는 그걸 생각하고 몰래 뺨을 붉혔다. 교수가 칠판에 문제를 휘갈겨 쓰는 동안에 내 뒤의 대학생들은 학문 이야기가 아니라 대개 만주의 경기(景氣)에 대한 이야기를 서로 속삭이고 있다. 칠판에는 프랑스어가 대여섯 줄. 교수는 교단의 팔걸이 의자에 품위 없이 앉아 매우 불쾌한 듯이 말했다.

— 이런 문제로는 낙제하고 싶어도 못하겠지.

대학생들은 낮게 힘없이 웃었다. 나도 웃었다. 교수는 그러고 나서 알아들을 수 없는 프랑스어를 두세 마디 중얼거리더니 교단의 책상 앞에서 뭔가 글을 쓰기 시작했다.

나는 프랑스어를 모른다. 어떤 문제가 나와도 플로베르는 철부지다라고 쓸 작정이었다. 나는 잠시 사색에 잠긴 척하고 눈을 살포시 감거나 짧은 머리카락의 비듬을 떨어 내거나 손톱 색깔을 들여다보거나 하는 것이다. 이윽고 펜을 쥐고 쓰기 시작했다.

— 플로베르는 철부지다. 제자인 모파상은 어른이다. 예술의 미는 결국, 시민에 대한 봉사의 미다. 이 슬픈 체념을 플로베르는 몰랐고 모파상은 알았다. 플로베르는 자신의 처녀작, 성(聖)앙트안느의 유혹에 대한 악평의 굴욕을 씻고자

일생을 허비했다. 소위 뼈를 깎는 고생을 하여 한 작품 한 작품 완성할 때마다 세평이야 어찌됐건 그의 굴욕의 상처는 갈수록 격렬하게 쑤시고 아프고, 그의 마음엔 채워지지 않는 공동(空洞)이 더욱 넓어지고 깊어져서 그리고는 죽었다. 걸작의 환영에 속고 영원의 미에 매혹당하고 들떠서 결국 한 사람의 친지는커녕 자기 자신조차 구제할 수 없었다. 보들레르야말로 철부지. 이상.

선생님, 낙제만은 면하게, 따위는 쓰지 않는다. 두 번 거듭 읽어 틀린 데가 없음을 확인하고 그러고 나서 왼손에 외투와 모자를, 오른손에 한 장의 답안을 들고 일어섰다. 내 뒤의 수재는 내가 일어섰기 때문에 몹시 허둥대고 있었다. 내 등이야말로 이 남자의 방풍림이 되고 있었던 것이다. 아아. 그 토끼를 닮은 귀여운 수재의 답안에는 신진 작가의 이름이 적혀 있었다. 나는 이 유명한 신진 작가의 당황을 딱하게 여기며 그 추레한 교수에게 의미있는 듯이 가볍게 인사를 하고 내 답안을 제출했다. 나는 조용조용 시험장을 나오기가 바쁘게 굴러 떨어질 듯 계단을 뛰어내려왔다.

밖으로 나오자 젊은 도적은 왠지 서글픈 느낌이 들었다. 이 우수(憂愁)는 뭔가. 도대체 어디서 오는 건가. 그래도 외투 입은 어깨를 펴고 성큼성큼 큰 걸음으로 은행나무 가로수 사이의 넓은 자갈길을 걸으면서, 공복 때문이다 하고 대답했다. 29번 교실 지하에 대식당이 있다. 나는 그곳으로 발을 옮겼다.

공복의 대학생들은 지하실 대식당에서 넘쳐나 입구부터 장사진을 치고 지상으로 밀려나와 줄 끝이 은행나무 가로수 근처까지 닿아 있었다. 여기서는 15전으로 꽤 괜찮은 점심 식사를 할 수가 있다. 3미터 정도의 길이였다.

— 나는 도적. 희대의 반골. 일찍이 예술가는 사람을 죽이지 않는다. 일찍이 예술가는 물건을 훔치지 않는다. 나. 하찮고 약삭 빠른 동료.

대학생들을 잇달아 밀어젖히고 겨우 식당 입구에 다다랐다. 입구에는 작은 쪽지가 붙어 있고 거기엔 이렇게 적혀 있었다.

— 오늘, 여러분의 식당도 외람되나마 창업 3주년을 맞았습니다. 이를 축하하는 의미에서 비록 조촐하지만 봉사해 드리고 싶습니다.

그 봉사의 품목이 입구 옆 유리 선반 속에 장식되어 있다. 빨간 새우는 파셀리 잎 뒤에서 휴식하고, 삶은 계란을 반으로 자른 단면에는 파란 우무로 '壽'라는 문자가 세련된 모양으로 그려져 있었다. 시험삼아 식당 안을 들여다보니, 봉사품목을 대접받고 있는 대학생들의 검은 밀림 속을 흰 앞치마를 두른 소녀 종업원들이 이리저리 바쁘게 비집고 다니며 하늘하늘 춤추고 있다. 아아, 천정에는 만국기.

대학 지하에 풍기는 푸른 꽃, 낯간지러운 해독제(解毒劑)다. 좋은 날에 마침 온 셈이다. 더불어 축하하자. 더불어 축하하자.

도적은 낙엽처럼 가볍게 퇴각하여 지상으로 날아올라 장사진 꼬리에 몸을 들이밀더니 순식간에 모습을 감추었다.

결투

외국 흉내를 낸 게 아니었다. 과장 없이 상대를 죽이고 싶다고 소원했기 때문이다. 그러나 그 동기는 심각하지 않았다. 나를 꼭 빼 닮은 남자가 있어 이 세상에 똑같은 것이 두 개일 필요는 없다는 생각에서 서로 증오한 것도 아닐 뿐더러, 그 남자가 내 아내의 옛 애인으로 늘상 두 번 세 번 그 사실을 자세하게 자연주의식으로 이웃사람들에게 말을 퍼뜨리고 다니는 때문도 아니었다. 상대는 나와 그날 밤 처음 카페에서 우연히 만났을 뿐인, 개털 조끼를 입은 젊은 농민이었다. 나는 그 남자의 술을 훔쳤다. 그것이 동기였다.

나는 북쪽 성시(城市)의 고등학교 학생이다. 방탕을 즐긴다. 하지만 금전에는 비교적 인색했다. 평소엔 친구 담배만을 피우고 이발을 하지 않으며 기다렸다가 돈이 5엔 모이면 혼자 몰래 시내로 나가 1전도 남기지 않고 다 써버렸다. 하룻밤에 5엔 이상의 돈도 쓸 수 없었고 5엔 이하의 돈도 쓸 수 없었다. 더욱이 나는 그 5엔으로 항상 최대의 효과를 거두었던 것 같다. 내가 모은 여러 개의 동전을 우선 친구의 5엔짜리 지폐와 교환한다. 손이 벨 정도의 새 지폐일 경우 내 마음은 한층 설레었다. 나는 그것을 아무렇게나 주머니에 찔러 넣고 시내로 나간다. 한 달에 한 번 혹은 두 번의 이 외출을 위해 나는 살고 있었다. 당시 나는 영문을 알 수 없는 우수에 시달리고 있었다. 절대의 고독과 일체의 회의. 말로 해 버리면 비열하다! 니체, 바이런, 하루오(일본 작가 사토 하루오(佐藤春夫)를 말함 — 역주)보다도 모파상, 메리메, 오가이(일본 작가 모리 오가이(森鷗外)를 말함— 역주) 쪽이 진짜라고 생각되었다. 나는 5엔의 방탕에 목숨을 내던진다.

나는 카페에 들어가도 결코 기세 좋은 양 굴지는 않았다. 방탕에 지친 척했다. 여름이면 시원한 맥주를, 하고 말했다. 겨울이면 따끈한 술을, 하고 말했다. 내가 술을 마시는 것도 단지 계절 탓이라고 생각해 주길 바랐다. 마지 못한 듯 술을 깨물어 삼키면서 나는 미인 여급에게는 눈도 주지 않았다. 어느 카페에든 결코 매력적이라고 할 수 없는 욕심 많은 중년 여급이 하나 정도 있는 법인데, 나는 그런 여급에게만 말을 걸었다. 주로 그날의 날씨나 물가에 대해서 이야길 나누었다. 나는 신도 눈치채지 못할 정도로 부리나케 다 마시고 난 술병 수를 계산하는 데에 능숙했다. 테이블에 늘어선 맥주병이 여섯 개, 일본 술병이 열 개가 되면 나는 생각난 듯이 훌쩍 일어나 계산, 하고 낮게 중얼거린다. 5엔을 넘는 일은 없었다. 나는 일부러 이곳저곳 주머니에 손을 쑤셔 넣어본다. 돈을 넣어둔 곳을 잊어버리기라도 한 것처럼. 드디어 마지막에 바지 주머니라는 것을 알아챈다. 나는 주머니 속의 오른손을 잠시 꼼지락꼼지락 댄다. 대여섯 장의 지폐를 만지고 있는 흉내다.

마침내 나는 한 장의 지폐를 주머니에서 뽑아 그것을 10엔 지폐인지 5엔 지폐인지 확인하고 나서 여급에게 건네준다. 거스름돈은 적지만, 하고 거들떠보지도 않고 전부 준다. 어깨를 움츠리고 큰 걸음으로 카페를 나와 학교 기숙사에 도착할 때까지 나는 한 번도 뒤돌아보지 않는다. 다음날부터 다시 하나하나 동전을 모으는 일에 착수한다.

결투의 밤, 나는 '해바라기' 라는 카페에 들어갔다. 나는 감색 긴 망토를 걸치고 새하얀 가죽 장갑을 끼고 있었다. 나는 한 카페에 계속해서 두 번은 가지 않았다. 매번 5엔짜리 지폐를 내는 일을 의심스러워 할까 봐 겁이 났던 것이다. '해바라기' 로의 방문은 내게 두 달 만이었다.

그 무렵, 내 모습을 어딘가 닮은 데가 있는 미국의 한 청년이 활동사진 배우로 막 출세하고 있던 참이라 나도 조금씩 여자의 눈을 끌기 시작했다. 내가 그 카페의 구석의자에 앉으면 그곳의 여급 네 사람 모두가 다양한 차림으로 내 테이블 앞에 늘어섰다. 겨울이었다. 나는 따끈한 술을, 하고 말했다. 그리곤 참으로 춥다는 듯이 목덜미를 움츠렸다. 활동사진 배우와 닮았다는 사실이 직접적으로 내게 이익을 가져왔다. 나이 어린 여급 하나가 내가 잠자코 있어도 담배를 한 개피 베풀어 준 것이다.

'해바라기'는 작고 게다가 더럽다. 트레머리를 한 얼굴이 긴 여자가 편안히 턱을 괴고 호두알 정도의 큰 앞니를 드러내고 미소짓는 포스터가 동쪽 벽에 한장 붙어 있었다. 포스터 밑에는 가부토맥주라고 옆으로 검게 인쇄되어 있다. 그것과 마주한 서쪽 벽에는 한 평 남짓한 거울이 걸려 있었다. 거울은 금박을 칠한 액자에 들어 있다. 북쪽 입구에는 빨강과 검정 줄무늬의 때묻은 모슬린 커튼이 쳐져 있고 그 위 벽엔 늪 주위 초원에 나체로 누워 활짝 웃고 있는 서양 여자의 사진이 핀으로 고정되어 있었다. 남쪽 벽에는 종이풍선이 하나 붙어 있었다. 그것이 바로 내 머리 위에 있다. 화가 날 정도로 조화가 없었다. 세 개의 테이블과 열 개의 의자. 중앙에 스토브. 바닥은 판자가 깔려 있었다. 나는 이 카페에서는 도저히 안정될 수 없음을 알았다. 전기가 어두워서 그래도 다행이다.

그날만 나는 이상한 환대를 받았다. 내가 그 중년 여급이 따라 주는 따끈한 일본술의 첫 술병을 비웠을 때, 전에 내게 담배 한 개피를 베풀어 준 어린 여급이 돌연 코앞에다 오른 손 바닥을 내밀었다. 나는 놀라지 않고 천천히 얼굴을 들어 그 여급의 작은 눈동자 속을 들여다보았다. 운명을 점쳐 줘요 하는 것이다. 나는 순간적으로 깨달았다. 가령 내가 말없이 앉아 있기만 해도 내 몸에서 예언자 같은 짙은 내음이 풍기는 거다. 나는 여자 손은 만지지 않고 살짝 시선을 준 뒤 어제 애인을 잃었어라고 중얼거렸다. 적중했다. 거기서 이상한 환대가 시작되었다. 뚱뚱한 어느 여급은 나를 선생이라고조차 불렀다. 나는 모두의 손금을 봐 주었다. 열아홉살. 범띠생이지. 과분한 남자를 사랑해서 고생이야. 장미꽃을 좋아해. 너의 집 개는 새끼를 낳았어. 새끼 수는 여섯. 모두 적중했다. 마르고 눈이 시원한 그 중년 여급은 남편 둘을 잃었다고 하자 곧 고개를 떨어뜨렸다. 이 신기한 적중은 그 누구보다도 나를 가장 흥분시켰다. 이미 여섯 개의 술병을 비우고 있었다. 이때 개털 조끼를 입은 젊은 농민이 입구에 나타났다.

농민은 내 테이블 바로 옆 테이블에 이쪽으로 털조끼 등을 돌리고 앉아 위스키, 했다. 개털 가죽은 얼룩무늬였다.

이 농민의 출현 때문에 내 테이블의 활기는 일시에 식었다. 나는 이미 여섯 개의 술병을 비운 것을 아프게 후회하기 시작했다. 더욱더 취하고 싶었다. 오늘밤의 환희를 한층 과장해 보고 싶었다. 앞으로 네 병밖에 마시지 못한다. 그걸로는 부족하다. 부족하다. 훔치자. 이 위스키를 훔치자. 여급들은 내가 금전 때문에 훔치는 게 아니라 예언자다운 엉뚱한 농담이라 받아넘기고 오히려 갈채를 보내겠지. 이 농민도 또한 주정꾼의 못된 장난쯤으로 알고 그저 고소를 머금고 말테지. 훔쳐! 나는 손을 뻗어 옆 테이블의 그 위스키 컵을 빼앗아 침착하게 다 마셔버렸다. 갈채는 일어나지 않았다. 조용해졌다. 농민은 내 쪽을 향해 일어섰다. 밖으로 나가. 그렇게 말하고 입구 쪽으로 걷기 시작했다. 나도 싱글싱글 웃으면서 농민 뒤를 따라 걸었다. 금색 액자에 들어 있는 거울을 지나치면서 언뜻 들여다보았다. 나는 여유 있는 미남 대장부였다. 거울 속 저쪽에서는 미소 띤 긴 얼굴이 가라앉아 있었다. 나는 마음의 평정을 되찾았다. 자신 있는 듯이 모슬린 커튼을 척 소리나게 걷었다.

THE HIMAWARI(히마와리는 일본어로 해바라기라는 뜻—역주)라고 노란 로마자가 적힌 사각형 처마등 아래에서 우리는 멈춰 섰다. 어두컴컴한 입구에는 여급들의 흰 얼굴이 넷 떠올라 있었다.

우리는 다음과 같은 논쟁을 시작했다.

—너무 바보 취급하지 말아.

—바보 취급한 게 아냐. 응석부린 거야. 나쁠 것 없잖아.

—난 농민이야. 응석 따윈 화가 치밀어.

나는 농민의 얼굴을 다시 보았다. 짧게 깎은 작은 머리, 옅은 눈썹, 홑눈꺼풀에 흰자가 많은 눈, 거무튀튀한 피부였다. 키는 나보다 분명 다섯 치는 작았다. 나는 끝까지 얼버무리기로 작정했다.

—위스키를 마시고 싶었던 거야. 맛있어 보였으니까.

—난들 마시고 싶지 않겠어. 위스키가 아깝다. 그뿐이야.

—너는 정직해. 귀엽군.

—건방진 말 하지 마. 기껏 학생인 주제에. 낯짝에 분을 쳐발라 가지고.

—그래도 나는 역술가란 말야. 예언자라구. 놀랐지?

—취한 척하지 말아. 엎드려 사과해.

—나를 이해하는 데는 무엇보다 용기가 필요하다. 좋은 말이지? 나는 프리드리히 니체다.

나는 여급들이 말려 주기를 이제나 저제나 기다렸다. 여급들은 그러나 한결같이 냉정한 얼굴로 내가 얻어맞기를 기다리고 있었다. 곧 나는 맞았다. 오른 주먹이 옆에서 쌩 하고 날아와 나는 목덜미를 재빨리 움츠렸다. 20미터 정도 날

아갔다. 내 흰줄 모자가 몸 대신 되어 주었다. 나는 미소지으며 일부러 천천히 그 모자를 주우러 걷기 시작했다. 매일매일의 진눈깨비 때문에 길은 질퍽질퍽 녹아 있었다. 웅크려 진흙투성이가 된 모자를 집어든 순간 나는 도망가자고 생각했다. 5엔 번다. 다른 데서 한 번 더 마시는 거다. 나는 걸음아 날 살려라 하고 달렸다. 미끄러졌다. 하늘을 보고 나뒹굴었다. 밟아 뭉개진 청개구리 모습과 흡사했다. 자신의 꼴이 나를 다소 화나게 했다. 장갑도 웃옷도 바지도 그리고 망토도 진흙투성이다. 나는 천천히 일어나 머리를 들고 농민이 있는 데로 되돌아갔다. 농민은 여급들에게 둘러싸여 위로받고 있었다. 누구 하나 내 편이 되어주지 않는다. 그런 확신이 나의 흉폭함을 불러일으켰다.

—보답을 하고 싶어.

코웃음치며 그렇게 말한 뒤 나는 장갑을 벗어 던지고 더 값나가는 망토조차 흙탕 속에 내팽개쳤다. 나는 자신의 거창한 대사와 몸짓에 적이 만족했다. 누군가 말려 줘.

농민은 느릿느릿 개털 조끼를 벗어 그것을 나한테 담배를 베풀어 준 미인 여급에게 건네주고 나서 품속으로 한쪽 손을 넣었다.

—비열한 흉내는 그만둬.

나는 태세를 갖추어 그렇게 주의해 주었다. 품에서 은피리 하나가 나왔다. 은피리는 처마등 불빛에 반짝반짝 반사되었다. 은피리는 남편을 둘 잃은 중년 여급에게 건네졌다.

농민의 이 선함이 나를 정신없이 만들었다. 소설 속에서가 아니라 실제로 나는 이 농민을 죽이려고 생각했다.

—나가.

그렇게 외치고 나는 농민의 정강이를 진흙투성이 구두로 힘껏 찼다. 차서 넘어뜨린 뒤에는 흰자가 많은 투명한 눈을 빼버린다. 진흙 구두는 허무하게 허공을 찼다. 나는 자신의 흉한 몰골을 알아차렸다. 서글펐다. 뜨거운 주먹이 내 왼쪽 눈에서 큰 코에 걸쳐 명중했다. 눈에서 새빨간 불길이 솟구쳤다. 나는 그것을 보았다. 나는 비틀거리는 척했다. 오른쪽 귓불에서 뺨에 걸쳐 철썩하고 손바닥이 명중했다. 나는 흙탕 속에 양손을 짚었다. 순간적으로 농민의 한쪽 다리를 꽉 물었다. 다리는 단단했다. 길가의 백양나무 둥치였다. 나는 흙탕 속에 엎드려 그제서야 엉엉 소리내어 울어 버리자고 애썼지만 슬퍼라, 눈물 한 방울 나오지 않았다.

검둥이

검둥이는 우리 안에 들어 있었다. 우리 안은 한 평 정도의 넓이로 깜깜한 구석 귀퉁이에 통나무로 만든 걸상이 하나 놓여 있었다. 검둥이는 거기 앉아서 자수를 놓고 있었다. 이렇게 어두운데 어떤 자수가 가능할까 하고, 소년은 빈틈없는 신사처럼 양쪽 코 옆으로 깊은 주름을 짓고 입술을 일그러뜨리며 비웃었다.

일본 차리네가 검둥이를 한 마리 데려왔다. 마을은 술렁거렸다. 사람을 잡아먹는다는 것이다. 새빨간 뿔이 돋아 있다. 온몸에 꽃 모양의 얼룩이 있다. 소년은 전혀 그 말을 믿지 않았다. 소년은 생각한다. 마을 사람들도 진심으로 믿어서 그런 소문을 내는 건 아닐 거야. 평소 꿈이 없는 생활을 하고 있는 탓에 이런 때야말로 제멋대로의 전설을 지어내어 믿는 척하며 취해 있음에 틀림없어. 소년은 마을 사람들의 그런 안이한 거짓말을 들을 때마다 이를 갈며 귀를 틀어막고 뛰어서 그의 집으로 돌아가는 것이었다. 소년은 마을 사람들의 소문이 바보 같다고 생각한다. 어째서 이 사람들은 좀더 중요한 사항을 이야기하지 않는 걸까. 검둥이는 암컷이라 하지 않는가.

차리네의 음악대는 마을의 좁은 길을 누비고 다니며 60초도 채 안걸려 마을의 구석구석을 모조리 선전할 수가 있었다. 외길 양쪽에 세 채 정도의 모옥(茅屋)이 늘어서 있을 뿐이었다. 음악대는 마을 변두리로 나와서도 발걸음을 멈추지 않고 반딧불 노래를 몇 번이고 반복해서 연주하면서 유채꽃

밭 사이를 행진하여 모내기가 한창인 논으로 나가 좁은 논두렁을 일렬로 나란히 걸어 마을 사람들 중 누구 하나 빠뜨리지 않고 들뜨게 한 뒤 다리를 건너 숲을 지나 2킬로미터 떨어진 이웃 마을에까지 가 닿고 말았다.

마을 동쪽 끝에 초등학교가 있고 또 그 초등학교의 동쪽 옆이 목장이었다. 목장은 백 평 정도의 넓이로 자운영이 가득 깔려 있고 소 두 마리와 돼지 여섯 마리가 놀고 있었다. 차리네는 이 목장에 쥐색 텐트로 오두막을 쳤다. 소와 돼지는 목장 주인의 헛간으로 옮겼다.

밤에 마을 사람들은 수건으로 뺨을 싸고 둘씩 셋씩 어울려 텐트 안으로 들어갔다. 6, 70명의 손님이었다. 소년은 어른들을 마구 떼밀며 헤쳐나가 제일 앞줄로 왔다. 둥근 무대 주변에 쳐진 굵은 로프에 턱을 얹고 가만히 서 있었다. 가끔 눈을 살포시 감고 황홀한 표정을 지었다.

곡예가 차례로 진행되었다. 단지. 애절한 노래. 채찍 소리. 그리고 비단. 깡마른 늙은 말. 김빠진 갈채. 카바이트. 스무 개 정도의 가스등이 오두막 여기저기에 일정한 간격도 없이 매달려 있고 밤벌레들이 거기로 하늘하늘 모여들고 있었다. 텐트천이 모자랐던지 오두막 천정에 열 평 정도의 커다란 구멍이 뻥 뚫린 채이고 거기에 별 총총한 하늘이 보인다.

검둥이의 우리가 두 남자에게 밀려 무대로 나왔다. 우리 밑에 바퀴가 달려 있는 듯 드륵드륵 소리내며 무대로 미끄러져 나왔다. 빰을 수건으로 싼 손님들의 고함소리와 박수. 소년은 우울한 듯이 눈썹을 올리고 우리 안을 조용히 관찰하기 시작했다.

소년은 비웃음의 흔적을 얼굴에서 지웠다. 자수는 일장기였다. 소년의 심장은 콩닥콩닥 희미한 소리를 내며 뛰기 시작했다. 군대나 그 밖의 군대와 비슷한 개념 때문이 아니다. 검둥이가 소년을 속이지 않았기 때문이다. 정말로 자수를 하고 있었던 거다. 일장기 자수는 간단하니까 어둠 속에서 손으로 더듬거리면서도 할 수 있는 것이다. 고맙다. 이 검둥이는 정직하다.

이윽고 연미복을 입은 회색 수염이 있는 배우가 손님에게 그녀에 대한 짧은 내력을 이야기하고 그런 다음 게루리, 게루리 하고 우리를 향해 두 번 외치며 오른손의 채찍을 멋지게 흔들었다. 채찍 소리가 소년의 가슴을 날카롭게 찔렀다. 배우에게 질투를 느꼈다. 검둥이는 일어났다.

채찍 소리에 겁먹은 채 검둥이는 천천히 두세 개의 곡예를 했다. 그건 외설스런 곡예였다. 소년 이외에 다른 손님들은 그걸 모른다. 사람을 잡아먹는가 잡아먹지 않는가. 새빨간 뿔이 있는가 없는가. 그런 것만이 문제였다.

검둥이의 몸에는 푸른 골풀로 된 도롱이가 하나 입혀져 있었다. 기름이 듬뿍 발라져 있는 듯 구석구석까지 매우 번쩍거렸다. 마지막으로 검둥이는 노래를 한 곡조 불렀다. 반주는 배우의 채찍소리였다. 샤아봉 샤아봉 하는 간단한 말이다. 소년은 그 노래의 울림이 좋았다. 아무리 형편없는 말이라도 애절한 심정이 담겨 있으면 틀림없이 사람을 감동시키는 울림이 나오는 법이다. 그렇게 생각하고 다시 눈을 꼭 감았다.

그날 밤, 검둥이를 생각하며 소년은 수음을 했다.

다음날 아침 소년은 등교했다. 교실 유리창을 타 넘고 뒷개울을 뛰어넘어 차리네의 텐트를 향해 달렸다. 텐트 틈으로 어둑한 내부를 엿보았다. 차리네 사람들은 무대에 가득 어지럽게 이불을 깔고 애벌레처럼 나뒹굴어 자고 있었다. 학교종이 울려 퍼졌다. 수업이 시작된다. 소년은 움직이지 않았다. 검둥이가 없다. 아무리 찾아도 보이지 않는다. 학교는 고요해졌다. 수업이 시작된 거겠지. 제2과, 알렉산더 대왕과 의사 필립. 옛날 유럽에 알렉산더 대왕이라는 영웅이 있었다. 소녀의 낭랑한 책 읽는 소리를 분명히 들었다. 소년은 움직이지 않았다. 소년은 믿고 있었다. 그 검둥이는 보통 여자다. 평소 때는 우리에서 나와 다른 여자들과 어울려 놀고 있음에 틀림없다. 물을 긷기도 하고 담배를 피우거나 일본어로 화내기도 하는 그런 여자다. 소녀의 낭독이 끝나고 교사의 탁한 목소리가 들려왔다. 신뢰는 미덕이라고 생각한다. 알렉산더 대왕은 이 미덕을 지니고 있었기 때문에 목숨을 바친 것입니다. 여러분. 소년은 여전히 꼼짝 않고 있었다. 여기 없을 리가 없다. 우리는 분명 텅 비어 있을 거다. 소년은 어깨를 움츠렸다. 이렇게 엿보고 있는 동안 검둥이는 몰래 내 뒤로 다가와 어깨를 꼬옥 감싸안는다. 그 때문에 등뒤도 방심을 않고 감싸안기기에 좋은 자세가 되도록 어깨를 작게 움츠린 것이다. 검둥이는 아마 자수한 일장기를 줄 것임에 틀림없다. 그때 나는 약점을 보이지 않고 이렇게 말해 준다. 나까지 몇 명째야.

검둥이는 나타나지 않았다. 텐트에서 떨어져 소년은 옷소매로 좁은 이마의 땀을 닦고 어슬렁어슬렁 학교로 돌아왔다. 열이 났어요. 폐가 좋지 않대요. 정장 바지에 편상화를 신은 늙은 남자 교사를 감쪽같이 속였다. 자기 자리에 앉고 나서도 소년은 콜록콜록 가짜 기침으로 숨이 막혔다.

마을 사람들 이야기에 의하면, 검둥이는 역시 우리에 갇힌 채 포장마차에 실려 이 마을을 떠났다. 배우는 자신의 몸을 보호하기 위해 권총을 주머니에 몰래 감추고 있었다.

로마네스크

선술 다로(仙術太郎)

옛날 쓰가루(津輕) 지방, 가나기(神梛木) 마을에 구와가타 소스케(鍬形惣助)라는 촌장이 있었다. 마흔아홉에 첫 아이를 하나 얻었다. 남자 아이였다. 다로(太郎 : 맏아들에게 붙이는 이름 — 역주)라고 이름지었다. 태어나자마자 큰 하품을 했다. 소스케는 그 하품이 너무 큰 것이 마음에 켕겨 축하해주러 온 친척들에게 주눅이 들었다. 소스케의 염려는 차츰 적중하기 시작했다. 다로는 어머니의 젖가슴에 스스로 매달려 젖을 빨아먹지 않고 어머니 품속에서 입을 귀찮은 듯이 벌린 채 젖가슴이 입으로 다가오기를 언제까지고 기다렸다.

종이 호랑이를 갖다 주어도 그것을 만지고 노는 일 없이 흔들흔들 움직이는 호랑이 머리를 지루한 듯이 바라보고 있을 뿐이었다. 아침에 눈을 뜨고 나서도 엉금엉금 이부자리에서 기어 나오는 법 없이 두 시간 정도는 눈을 감고 자는 척했다. 경망스럽게 몸을 움직이기를 싫어하는 정신을 지니고 있었다. 세 살 때 사소한 사건을 일으켜 그 사건 덕분에 구와가타 다로의 이름이 마을 사람들 사이에 조금 퍼졌다. 그건 신문에 난 사건이 아닌 까닭에 그만큼 진짜 사건이었다. 다로가 끝없이 걸어나간 것이다.

이른 봄의 일이었다. 밤에 다로는 어머니 품에서 소리도 내지 않고 굴러 내려왔다. 데굴데굴 마당으로 굴러 떨어져 그 다음엔 집 밖으로 굴러 나왔다. 집 밖으로 나오고 나서 똑바로 일어섰다. 소스케도 어머니도 그걸 모른 채 자고 있었다.

보름달이 다로의 바로 이마 위에 떠 있었다. 보름달 윤곽이 흐릿했다. 송사리 무늬 속옷에 쇠귀나물 무늬의 솜 넣은 웃옷을 껴입은 다로는 맨발 그대로 마을의 말똥투성이 자갈길을 동쪽으로 걸었다. 졸린 듯 눈을 반쯤 감고 약한 숨을 가쁘게 내쉬며 걸었다.

다음날 아침, 마을은 난리였다. 세 살짜리 다로가 마을에서 족히 4킬로나 떨어진 유나가레야마(湯流山)의 사과 밭 한

가운데에서 아무일 없는 듯 잠들어 있었기 때문이다. 유나가레야마는 얼음 조각이 녹아 내리는 모양으로 봉우리에는 세 개의 완만한 기복이 있고 서쪽 끝은 흐르듯 비스듬한 경사를 이루고 있었다. 백 미터 정도의 높이였다. 다로가 어떻게 그런 산속에까지 갈 수 있었는가, 그건 알 수 없었다. 아니, 다로가 혼자서 올라간 것임에 틀림없다. 그렇지만 왜 올라갔는가 그 이유를 알지 못했다.

발견자인 고사리 뜯는 소녀의 손바구니에 넣어져 흔들흔들대며 다로는 마을로 돌아왔다. 바구니 속을 들여다본 마을 사람들은 모두 눈썹 사이에 검게 기름낀 주름을 짓고 산도깨비, 산도깨비 하며 고개를 끄덕였다. 소스케는 제 아이의 무사한 모습을 보고 이것 참, 이것 참 했다. 낭패다라고도 할 수 없었고 다행이다라고도 말할 수 없었다. 어머니는 그다지 소란을 피우지 않았다. 다로를 안아올리고 고사리 뜯는 소녀의 손바구니에 다로 대신 수건감을 한 필 넣어 준 뒤, 마당에 큰 대야를 꺼내 놓고 더운 물을 가득 채워 다로의 몸을 조용히 씻겼다. 다로의 몸은 조금도 더러워져 있지 않았다. 통통하고 하얗게 살쪄 있었다. 소스케는 대야 주위를 흥분해서 왔다갔다 하다 드디어 대야에 걸려 넘어져 대야의 더운 물을 마당 가득 흥건히 쏟아 부어 아내에게 꾸중들었다. 소스케는 그래도 대야 곁을 떠나지 않고 아내의 어깨 너머로 다로의 얼굴을 들여다보며 다로, 뭘 봤니, 다로, 뭘 봤니 하며 계속 물었다. 다로는 하품을 몇 번이고 몇 번이고 하고 나서 다아나카무다아치이나에에라고 한 마디 외쳤다.

소스케는 밤에 누워서야 겨우 이 한 마디의 의미를 깨달았다. 백성의 아궁이는 풍성하도다(일본어로 '다미노카마도와니기와이니케리'라는 발음이 됨—역주). 발견! 소스케는 누운 채 찰싹 하고 무릎을 치려 했으나 무거운 이불 때문에 배꼽 부근을 쳐 아프기만 했다. 소스케는 생각한다. 촌장의 아들은 촌장의 부모다. 세 살에 이미 백성의 아궁이를 염려하다니. 이런 광명이 있을 수가. 이 아이는 유나가레야마 꼭대기에서 가나기 마을의 아침 풍경을 내려다본 것임에 틀림없다. 그때 집집마다 아궁이에서 피어오르는 연기가 무럭무럭 풍성했겠지. 이렇게 기특한 하늘의 뜻이 있으랴. 이 아이는 바로 하늘이 내려 주신 것. 귀하게 키워야 할 터. 소스케는 살짝 일어나 팔을 뻗어 옆에 혼자 자고 있는 다로의 이불을 정성껏 덮어 주었다. 그리고 더욱 팔을 뻗어 건너편에 누워 있는 아내의 이불을 다소 난폭하게 다시 덮어 주었다. 아내는 잠이 험했다. 소스케는 아내의 잠든 얼굴을 보지 않으려고 일부러 얼굴을 돌려 외면하며 중얼거렸다. 이 사람은 다로를 낳은 어미로다. 소중히 돌봐야 할 터.

다로의 예언은 적중했다. 그 해 봄은 마을의 모든 사과나무에 크고 좋은 분홍 꽃이 만발하여 십리 떨어진 성시(城市)에까지 냄새를 풍겼다. 가을에는 더 좋은 일이 생겼다. 사과알이 놀이공 정도로 크고 산호처럼 빨갛게 오동나무 열매같이 주렁주렁 열린 것이다. 시험 삼아 그중 하나를 따서 입에 대면, 과육이 터질 듯 수분을 담고 있어서 한 입 깨문 순간 짝 하고 큰소리로 갈라지면서 차가운 즙이 솟구쳐 나와 코에서 턱까지 흠뻑 젖어 버릴 정도였다. 다음해 설날에는 더욱 경사스런 일이 일어났다. 천 마리의 학이 동쪽 하늘에서 날아와 마을 사람들이 저기, 저기 하고 제각각 소동을 피우고 있는 사이에, 천 마리 학은 설날의 맑은 하늘을 유유히 헤엄쳐 다니다 이윽고 서쪽으로 날아갔다. 그 해 가을에도 역시 벼 이삭이 무겁게 맺히고 사과도 지난해 못지않게 가지가 꺾어질 정도로 가득 매달렸다. 마을은 윤택해지기 시작했다. 소스케는 예언자로서의 다로의 능력을 굳게 믿었다. 그렇지만 그것을 마을 사람들에게 퍼뜨리고 다니는 일은 삼갔다. 팔불출이라는 조롱을 받고 싶지 않은 마음에서였을까. 어쩌면 뭔가 좀더 경솔한, 떼돈이라도 벌려는 속셈에서였는지도 모른다.

어린 시절의 신동은 이삼 년 지나 이윽고 나쁜 길로 빠졌다. 언제부턴가 다로는 마을 사람들로부터 게으름뱅이라고 불렸다. 소스케도 그렇게 불린들 도리없는 일이라 생각하기 시작했다. 다로는 여섯 살이 되어도 일곱 살이 되어도 다른 아이들처럼 들판이나 논이나 강으로 나가 놀려고 하지 않았다. 여름이면 방에서 창문가에 턱을 괴고 바깥 경치를 내다보았다. 겨울이면 화로 옆에 앉아 타오르는 모닥불의 불꽃을 바라보았다. 수수께끼를 좋아했다. 어느 겨울 밤, 다로는 화롯가에 버릇없이 드러누워 옆에 있는 소스케 얼굴을 실눈을 떠 올려다보며 느릿느릿한 말투로 수수께끼를 걸었다. 물 속에 들어가도 젖지 않는 것은 뭐꼬. 소스케는 고개를 세 번 정도 흔들며 생각하더니 몰러 하고 대답했다. 다로는 께느른하게 눈을 가볍게 감고 나서 가르쳐 주었다. 그림자 아이가. 소스케는 한층 다로를 지긋지긋하게 생각하기 시작했다. 애가 바보가 아닐까. 천치임에 틀림없어. 마을 사람들이 그러듯 역시 그저 게으름뱅이인 거라.

다로가 열 살이 된 해 가을, 마을은 대홍수에 휩싸였다. 마을 북단을 유유히 흐르는 폭이 6미터 정도 되는 가나기 천이 한 달이나 계속된 비 때문에 요동치기 시작했다. 수원(水源)인 흙탕물은 크고 작은 소용돌이를 감으며 순식간에 불어나 여섯 개의 지류를 합쳐 금방 넓어지고 몸을 솟구치며 산을 쏜살같이 달려 내려와 도중의 수백 그루나 되는 재목을 낚아채고 강가의 떡갈나무, 전나무, 백양나무들을 뿌리채 뽑아 휩쓸고, 산기슭 깊은 소에 가라앉았다가 일거에 마을 다리에 부딪혀 손쉽게 무너뜨리고 둑을 넘쳐 바다같이 퍼지고 집집마다의 주춧돌을 삼키고 돼지를 허우적거리게 하고, 막 베어 놓은 만여 개의 볏단을 띄운 채 출렁출렁 파도쳤다. 그런 뒤 5일째에 비가 그치고 10일째에 겨우 물이 빠지기 시작하여 20일째 무렵에 가나기 천은 6미터 정도의 폭으로 마을 북단을 천천히 흘렀다.

마을 사람들은 매일 밤 여기저기 집집마다 한 무리씩 모여 서로 의논했다. 의논의 결론은 늘 똑같았다. 내는 굶어죽기는 싫은 기라. 그 결론은 언제나 의논의 출발점이 되었다. 마을 사람들은 다음날 밤 또 똑같은 의논을 시작하지 않으면 안되었다. 그래서 매번 굶어죽기는 싫은 기라라는 결론을 얻고 해산했다. 다음날 밤은 더 오래 의논을 했다. 그래도 결론은 마찬가지였다. 의논은 끝날 줄을 몰랐던 것이다. 마을이 어지러워지고 의인이 나타났다. 열 살의 다로가 어느 날, 두 팔로 머리를 감싸쥐고 한숨을 쉬고 있는 아버지 소스케를 향해 의견을 말했다. 이 일은 간단히 해결이 날 거라고 생각해. 성에 가서 직접 영주에게 구제를 부탁드리면 되는 기라. 내가 간다. 소스케는 야아, 하고 엉뚱한 환성을 올렸다. 그리고는 곧, 이거 참 경망한 행동을 했다고 깨달은 듯이 일단 풀기 시작한 두 손을 다시 머리 뒤에서 깍지를 끼고 얼굴을 찌푸려 보였다. 너는 아이니까 그렇게 간단히 생각하지만 어른은 그렇게 생각지 않아. 직소(直訴)는 까딱 잘못하면 목숨이 날아가는 기라. 당치도 않은 일. 그만둬. 그만둬. 그날 밤, 다로는 팔짱을 끼고 훌쩍 밖으로 나와 그대로 종종걸음을 치며 성시로 서둘렀다. 아무도 몰랐다.

직소는 성공했다. 다로의 운이 좋았기 때문이다. 목숨을 잃기는커녕 포상까지 받았다. 그때의 영주가 법률을 깨끗이 잊고 있었기 때문이기도 하겠지. 마을은 덕분에 전멸을 면하여 다음해부터 다시 윤택해지기 시작했다.

마을 사람들은 그래도 이삼 년 동안은 다로를 칭찬했다. 이삼 년이 지나자 잊어버렸다. 촌장의 천치 씨란 다로의 이름이었다. 다로는 매일같이 곳간에 들어가 소스케의 장서를 손에 닿는 대로 읽었다. 때때로 괘씸한 그림책을 발견했다. 그래도 태연한 얼굴을 하고 읽어 나갔다.

그러던 중, 선술(仙術)에 관한 책을 발견한 것이다. 이 책을 가장 열심히 탐독했다. 종횡 열 문자씩 읽어댔다. 곳간 속에서 일년 정도를 수행해서 겨우 쥐와 독수리와 뱀이 되는 법을 익혔다. 쥐가 되어 곳간 속을 뛰어 돌아다니다 가끔 멈춰 서서 찍찍 울어 보았다. 독수리가 되어 곳간 창문으로 날개를 펴고 날아 올라 마음껏 창공을 소요했다. 뱀이 되어 곳간 마루 밑에 몰래 들어가 거미집을 피해 냉랭한 음지의 풀을 배비늘로 헤치며 걸어다녀 보았다. 얼마 안되어 사마

귀가 되는 법도 터득했지만 이것은 그냥 그 모습이 되어 보기만 하여 별반 재미있지도 아무렇지도 않았다.

소스케는 이미 제 아이에 절망했다. 그래도 포기하기가 아쉬워 이렇게 아내에게 말했다. 그래, 너무 똑똑해서 탈난 기라. 다로는 열여섯에 사랑을 했다. 상대는 이웃 기름집 아가씨로 피리를 잘 불었다. 다로는 곳간 속에서 쥐나 뱀 모습을 한 채 그 피리 소리를 듣길 좋아했다. 아아, 저 소녀가 나한테 반했으면 싶은 기라. 쓰가루 제일의 미남자가 되고 싶은 기라. 다로는 자신의 선술로 미남자가 될 수 있기를 간절히 빌기 시작했다. 열흘 만에 그 염원을 성취할 수가 있었다.

다로는 거울 속을 흠칫흠칫 들여다보고 경악했다. 얼굴빛이 얼빠진 듯이 희고 볼 아래가 불룩이 살이 쪄 통통했다. 눈은 아주 가늘고 콧수염이 길게 나 있었다. 덴표(天平) 시대의 불상 얼굴인데 게다가 샅의 그것까지 고풍스럽게 축 늘어져 있었다. 다로는 낙담했다. 선술책이 너무 오래 되었다. 덴표 무렵의 책이었던 것이다. 이런 꼴로는 별 수 없는 기라. 다시 해 보자. 새로 법을 원래대로 풀려고 했지만 잘 안 되었다. 자기 혼자만의 욕망에서 제멋대로 법을 행한 경우에는 좋든 나쁘든 신체에 딱 달라붙어서 어떻게 해 볼 수 없게 되는 것이다. 다로는 사나흘 동안 허무한 노력을 하다가 닷새 만에 체념했다. 이렇게 고풍스런 얼굴로는 어차피 여자들이 좋아하지 않을 테지만, 그래도 세상에는 별난 것을 즐기는 괴짜가 없지도 않을 것이다. 선술의 법력을 잃어버린 다로는 아래턱이 불룩한 얼굴에 콧수염을 길게 기른 채로 곳간에서 나왔다.

벌어진 입이 닫힐 줄 모르고 있는 양친에게 자초지종을 털어놓고 겨우 납득시켜서 그 입을 다물게 했다. 이런 한심한 모습으로는 도저히 마을에도 있을 수 없습니다. 여행을 떠납니다. 그렇게 편지를 써놓고 그날 밤 표연히 집을 나왔다. 보름달이 떠 있었다. 보름달 윤곽이 조금 흐릿했다. 날씨 탓은 아니었다. 다로의 눈 때문이었다. 정처없이 걸으면서 다로는 미남이라는 것의 신기함을 생각했다. 아주 옛날의 미남자가 어째서 지금은 멍청해진 것일까. 그럴 리는 없는 기라. 이건 이것대로 좋은 것 아닌가. 하지만 이 수수께끼는 어려워서 이웃 마을 숲을 지나고 성시에 와 닿아도 그리고 쓰가루 지방 경계를 지나도록 좀처럼 해결이 나지 않는 거였다.

덧붙여 말하면, 다로의 선술 비법은 팔짱을 끼고 기둥이나 담에 기대어 멍하니 선 채로 시시해, 시시해, 시시해, 시시해, 시시해라는 주문을 몇십 번 몇백 번 되풀이하면서 낮은 소리로 외워 마침내 무아의 경지에 깊숙이 들어가는 데에 있었다고 한다.

싸움 지로베에(次郞兵衛)

옛날 동해도 미시마(東海道三島)의 여관에 시카마야 잇페(鹿間屋逸平)라는 남자가 있었다. 증조부대(代)부터 술 양조를 업으로 하고 있었다. 술은 그 양조주의 인격을 반영하는 것이라 한다. 시카마야 술은 매우 맑고 게다가 상당히 쌉쌀한 맛이 있었다. 술 이름은 물레방아였다. 자식이 열넷 있었다. 남자 아이가 여섯. 여자 아이가 여덟. 장남은 세상 일에 둔하고 따라서 잇페의 지시대로 장사하는 것을 우선으로 살아가고 있었다. 자기 사상에 자신이 없고 그래도 때로는 아버지를 향해 뭔가 의견을 내놓기도 하지만 말 중간에서 이미 완전히 자신을 잃고는, 그런가 하고도 생각됩니다만 그러나 이것 역시 잘못투성이라고밖에 생각이 되지 않고 틀림없이 잘못되었다고 생각합니다만 아버님은 어떻게 생각하시는지요. 뭔가 잘못된 듯합니다 하고 역시 말하기 힘든 듯 그 의견을 부정하는 것이었다. 잇페는 간단히 대답한다. 잘못 됐는 기라.

그렇지만 차남인 지로베에(次郞兵衛 : 지로는 차남에게 붙이는 이름 — 역주)가 되면 약간 상황이 달랐다. 그의 기질은 정치가의 넋두리라는 의미가 아닌 본래 의미의 시시비비를 가리는 태도를 보이는 경향이 있었다. 때문에 그는 미시마 여관 사람들로부터 돼먹지 않은 놈이라 불리며 따돌림을 받았다. 지로베에는 장사꾼 근성이라는 걸 싫어했다. 세상은 주판이 아니다. 값어치 없는 것이야말로 귀한 것이다라고 확신하고 매일처럼 술을 마셨다. 술을 마신다 해도, 부당한 이익을 탐내는 것을 눈으로 똑똑히 여태 보아 온 자기 집 술을 입에 대는 일은 사양했다. 만약 실수로 마셔 버린 경우에는 곧바로 목구멍에 손가락을 집어넣어 무리해서라도 그것을 토해냈다. 날이면 날마다 지로베에는 미시마 시내를 혼자 술을 마시고 돌아다녔지만 부친 잇페는 별반 그것을 나무라거나 하지는 않았다. 머리가 트인 남자였기 때문이다. 많은 자식 가운데 하나 정도 바보가 있는 편이 오히려 생기가 돌아 좋다고 생각했다. 게다가 잇페는 미시마의 소방수 대장을 맡고 있었기 때문에 장차 지로베에에게 이 명예직을 물려주려는 계획도 있어서 지로베에가 앞으로 점점 더 말처럼 난폭해져 돌아다녀 준다면 그만큼 장래의 소방수 대장으로서의 자격도 갖춰지는 것이라는 먼 전망에서 지로베에의 방탕을 보고도 못본 척 해 준 것이었다.

지로베에는 스물두 살 여름에 기필코 싸움 잘하는 사람이 되고 말겠노라 결심했는데 그것은 이런 까닭에서였다.

미시마대신사(大神社)에서는 매년 8월 15일에 축제가 있어, 여관 사람들은 물론 누마즈(沼津) 어촌이나 이즈(伊豆)의 산촌에서 수만 명의 사람들이 제각기 부채를 허리에 꽂고

신사를 향해 우르르 모여든다. 미시마대신사의 축제 때는 반드시 비가 온다고 오랜 옛날부터 알려져 있었다. 미시마 사람들은 멋부리기를 좋아하니까 빗속에서도 부채를 부치면서 춤 수레, 장식 수레가 지나가고 불꽃이 올라가는 것을 흠뻑 젖은 채 추위를 참고 참으며 구경한다.

지로베에가 스물두 살 때의 축제날은 드물게 쾌청했다. 파란 하늘에는 소리개가 한 마리 꾸룩꾸룩 울면서 날고 있어 참배 온 사람들은 대신사에 합장하여 절한 다음, 파란 하늘과 소리개에도 절을 했다. 정오 조금 지났을 무렵, 느닷없이 검은 구름이 동북쪽 하늘 구석에서 뭉게뭉게 나타나 두세 번 눈 깜박이는 사이 벌써 미시마는 어둑해지고 물기를 머금은 무거운 바람이 지면을 휘감자, 그것이 신호인 듯 커다란 빗방울이 하늘에서 뚝뚝 떨어져 내리더니 급기야 못 견디겠는지 한꺼번에 소나기로 변했다. 지로베에는 신사 입구의 기둥문 앞 주점에서 술을 마시면서 바깥의 빗줄기와 잔달음질치며 지나는 여자의 모습을 바라보고 있었다. 그러다 갑자기 자리에서 일어섰다. 아는 사람을 발견했기 때문이다. 그의 집 맞은편에 살고 있는 습자훈장의 딸이었다. 빨간 꽃 무늬의 무거워 보이는 옷을 입고 대여섯 걸음 뛰다가는 걷고 대여섯 걸음 뛰다가는 또 걷고 했다. 지로베에는 주점 포렴을 척 걷고 밖으로 나가 우산을 가져가요 하고 말을 걸었다. 옷이 젖으면 큰일입니다. 소녀는 멈춰 서서 가느다란 목을 천천히 돌려 지로베에의 모습을 보자 부드럽고 새하얀 빰을 붉혔다. 기다려요. 그렇게 말해 놓고 지로베에는 주점으로 되돌아와 주인을 큰소리로 호통치고는 지우산을 하나 빌렸다.

야이, 훈장 딸아. 너네 아버지든 어머니든 또 너든 간에 나를 돼먹지 않은 놈에다 주정뱅이요, 천하의 무뢰한이라 생각하고 있음에 틀림없어. 그런데 봐라. 나는 참 안됐다 싶으면 이렇게 우산이든 뭐든 남을 돌봐줄 정도의 남자야. 꼴좋군. 다시 포렴을 걷어 젖히고 밖으로 나와 보니 소녀는 없고 한층 거세어진 빗발과 서로 밀치락 달치락하며 달려가는 사람들 무리뿐이었다. 우, 우, 우, 우 하고 주점 안에서 조롱하는 소리가 들려왔다. 예닐곱 명의 불량배들 소리다. 지우산을 오른손에 높이 들고 지로베에는 생각한다. 아아아. 싸움 잘하는 사람이 되고 싶다. 인간이 이토록 바보 같은 궁지에 처했을 때는 이유고 뭐고 없는 법이다. 사람을 건드리면 사람을 친다. 말을 건드리면 말을 친다. 그것이 좋다. 그날부터 3년 동안 지로베에는 몰래 싸움 수행을 했다.

싸움은 배짱이다. 지로베에는 배짱을 술로 키웠다. 지로베에의 술은 점차 양이 늘어나, 눈은 갈수록 죽은 물고기 눈같이 차갑게 흐려지고 이마에는 세줄의 기름낀 주름이 생겨

어쩐지 넉살스런 면모를 갖추게 되었다. 담뱃대를 입으로 가져가는 데도 팔을 뒤에서 크게 휘돌려 가져가 겨우 빼끔하고 한 모금 피우는 것이다. 배짱이 두둑한 남자로 보였다.

다음에는 말투에 신경 썼다. 영문을 알 수 없는 소근소근대는 소리로 말하자고 생각했다. 싸움 전에는 뭔가 재치있는 대사를 말해야 하는 건데 지로베에는 그 대사 선택에 고심을 했다. 틀에 박힌 말을 해서는 현장감이 없다. 이러한 파격적인 대사를 골랐다. 이봐요, 잘못 생각하고 있는 거 아닙니까. 농담 마세요. 당신의 그 코끝이 자줏빛으로 부어오르면 이상하게 보여요. 낫는 데에 백 일이나 걸립니다. 뭔가 잘못되어 있다고 생각합니다. 이걸 언제나 술술 말할 수 있도록 매일 밤 누워서 서른 번씩 낮게 암송했다. 또 이 말을 하고 있는 동안 입을 삐죽거리거나 필요 이상으로 눈을 번뜩이거나 하지 않고 거의 미소지을 수 있었으면 좋겠다 하여 그 연습도 게을리하지 않았다.

이것으로 준비는 되었다. 드디어 싸움 수행이었다. 지로베에는 무기를 갖는 걸 싫어했다. 무기 힘으로 이겼다 한들 그건 남자가 아니다. 맨손으로 이기지 않으면 내 마음이 후련하지 않다. 우선 주먹 만드는 법부터 연구했다. 엄지손가락을 주먹 밖으로 내놓으면 엄지손가락이 삐게 될 우려가 있다. 지로베에는 여러 가지로 연구한 끝에 주먹 속에 엄지

손가락을 감추고 다른 네 손가락 첫째 관절의 등을 꽉 죄게 빈틈없이 나란히 했다. 매우 단단해 보이는 주먹이 만들어졌다. 이 빈틈없이 늘어선 첫째 관절의 등으로 자신의 무릎을 탕하고 쳐보니, 주먹은 조금도 아프지 않고 그 대신 무릎이 펄쩍 뛰어오를 정도로 아팠다. 이건 발견이었다. 지로베에는 다음으로 그 첫째 관절의 등을 두껍고 딱딱하게 만들기로 계획했다. 아침에 눈을 뜨자마자 그가 고안해 낸 주먹으로 머리맡의 담배통을 한 번 때렸다. 마을을 걸으면서 길가의 흙담이나 판장을 때렸다. 주점의 탁자를 때렸다. 집에 있는 화로를 때렸다. 이 수행에 일년을 허비했다. 담배통이 산산조각으로 깨지고 흙담이나 판장에 무수히 크고 작은 구멍이 뚫리고 주점 탁자에 금이 가고 집 화로가 멋지게 울퉁불퉁해졌을 무렵, 지로베에는 겨우 자기 주먹의 견고함에 자신을 얻었다. 이 수행 동안에 지로베에는 때리는 법에도 요령이 있음을 발견했다. 즉 팔을 옆에서 크게 휘둘러 때리기보다는 옆구리에서 피스톤처럼 똑바로 내밀어 때리는 편이 약 세 배의 효과가 있다는 거였다. 똑바로 내미는 도중에 팔을 안쪽으로 반 회전 정도 비틀면 더욱 네 배 정도의 효과가 있다는 것을 알았다. 팔이 나선처럼 상대의 몸에 빙글빙글 돌며 박히기 때문이었다.

다음 일년은 집 뒤의 고쿠분지(國分寺) 터였던 소나무 숲

속에서 수행을 했다. 사람 모양을 한 5척 45치 높이의 마른 둥치를 때리는 것이었다. 지로베에는 자신의 몸을 구석구석 때려 보고 미간과 명치가 가장 아프다는 사실을 알게 되었다. 또한, 예로부터 이야기되는 남자의 급소도 어느 정도 생각해 보았지만, 그건 역시 상스러운 느낌이 들어 고매한 남자가 겨냥할 곳이 못된다고 생각했다. 정강이도 또 상당히 아프다는 걸 알았지만 이건 발로 차기 좋은 곳이어서 지로베에는 싸움에 발을 사용하는 것은 비겁할 뿐더러 뒤가 켕기는 일이라고 생각하여 오로지 미간과 명치를 겨냥하기로 정했다. 마른 둥치의 미간과 명치에 해당되는 높이에 작은 칼로 삼각형 표시를 그려 놓고 매일매일 땅땅 때렸다. 이봐요, 잘못 생각하고 있는 거 아닙니까. 농담 마세요. 당신의 그 코끝이 자줏빛으로 부어오르면 이상하게 보여요. 낫는 데에 백 일이나 걸립니다. 뭔가 잘못되어 있다고 생각합니다. 그런 순간 퍽 하고 미간을 때린다. 왼손은 명치를.

일년 수행 후 고목의 삼각형 표시는 밥공기 정도의 깊이로 둥글게 패였다. 지로베에는 생각했다. 지금은 백발백중이다. 그렇지만 아직 안심은 할 수 없다. 상대는 이 둥치처럼 늘 가만히 서 있는 게 아니다. 움직인다. 지로베에는 미시마 시내 거의 어느 길목에나 있는 물레방아에 주목했다. 후지 산록의 눈이 녹아 수십 갈래의 수량 풍부한 맑은 개울이 되고, 미시마의 가옥 주춧돌 밑이나 툇마루 끝, 마당을 거쳐 흐르는데 이끼 낀 물레방아가 그 많은 개울의 요소요소에서 느릿느릿 돌고 있었다. 지로베에는 밤에 술을 마시고 돌아가는 길에 반드시 물레방아 하나를 정벌했다. 빙글빙글 돌아가는 물레방아의 열여섯 장 판자 혓바닥을 순서대로 탕탕 때리는 것이다. 처음에는 맞추기가 힘들어서 좀처럼 잘되지 않았지만 차츰 미시마 마을에는 부러진 혓바닥을 축 늘어뜨린 채로 쉬고 있는 물레방아를 보게 되는 일이 잦아졌다.

지로베에는 자주 개울에서 미역을 감았다. 바닥 깊숙이 잠수해 들어가 가만히 있는 수도 있었다. 싸움이 한창일 때 실수로 발이 미끄러져 개울로 굴러 떨어졌을 경우를 고려한 것이었다. 개울이 마을 전체를 흐르고 있으니 어쩌면 그럴 수도 있겠지. 희게 바랜 무명 복대를 더욱 꽉 세게 감아 조였다. 술이 배에 많이 들어가지 못하게 하려는 조심성에서였다. 잔뜩 취하게 되면 발이 후들거려 예기치 못한 낭패를 당하는 수도 있겠지. 3년 지났다. 대신사의 축제가 세 번 와서 세 번 지났다. 수행이 끝났다. 지로베에의 풍모는 마침내 묵직하고 둔중해졌다. 고개를 왼쪽이나 오른쪽으로 비틀어 돌리는 데조차 일 분이 걸렸다.

육친은 같은 피를 가진 탓에 민감하다. 부친인 잇페는 지로베에의 수행을 꿰뚫어 보았다. 무엇을 수행했는지는 모르지만 뭔가 거물이 된 듯하다는 것만은 알아챘다. 잇페는 전부터의 계획을 실행했다. 지로베에에게 소방수 대장이라는 명예직을 잇도록 한 것이다. 지로베에는 그 뭔가 영문을 알 수 없는 엄숙하고 무게 있는 언행으로 많은 소방수들의 신뢰를 얻었다. 대장님, 대장님 하고 공경받을 뿐 싸울 기회는 좀체 없었다. 어쩌면 이제 일생 동안 싸움 한 번 못한 채 이대로 죽을지도 모른다고 젊은 대장은 따분하게 생각했다. 충분히 단련시켜 놓은 양팔은 밤마다 근질근질해져 쓸쓸한 기분으로 북북 긁어댔다. 넘치는 힘을 감당하지 못해 몸부림친 끝에, 마침내 자포자기의 장난끼를 발동시켜 등 전체에 문신을 했다. 직경 다섯 치 정도의 진홍빛 장미꽃을 고등어를 닮은 길쭉한 다섯 마리 물고기가 뾰족한 주둥이로 사방에서 쪼고 있는 모양이었다. 등에서 가슴에 걸쳐 푸른 잔물결이 온통 넘실대고 있었다. 이 문신 때문에 지로베에는 드디어 동해도에서는 잘 알려진 남자가 되었고 소방수들은 물론 여관의 불량배에게조차 존경받게 되어 이젠 싸울 가망이 없어져 버렸다. 지로베에는 이건 견디기 힘들다고 생각했다.

그런데 기회는 뜻밖에 찾아왔다. 그 무렵 미시마 여관에 시카마야와 어깨를 겨루며 함께 술 제조를 하는 진슈야 다케로쿠(陳州屋丈六)라는 부자가 있었다. 이곳 술은 약간 달짝지근하고 색깔이 아주 짙었다. 다케로쿠도 또한 술을 닮아, 네 명의 첩을 데리고 있음에도 그래도 부족해서 다섯 명째의 첩을 구하려고 여러 가지 궁리를 하고 있었다. 매의 흰 깃 화살이 지로베에의 집 지붕을 지나쳐 그 맞은편의 습자 훈장이 쓸쓸히 살고 있는 집 지붕의 냉이풀을 가르며 딱 꽂혔다. 훈장은 쉽게 응답을 하지 않았다. 두 번 할복을 시도했다가 가족들에게 발견되어 실패했을 정도였다. 지로베에는 그 소문을 듣고 팔이 우는 것을 느꼈다. 기회를 잡은 것이다.

석달째에 기회가 찾아왔다. 십이월 초 미시마에 드물게 큰 눈이 내렸다. 해질녘부터 폴폴 내리기 시작해 금방 큼직한 함박눈으로 바뀌어 세 치 정도 쌓였을 무렵, 여관의 여섯 개 경종이 동시에 울렸다. 화재다. 지로베에는 천천히 집을 나왔다. 진슈야 옆의 다다미 가게가 기세좋게 타오르고 있었다. 수천의 불덩이가 줄을 이루어 다다미 가게 지붕 위에서 미친 듯 날아오르고 불티가 소나무 꽃가루처럼 분출했다가는 퍼지고, 퍼졌다가는 사방 하늘로 멀리 날아올라 흩어지곤 했다. 이따금 검은 연기가 바다 허깨비처럼 소리 없이 나타나 지붕 전체를 뒤덮었다. 마구 쏟아지는 함박눈은 화염에 휩싸여 한층 무겁게, 아깝게 여겨졌다. 소방수들은 진슈야와 티격태격하고 있었다. 진슈야는 자기 집으로 물을 넣는 것은 절대로 허락할 수 없다고 주장하고, 어서 옆집 다다미 가게의 용마루를 쳐서 떨어뜨려 불길을 잡아야 한다고 명령했다. 소방수들은 그건 소방법에 어긋난다며 반박했다. 거기에 지로베에가 나타났다. 진슈야 씨. 지로베에는 가능한 한 낮은 목소리로 그리고 거의 미소짓듯 해서 말을 꺼냈다. 이봐요, 잘못 생각하고 있는 거 아닙니까. 농담 마세요. 진슈야는 돌연 끼여들었다.

당신은 시카마야의 젊은 주인님, 헤헤, 농담이예요. 그저 취흥에서 그랬을 뿐 자아, 자아, 마음대로 물을 넣으세요. 싸움이 되지 않았다. 지로베에는 할 수 없이 화재를 바라보았다. 싸움은 되지 않았지만 이 일로 지로베에는 다시 한 번 남자다움을 발휘하고 말았다. 타오르는 불빛에 반사되어 진슈야를 꾸짖고 있을 때 지로베에의 새빨간 양 볼에는 함박눈이 열 송이 정도 녹지도 않고 달라붙어 있었는데, 그 모습이 신(神)처럼 무서웠다고 하는 사실은 그 후 오랫동안 소방수들이 즐기는 화제거리였다.

그 다음해 2월 좋은 날에, 지로베에는 여관 변두리에 새 집을 장만했다. 다다미 여섯 장, 넉 장 반, 석 장을 각각 깐 방 세 칸 외에 여덟 장짜리 이층 방이 있고 거기서 후지산이 정면으로 보였다. 3월의 더욱 좋은 날에 습자훈장 딸이 신부로서 이 새 집에 맞아들여졌다. 그날 밤, 소방수들은 지로베에의 새 집에 빽빽이 들어차 축하 술을 마시고 한 사람씩 순서대로 장기자랑을 하며 밤을 새웠다. 다음날 아침 겨우 마지막 한 사람이 두 장의 접시 마술로 모두 취해 졸리운 눈을 속이고 어느 한쪽 구석으로부터 짝짝짝 박수 갈채를 받은 뒤에야 축하연은 끝났다.

지로베에는 이건 또 이대로 좋은 일임에 틀림없겠지 하고 넘겨짚어 생각하고는 멍청한 나날을 보내고 있었다. 부친 잇페 역시 이렇게 해서 일단락 하고 중얼거리며 담뱃대를 탁, 재떨이에 털었다. 그렇지만 잇페의 명석한 두뇌로도조차 미처 예기치 못한 슬픈 사고가 발생했다. 결혼해서 그럭저럭 두 달째 되던 날 밤, 지로베에는 신부가 따라주는 술을 마시며 나는 싸움에 강하다구, 싸움을 할 때는 이렇게 오른손으로 미간을 때리고 이렇게 왼손으로는 명치를 때리는 거야. 그저 장난삼아 해 보인 건데 신부는 빙글 나뒹굴더니 죽어 버렸다. 역시 맞은 곳이 좋았던 거겠지. 지로베에는 무거운 죄명을 쓰고 감옥에 들어갔다. 뭔가를 지나치게 잘한 벌이다. 지로베에는 감옥에 들어가서도 그 어딘가 태연자약해 보이는 자세 때문에 간수들에게 무시당하지 않았고, 또 같은 방 죄수들에게는 감옥 대장으로 떠받들어졌다. 다른 죄수들보다 한 계단 높은 자리에 앉으면서 지로베에는 속요라고도 염불이라고도 할 수 없는 자작 노래를 구슬픈 곡조로 읊조리고 있었다.

바위에 속삭인다
볼을 붉히면서
나는 힘이 세다구
바위는 대답 없다

거짓말 사부로(三郎)

옛날 에도 후카가와(江戶深川)에 하라노미야 오손(原宮黃村)이라는 홀아비 학자가 있었다. 중국 종교에 밝았다. 자식이 하나 있는데 사부로(三郎 : 셋째 아들에게 붙이는 이름 — 역주)라 불리웠다. 외아들임에도 사부로라고 이름짓다니 과연 학자답게 색다른 데가 있다는 것이 이웃의 얘깃거리였다. 어째서 그것이 학자다운 색다른 면인지는 아무도 알지 못했다. 바로 그 점이 학자라는 셈이 되었다. 이웃에서의 오손에 대한 평판은 그다지 좋지 않았다. 지독한 구두쇠라는 거였다. 밥을 먹은 뒤엔 반드시 정확하게 절반을 토해 그걸로 풀을 만든다는 소문조차 있었다.

사부로의 거짓말 꽃은 이러한 오손의 인색함에서 싹텄다. 여덟 살이 되기까지 1전의 용돈도 받지 못하고 중국 군자들의 말을 암송하는 것만을 강요당했다. 사부로는 그 중국 군자들의 말을 콧물을 훌쩍대고 중얼거리면서 방마다 있는 기둥이나 벽의 못을 쑥쑥 뽑고 다녔다. 못이 열 개 모이면 근처의 고물상에 가져가 1전이나 2전에 팔았다. 막과자를 사는 것이다. 나중엔 아버지의 장서가 더욱 열 배 정도나 나은 가격에 팔린다는 사실을 고물상한테 듣고 한 권 두 권 가져가다 여섯 권째에 아버지에게 발각되었다. 아버지는 눈물을 떨치고 이 도벽 있는 아이를 심하게 꾸짖었다. 주먹으로 연달아 세 번 정도 사부로의 머리를 때리고는 말했다. 이 이상의 꾸중은 너를 위해서도 나를 위해서도 쓸데없이 공복을 느끼게 할 뿐이다. 따라서 꾸중은 이 정도로 그치겠다. 거기에 앉아. 사부로는 어쩔 수 없이 잘못을 뉘우쳐야 했다. 사부로에게 있어 이것이 거짓말의 시초였다.

그 해 여름, 사부로는 이웃집 애견을 죽였다. 애견은 일본개였다. 밤에 개는 요란스럽게 짖어댔다. 길고 약한 짖음, 깽깽하는 다급한 비명, 고통을 못견뎌 하는 듯한 과장된 신음 소리 등 갖가지 울음 소리를 섞어서 소란을 피웠다. 한 시간 정도 계속 울어댔을 무렵, 아버지 오손은 옆에 누워 있는 사부로에게 말을 걸었다. 보고 오너라. 사부로는 아까부터 머리를 쳐들고 눈을 깜박깜박거리며 귀를 세워 듣고 있었다. 일어나 덧문을 밀어 열고 보니 옆집 대울타리에 묶인 개가 몸을 땅에 비벼대며 몸부림치고 있었다. 사부로는 떠들지 마 하고 야단쳤다. 개는 사부로의 모습을 확인한 뒤 여봐란 듯이 땅에 뒹굴고 대울타리를 물어뜯으며 한참 동안 광란의 상태를 가장하더니, 깽깽 하고 한층 높게 울부짖었다. 사부로는 개의 응석부리는 정신에 증오가 울컥 치밀어 오름을 느꼈다. 떠들지 마, 떠들지 마 하고 숨죽인 소리로 말하고 마당으로 뛰어내려 작은 돌을 주워 휙 내던졌다. 머리에 명중했다. 깽 하고 한 번 날카롭게 울고 나서 개의 희고 작은 몸이 빙글빙글 팽이처럼 돌다가 털썩 쓰러졌다. 죽은 것이다. 덧문을 닫고 이부자리에 들어오니 아버지가 졸리운 목소리로 물었다. 어떻게 된 거냐. 사부로는 이불을 머리부터 뒤집어 쓴 채 대답했다. 울음을 그쳤어요. 병인 것 같아요. 내일쯤 죽을지도 몰라요.

그 해 가을, 사부로는 사람을 죽였다. 고토토이(言問) 다리에서 놀이동무를 스미다가와(隅田川)로 떠밀어 떨어뜨린 것이다. 직접적인 이유는 없었다. 권총을 자기 귀에 대고 쏴 버리고 싶은 발작과 비슷한 발작에 휩싸였다. 떠밀려 떨어진 두부집 막내는 추락하면서 가느다란 두 다리를 집오리처럼 세 번 천천히 공기를 헤치듯 버둥거리고 풍덩 수면으로 떨어졌다. 파문이 흐름을 따라 2미터 정도 강 아래쪽으로 이동한 뒤 파문 한가운데에 한쪽 손이 쑥 나왔다. 주먹을 꽉 쥐고 있었다. 곧 들어갔다. 파문은 흩어지면서 흘렀다. 사부로는 그걸 끝까지 지켜보고 나서 큰소리로 울부짖었다. 사람들이 모여들고 사부로가 울며 가리키는 장소를 보고 상황을 파악했다. 알려 주길 잘했다. 네 친구가 떨어졌구나. 울지 마라, 금방 도와주마. 알려 주길 잘했다. 이해 빠른 한 남자가 그렇게 말하고 사부로의 어깨를 가볍게 두드렸다. 그러는 중에 사람들 가운데 수영에 자신 있는 남자 세 사람이 경쟁하듯 큰 강에 뛰어들어 각각 자신의 수영법을 뽐내며 두부집 막내를 찾기 시작했다. 셋 다 너무나 자신의 수영 폼에 신경 쓴 탓에 아이를 찾아다니는 일이 소홀해져 겨우 찾아낸 것은 다름 아닌 시체였다.

사부로는 아무렇지도 않았다. 두부집 장례식에는 그도 아버지 오손과 함께 참석했다. 열 살, 열한 살이 됨에 따라 아무도 모르는 이 범죄의 기억이 사부로를 괴롭히기 시작했다. 이러한 범죄가 사부로의 거짓말 꽃을 갈수록 멋지게 피웠다. 남에게 거짓말을 하고 자신에게 거짓말을 하고 오로지 자신의 범죄를 이 세상에서 지우고 또 자신의 마음에서 지우려 애쓰면서 성장함에 따라 점점 거짓말덩어리가 되었다.

스무 살의 사부로는 얌전하고 내성적인 청년이 되었다. 추석이 될 때마다 죽은 어머니의 추억을 한숨지으며 남에게 이야기하여 이웃의 동정을 샀다. 사부로는 어머니를 알지 못했다. 그가 태어나자마자 어머니는 그와 교대로 죽은 것이다. 지금까지 한 번도 어머니를 생각해 본 적조차 없었다. 더욱더 거짓말이 능란해졌다. 오손에게 가르침을 받으러 오는 두세 명의 학생들에게 편지 대필을 해 주었다. 부모님께 송금을 부탁하는 편지가 가장 자신 있었다. 예를 들면 이런 식이었다. 안녕하십니까. 사방의 경치 어쩌고 쓰기 시작해서 존경하옵는 아버님은 별고 없으신지요 하고 허심하게 안부를 여쭙고 그 다음 곧 용건을 쓰는 거였다. 처음엔 입발린 소리를 길게 길게 늘어놓고 그런데 돈을 보내 주세요 하고 말 꺼내는 것은 서툰 솜씨다. 처음의 길게 길게 쓴 입발린 소리가 그 마지막 용건 한 마디로 와해되어 너무나 비열하고 치사하게 보인다. 그러므로 용기를 내어 조금이라도 빨리 단숨에 용건으로 들어가는 것이다. 가능한 한 간단한 게 좋다. 이번에 저의 학교에서는 시경(詩經) 강의가 시작되는데 이 교과서는 보마(坊間) 서점에서 구입하면 22엔이다. 하지만 오손 선생님은 학생들의 경제력을 고려해 직접 중국에 주문해 주시기로 했다. 실비 15엔 80전이다. 이 기회를 놓친다면 약간 손해를 입게 되므로 빨리 신청할 생각이다.

서둘러 15엔 80전을 보내주기 바란다와 같은 방식이었다. 그런 다음 자신의 근황에 대한 사소한 일상사를 알린다. 어제 내 방 창문으로 밖을 내다봤더니 까마귀 여러 마리가 소리개 한 마리와 싸우는데 참으로 용감무쌍했다라든가, 그저께 둑으로 나가 산책을 하다가 이상한 풀꽃을 발견했다, 꽃잎은 나팔꽃처럼 작고 완두처럼 크고 색깔도 붉은 듯하면서 희고 진기한 것이어서 뿌리채 뽑아 가져와 내 방 화분에 옮겨 심었다라는 식의 내용을, 송금청구고 뭐고 까맣게 잊어버린 듯이 태연하게 적어 넣는 것이다. 아버지는 이 편지를 읽고, 자식의 평안한 심경을 그리며 자신이 쓸데없이 노심초사한 마음을 부끄럽게 여기고 미소를 머금고 송금을 한다. 사부로의 편지는 사실 그렇게 효과가 있었다. 학생들은 너도 나도 사부로에게 편지 대필 혹은 구술을 부탁해 왔다. 돈이 오면 학생들은 사부로를 데리고 놀러나가 한 푼 남김없이 다 써 버렸다. 오손 학교는 서서히 번창하기 시작했다. 소문을 들은 에도(江戶)의 학생들은 젊은 선생한테 편지 쓰는 법을 몰래 배우고 싶은 속셈에서 오손에게 가르침을 구했다.

사부로는 생각했다. 이렇듯 하루에 몇십 명이나 되는 사람에게 편지 대필을 해 주고 구술을 해 주는 것은 너무도 성가신 일이다. 차라리 책을 상재(上梓)할까. 어떻게 하면 부모님에게 많은 돈을 부쳐받을 수 있는가, 이것을 한 권의 책으로 출판하자고 생각했다. 그러나 이 출판에 임해서는 한 가지 문제가 있음을 깨달았다. 그 책을 부모가 사서 읽는다면 어떻게 될 것인가, 어쩐지 죄스러운 결과가 예상되었다. 사부로는 이 책의 출판을 포기해야만 했다. 학생들의 필사적인 반대가 있었기 때문이기도 했다. 그래도 사부로는 저술의 결의만은 굽히지 않았다. 그 무렵 에도에서 유행한 풍속소설을 출판하기로 했다. 허허, 삼가 말씀드리오니와 같은 서두로 최대한의 장난과 속임수를 쓰는 것이어서 사부로의 성격에 완전히 딱 맞아 떨어졌다. 그가 스물두 살 때 주정꾼 엉망진창 선생이라는 필명으로 출판한 두세 권의 풍속 소설은 예상 외로 잘 팔렸다. 어느 날, 사부로는 아버지의 장서 가운데 그의 풍속 소설 중의 걸작 『인간만사 거짓은 진실』 한 권이 섞여 있는 걸 보고 태연히 오손에게 물었다. 엉망진창 선생의 책은 좋은 책입니까. 오손은 잔뜩 찌푸린 표정으로 대답했다. 좋지 않아. 사부로는 웃으면서 가르쳐 주었다. 그건 저의 필명입니다. 오손은 당황을 감추려고 크게 헛기침을 두세 번 하고 나서 주위를 꺼리는 듯한 낮은 목소리로 물었다. 얼마 벌었냐.

걸작 『인간만사 거짓은 진실』의 줄거리는 겐엔(嫌厭) 선생이라는 세상을 등진 젊은이가 익살스럽게 세상을 살아 나가는 과정을 서술한 것으로, 이를테면 겐엔 선생이 화류계에서 방탕 생활을 즐기면서 때로는 배우라 속이고 때로는 큰 부자인 양 호기를 부리고 때로는 몰래 숨어 들어온 귀족인 척한다. 그 방법이 너무나 치밀하게 짜여 있고 거의 사실에 가까워 게이샤들도 그것을 의심하지 않고, 나아가 그 자신도 의심하는 일 없이 그것은 결코 꿈이 아니라 분명 현실이어서, 하룻밤 사이에 백만장자가 되어 다시 다음날 아침 눈을 뜨면 세상의 유명한 명배우가 되거나 하면서 익살스럽게 그 생애를 보내는 것이다. 죽는 순간, 옛날의 무일푼 겐엔 선생으로 돌아간다는 내용이 쓰여 있었다. 이것은 이른바 사부로의 사소설(私小說)이었다. 스물두 살을 맞았을 때의 사부로의 거짓말은 이미 신의 경지에 도달해 있어 자신이 이렇다고 속일 때는 모두 진실의 황금으로 변해 있었다. 오손 앞에서는 어디까지나 내성적인 효자로, 학교에 다니는 학생 앞에서는 굉장한 지식인으로, 화류계에서는 또 이름난 배우, 무슨 귀족님, 무슨 조직의 우두머리가 되었으며, 그렇다고 그 어디에고 사소한 부자연스러움이나 꾸밈이 없었다.

그 다음해에 아버지 오손이 죽었다. 오손의 유서에는 이런 의미의 내용이 적혀 있었다. 나는 거짓말쟁이다. 위선자다. 중국 종교에서 마음이 멀어지면 멀어질수록 거기에 매달렸다. 그래도 살아 있을 수 있었던 것은 어머니가 없는 자식에 대한 사랑 때문이겠지. 나는 실패했어도 이 아이를 성공시키고 싶었는데 이 아이도 실패할 것 같다. 나는 이 아이에게 내가 60년 간 걸려 모은 낱낱의 동전 5백 푼을 전부 남김없이 주겠다. 사부로는 그 유서를 읽고 나서 얼굴이 창백해지며 엷은 웃음을 띠고 둘로 찢었다. 그것을 다시 넷으로 찢었다. 또 여덟으로 찢었다. 공복을 느끼지 않으려고 자식에 대한 꾸중을 삼간 오손, 자식의 명성보다도 인세에 훨씬 신경쓰는 오손, 이웃으로부터는 주춧돌 밑에 황금이 가득 든 독을 숨겨놓고 있다는 수군거림을 들은 오손이 5백 푼의 유산을 남기고 대왕생을 했다. 거짓의 말로(末路)다. 사부로는 거짓의 마지막 방귀에서 나오는 참을 수 없는 악취를 맡은 듯한 느낌이 들었다.

사부로는 아버지의 장례식을 근처 니치렌슈(日蓮宗) 절에서 치렀다. 자칫 야만스런 리듬으로 느껴지기도 하는, 스님이 마구 두드려대는 북소리도 귀 기울여 오래 듣고 있으면, 그 리듬 속에 어찌할 수 없는 분노와 초조, 그걸 얼버무리려는 자포자기의 광대짓을 이해할 수 있었다. 가문(家紋)을 넣은 예복을 입고 염주를 들고 열 명 남짓의 학생 한가운데 등을 구부리고 앉아 1미터 앞의 다다미 가장자리를 응시하면서 사부로는 생각한다. 거짓말은 범죄에서 발산되는 소리 없는 방귀다. 자신의 거짓말도 어릴 때의 살인에서 출발했다. 아버지의 거짓말도 자신이 끝까지 믿을 수 없는 종교를 남에게 믿게 한 대범죄에서 추출된 것이다. 답답하기 짝이 없는 현실을 조금이라도 숨이 트이게 하려고 거짓말을 하는 것인데, 거짓말은 술과 마찬가지로 점점 실력이 늘게 된다. 차츰 심한 농담을 하게 되고 절차탁마되어 마침내 진실의 빛을 발한다. 이것은 나 혼자만의 경우에 해당되는 일은 아닌 듯하다. 인간만사 거짓은 진실. 문득 그 말이 지금 비로소 피부에 절실히 와 닿게 떠올려져 쓴웃음을 지었다. 아아, 이건 코미디의 절정이다. 오손의 뼈를 정성껏 묻어 주고 나서 사부로는 이제 오늘부터 거짓 없는 생활을 하자고 마음먹었다. 모두 비밀스런 범죄를 지니고 있는 거야. 겁먹을 필요는 없어. 열등감을 느낄 필요도 없어.

거짓 없는 생활. 그 말부터 이미 거짓이었다. 좋은 것을 좋다 하고 나쁜 것을 나쁘다고 한다. 그것도 거짓이었다. 우선 좋은 것을 좋다고 말하는 마음에 거짓이 있겠지. 저것도 더럽다, 이것도 더럽다 하고 사부로는 매일 밤 잠못 이루는 고통을 겪었다. 사부로는 이윽고 한 가지 태도를 발견했다. 무의지 무감동의 백치의 태도였다. 바람처럼 사는 것이다. 사부로는 일상의 행동을 전부 달력에 맡겼다. 달력 운세에 맡겼다. 즐거움은 매일 밤 꿈을 꾸는 일이었다. 파란 풀밭 경치도 있는가 하면 가슴 설레는 소녀도 있었다.

어느 날 아침, 사부로는 혼자서 아침식사를 하다가 문득 고개를 흔들며 생각하더니 그리곤 딸그락 하고 젓가락을 밥상 위에 놓았다. 일어나 방을 빙글빙글 세 번 정도 돌아다닌 뒤 팔짱을 끼고 밖으로 나갔다. 무의지 무감동의 태도가 의심스러워진 것이다. 이거야말로 거짓 지옥의 깊은 산이다. 의식해서 노력한 백치가 어째서 거짓이 아닐 수 있겠는가. 노력하면 할수록 나는 거짓에 덧칠을 해 간다. 멋대로 해. 무의식의 세계. 사부로는 아침 일찍부터 주점으로 나갔다.

포렴을 젖히고 안으로 들어가니, 이렇게 이른 아침에 이미 두 사람의 손님이 있었다. 놀랍게도, 선술 다로와 싸움 지로베에 두 사람이었다. 다로는 탁자의 동남쪽 구석에 앉아 그 아래턱이 불룩하고 퉁퉁한 볼을 취기로 불그레하게 물들여, 축 늘어뜨린 콧수염을 마구 비틀며 술을 마시고 있었다. 지로베에는 그와 마주해서 서북쪽 구석에 자리잡고 부어오른 커다란 얼굴에 기름기가 번들번들한데 술잔을 든 왼손을 뒤에서 크게 천천히 휘두르며 입가로 가져가 한모금 마시고는 술잔을 눈 높이까지 들어올린 채 오랫동안 멍하니 그러고 있었다. 사부로는 두 사람 한가운데에 앉아 술을 마시기 시작했다. 세 사람은 원래 서로 아는 사이가 아니다. 다로는 가는 눈을 반쯤 감으면서, 지로베에는 일 분 정도 걸려 천천히 고개를 돌리면서, 사부로는 두리번두리번 침착하지 못한 여우눈을 해 가지고 각각 나머지 두 사람의 모습을 훔쳐보고 있었다. 취기가 점점 돌아감에 따라 세 사람은 조금씩 서로 가까이 다가갔다. 세 사람의 억누르고 억눌렀던 취기가 한꺼번에 폭발했을 때 사부로가 먼저 입을 열었다. 이렇게 함께 아침부터 술을 마시는 것도 무슨 인연이라고 생각합니다. 특히 에도는 한걸음 나아가면 타향이라고 불리울 만큼 붐비는 곳인데 이렇듯 좁은 주점에 같은 날 같은 시각에 함께 모였다는 것은 신기할 정도입니다. 다로는 큰 하품을 하고 나서 느릿느릿 대답했다. 나는 술을 좋아하니까 마시는 거다. 그렇게 사람 얼굴을 보지 말아. 그렇게 말하고 수건으로 볼을 감쌌다. 지로베에는 탁자를 탕 쳐서 탁자 위에다 직경 세 치, 깊이 한 치 정도의 움푹 패인 구멍을 만들고 나서 대답했다. 그렇다. 인연이라고 하면 인연인 기라. 나는 지금 막 감옥에서 나왔어. 사부로는 물었다. 어째서 감옥에 들어간 겁니까. 그건 이런 기라. 지로베에는 영문을 알 수 없는 소곤소곤대는 소리로 자신의 반생(半生)을 이야기했다. 이야기를 끝내고 나서 눈물을 한 방울, 술잔 속에 떨어뜨려 꿀꺽 다 마셨다. 사부로는 그것을 듣고 잠시 생각을 한 뒤, 왠지 형님인 듯한 느낌이 든다고 서두를 꺼내고 자신의 반생을 거짓말이 안되도록 안되도록 신경쓰면서 한 구절씩 끊어지게 이야기했다. 그걸 잠시 듣고 있는 동안에 지로베에는 난 아무래도 이해할 수 없는 기라 하고는 꾸벅꾸벅 졸기 시작했다. 그렇지만 다로는 거기까지는 지루한 듯 하품만 하고 있더니 이윽고 가는 눈을 똑바로 뜨고 귀 기울여 듣기 시작했다. 이야기가 끝났을 때, 다로는 뺨을 싼 수건을 거추장스러운 듯 떼고는, 사부로 씨라고 했는데 당신의 기분은 잘 이해할 수 있습니다. 나는 다로라는 쓰가루 사람입니다. 2년 전부터 이렇게 에도에 나와 빈둥거리고 있습니다. 들어 주실런지? 하고 역시 졸리운 듯한 어조로 자신의 지금까지의 경력을 자세하게 들려 주었다. 느닷없이 사부로가 외쳤다. 이해합니다. 이해합니다. 지로베에는 그 외침 소리에 잠을 깨고 말았다. 탁한 눈을 멍청히 뜨고 무슨 일입니까 하고 사부로에게 물었다. 사부로는 자신의 흥분을 알아차리고 부끄럽게 생각했다. 흥분이야말로 거짓의 결정체다, 억제하려고 무리하게 애썼지만 취기가 그걸 허락지 않았다. 사부로의 어설픈 억제심이 오히려 그 자신을 흥분시켜 이젠 자포자기가 되어 될 대로 되라 하고 입에서 나오는 대로 큰 거짓말을 했다. 우리는 예술가다. 그런 거짓말을 해 버리자 점점 거짓말에 열기가 더해진 것이었다. 우리 세 사람은 형제다. 오늘 여기서 만난 이상, 죽어도 헤어질 수 없다. 이제 곧 틀림없이 우리 세상이 온다. 나는 예술가다. 선술 다로 씨의 반생과 싸움 지로베에 씨의 반생, 그리고 외람되나마

나의 반생이라는 이 세 가지 삶의 방식의 모범을 세상 사람들에게 써 보내 주자. 상관없어. 거짓말 사부로의 거짓말 화염은 이쯤에서 그 극점에 달했다. 우리는 예술가다. 왕후라 해도 겁나지 않는다. 돈인들 우리에겐 나뭇잎같이 가볍다.

완구

어떻게든 된다. 어떻게든 되겠지 하고 하루하루를 맞아 그냥 흘러가는 대로 지내고 있지만 그래도 도무지 어떻게도 안되고 마는 경우가 있다. 그럴 때 나는 실 끊어진 종이연처럼 둥실둥실 고향집으로 바람에 날려 돌아온다. 평상복인 채로 모자도 쓰지 않고 도쿄에서 이천 리 떨어진 고향집 현관으로 팔짱을 끼고 조용히 들어오는 것이다. 부모님의 거실 문을 드르륵 열고 문지방 위에 멈춰 서면, 돋보기로 신문 정치면을 낮게 읽고 있던 아버지도 그 옆에서 바느질을 하던 어머니도 표정을 바꾸며 일어난다. 때에 따라서 어머니는 히이 하고 비단천을 잡아 찢는 듯한 소리를 외친다. 한참 내 모습을 지켜보다가 내게는 여드름도 있고 다리도 있고 유령이 아니라는 걸 알면 아버지는 분노의 귀신으로 바뀌고 어머니는 엎드려 운다. 원래 나는 도쿄를 벗어난 순간부터 죽은 척하고 있다. 어떤 욕설을 아버지에게 듣더라도 어떤 애원을 어머니로부터 듣더라도 나는 다만 불가해한 미소로써 응답할 뿐이다. 바늘방석에 앉은 느낌이라고 흔히 사람들은 말하는데 나는 구름방석에 앉은 느낌으로 그저 멍청히 있는 것이다.

올 여름도 마찬가지였다. 나는 삼백 엔 과장 없이 275엔, 그것만이 필요했다. 나는 가난이 싫다. 살아 있는 한은 남을 대접하고 멋진 옷을 입고 싶다. 고향집에는 현금 50엔조차 없다. 그것도 알고 있다. 그렇지만 나는 고향집 광의 구석 깊숙이 이삼십 개의 보물이 있는 것도 안다. 나는 그것을 훔치려 한다. 나는 이미 세 번을 거듭 훔쳤고 올 여름으로 네 번째다.

여기까지의 문장에 나는 확고한 자부심을 갖는다. 곤란한 것은 앞으로의 나의 자세다.

나는 이 완구라는 제목의 소설에서 자세의 완벽을 보일까, 정념의 모범을 보일까. 허나 나는 추상적인 말투를 가능한 한 끝까지 삼가하지 않으면 안된다. 아무래도 결말이 나지 않는 것이다. 한 마디 변명을 늘어놓기가 무섭게 계속해서 자꾸자꾸 앞에 한 말을 뒤쫓아 가 결국은 천만 단어의 주석. 그리하여 뒤에 남는 것은 두통과 발열과, 아아 바보 같은 이야기를 하고 말았다는 자책. 연이어 똥통에 빠져 익사하고 싶다는 발작.

나를 믿으세요.

나는 지금 이런 소설을 쓰려고 생각한다. 나라는 한 남자가 있어, 그가 어떤 신통치 않은 방법으로 자신의 세 살, 두 살, 한 살 때의 기억을 되살린다. 나는 그 남자의 세 살, 두 살, 한 살의 추억을 서술하지만 이건 결코 괴기 소설이 아니다. 갓난아기의 난해함에 다소 흥미를 느껴 이걸 한 번 써 볼까 생각하고 원고지를 펼쳤을 뿐이다. 따라서 이 소설의 내장이라고 한다면 어떤 한 남자의 세 살, 두 살, 한 살의 추억이다. 그 외의 것은 쓰지 않아도 된다. 기억해 보면 내가 세 살 때라는 식의 서두로 길게 길게 추억을 써 나가서 두 살, 한 살, 마지막에는 자신이 태어나던 때의 기억을 서술한 다음, 서서히 펜을 놓으면 그것으로 족한 것이다. 그렇지만 여기에 자세의 완벽을 보일까, 정념의 모범을 보일까라는 문제가 이미 존재한다. 자세의 완벽이란 수법을 말한다. 상대를 속이거나 달래면서 물론 이따금 협박도 하면서 이야기를 진행시키다가, 아하 적당한 때가 되었다 싶으면 뭔가 의미심장한 한 마디와 함께 슬쩍 자신의 모습을 싹 지워 버린다. 아니, 완전히 싹 지워 버리는 건 아니다. 재빨리 장지문 뒤로 몸을 숨기고 볼 뿐이다. 이윽고 장지문 뒤에서 천진스럽게 미소 띤 얼굴을 내밀었을 때, 상대의 몸은 원하는 대로 할 수 있는 상태가 되어 있겠지. 수법이란 이를테면 이런 정도의 술수를 말하며 한 작가의 진지한 정진의 대상이다. 나 역시 그러한 수법이 싫지 않아서 이 갓난아기의 추억담에 한 번 교묘한 수법을 이용해 보자고 계획한 것이다.

이쯤에서 나는 내 태도를 분명히 해둘 필요가 있다. 내 거짓말이 슬슬 허물어지기 시작했음을 느끼기 때문이다. 나는 자세의 완벽에서 점점 멀어져 가고 있는 듯이 꾸미면서 언제 다시 거기로 돌아간다 해도 상처가 없도록 신중에 신중을 거듭하여 펜을 끌어왔다. 서두의 몇 행을 그대로 지우지 않은 채 둔 것만 봐도 금방 그렇다는 걸 짐작할 터이다. 게다가 그 몇 행을 확고한 자부심을 갖는다 어쩌고 하는 금색 쇠사슬로 독자의 가슴을 단단히 매어 둔 것은 그야말로 상당한 수법이기도 하겠지. 사실 나는 돌아갈 작정이었다. 처음에 약간 써 두었던 그런 한 남자가 어째서 자신의 세 살, 두 살, 한 살 때의 기억을 되찾으려고 결심했는가, 어째서 기억을 되찾을 수 있었는가, 나아가 그 기억을 되찾은 탓으로 남자는 어떤 지경을 당했는가, 나는 그것에 대해 전부 준비해 두었다. 그것을 갓난아기의 추억담 앞뒤에 덧붙여 그리하여 자세의 완벽과 정념의 모범, 이 두 가지를 고루 갖춘 이야기를 창작할 생각이었다.

이제 나를 경계할 필요는 없겠지.

나는 쓰고 싶지 않다.

쓸까. 나의 갓난아기 때의 기억만으로도 좋다면, 하루에 단 대여섯 줄씩만 써 가도 좋다면, 자네만이라도 정성껏 정성껏 읽어 준다면. 좋아. 언제 성취될지 알 수 없는 이 불온한 일의 출발을 축하하여 자네와 둘이서 조촐하게 건배하자. 일은 그 다음이야.

내가 태어나 처음으로 땅바닥에 섰을 때의 일을 기억한다. 비 그친 파아란 하늘. 비 그친 검은 흙. 매화꽃. 그건 틀림없이 뒷뜰이다. 여자의 부드러운 두 손이 내 몸을 그곳까지 데려가 그리고는 살짝 나를 땅바닥에 세웠다. 나는 아주 태연히 두 걸음인가 세 걸음 걸었다. 돌연 내 시각이 땅바닥의 무한한 전방으로의 확대를 포착하고 내 두 발바닥의 촉각이 땅바닥의 무한한 깊이를 포착하자, 금방 전신이 얼어붙고 엉덩방아를 찧었다. 나는 불에 덴 듯 자지러지게 울었다. 참을 수 없는 공복감.

이건 모두 거짓말이다. 나는 다만 비온 뒤의 파아란 하늘에 걸려 있던 한 줄기 희미한 무지개를 기억할 뿐이다.

사물의 이름이란 그것이 어울리는 이름이라면 굳이 묻지 않아도 저절로 알게 되는 법이다. 나는 내 피부로 들었다. 멍하니 대상을 응시하고 있으면 그 대상의 언어가 내 피부를 간지럽힌다. 예를 들면, 엉겅퀴. 나쁜 이름은 아무런 반응도 없다. 몇 번을 들어도 도저히 이해할 수 없었던 이름도 있다. 예를 들면, 사람.

내가 두 살 되던 겨울에, 한 번 돌았다. 작은 콩알 만한 크기의 불꽃이 두 귀 깊숙이에서 탁탁 터지고 있는 느낌이 들어 나도 모르게 양쪽 귀를 두 손으로 감쌌다. 그러자 귀가 들리지 않게 되었다. 먼 곳에서 흐르는 물 소리만 때때로 들렸다. 눈물이 자꾸자꾸 나와 마침내 눈알이 따끔따끔 아프고 차츰 주위 색깔이 변해 갔다. 나는 눈에 색안경 같은 것이 끼여져 있나 하고 그것을 떼어내려고 몇 번이고 몇 번이고 눈꺼풀을 만졌다. 나는 누군가의 품에 안겨 화로의 불꽃을 바라보고 있었다. 불꽃은 순식간에 새까맣게 되어 바다 밑에서 다시마 숲이 움직이는 듯한 기이한 형태로 보였다. 녹색 불꽃은 리본 같고 노란 불꽃은 궁전 같았다. 그렇지만 내가 마지막으로 우유 같은 순백의 불꽃을 봤을 때 거의 나를 망각했다. "어머, 이 아기는 또 쉬야. 쉬를 쌀 때마다 이 앤 부들부들 떨어." 누군가가 그렇게 중얼거린 것을 기억한다. 나는 쑥스러워지고 가슴이 부풀어올랐다. 그건 틀림없이 제왕의 희열을 느낀 거다. "난 확실해. 아무도 몰라." 경멸은 아니었다.

비슷한 일이 두 번 있었다. 나는 가끔 장난감하고 대화를 나누었다. 초겨울 바람이 세차게 부는 깊은 밤이었다. 나는 머리맡의 오뚝이에게 물었다. "오뚝아, 안 춥니?" 오뚝이는 대답했다. "안 추워." 나는 다시 물었다. "정말 안 춥니?" 오뚝이는 대답했다. "안 추워." "정말?", "안 추워" 옆에 누운 누군가가 우리를 보고 웃었다. "이 애는 오뚝이를 좋아하는가 보군. 계속 아무 말 없이 오뚝이를 보고 있으니."

어른들이 모두 잠들어 조용해지면, 집안을 사오십 마리의 쥐가 뛰어다니는 걸 나는 안다. 때로 네다섯 마리의 구렁이가 다다미 위를 기어다닌다. 어른들은 코를 골며 자고 있어서 이 광경을 모른다. 쥐나 구렁이가 이불 속에까지 들어가는데도 어른들은 모른다. 나는 밤에 언제나 거의 깨어 있다. 낮에 모두가 보는 앞에서 조금 잔다.

나는 아무도 모르게 돌았고, 결국 아무도 모르게 나았다.

그보다 아직 어렸을 때의 일. 보리밭의 보리이삭 물결을 볼 때마다 떠올린다. 나는 보리밭 속의 두 마리 말을 지켜보고 있었다. 붉은 말과 검은 말. 분명히 애쓰고 있었다. 나는 힘을 느꼈기 때문에, 그 두 마리 말이 나를 바로 가까이 방치해 두고 전혀 문제 삼지 않는 무례에 대해 불만을 느낄 여유조차 없었다.

또 한 마리의 붉은 말을 보았다. 어쩌면 같은 말이었는지도 모른다. 바느질을 하고 있는 모양이었다. 잠시 그러고 있다가 일어나서는 탁탁 앞섶을 털었다. 실밥을 털어 내기 위해서였는지도 모른다. 몸을 비틀어 내 한 쪽 볼에 바늘을 찔렀다. "아가, 아프니? 아프니?" 나는 아팠다.

내 할머니가 죽은 것은, 이렇게 여러 가지로 손가락을 꼽아 계산해 보니 내가 생후 8개월째 되던 일이다. 이때의 기억만은 안개가 삼각형 모양의 틈을 만들어 거기서 한낮의 투명한 하늘이 소중한 피부를 내보이고 있는 정도로 확실하다. 할머니는 얼굴도 몸도 작았다. 머리 모양도 작았다. 깨알만한 벚꽃 꽃잎을 가득 흩어놓은 비단옷을 입고 있었다. 나는 할머니에게 안겨 상쾌한 향수 냄새에 취하면서 하늘의 까마귀 싸움을 구경하고 있었다. 할머니는 아, 하고 외치더니 나를 다다미 위에 내던졌다. 굴러 떨어지면서 나는 할머니의 얼굴을 지켜보았다. 할머니는 아래턱을 몹시 떨며 두 번, 세 번 새하얀 이를 소리나게 부딪쳤다. 이윽고 빙글 하늘을 보고 나뒹굴었다. 많은 사람들이 할머니의 주변에 뛰어들고 일제히 방울벌레 같은 약한 소리를 내며 울기 시작했다. 나는 할머니와 나란히 누워 죽은 사람의 얼굴을 가만히 보았다. 기품 있는 할머니의 흰 얼굴의 이마 양끝에서 작은 파도가 쪼글쪼글 일어나 얼굴 전체에 그 피부 파도가 번지더니 순식간에 할머니의 얼굴을 주름 투성이로 만들고 말았다. 사람은 죽고 주름은 갑자기 살아 움직인다. 계속 움직였다. 주름의 목숨. 그뿐인 문장. 슬슬 견디기 힘든 악취가 할머니의 품속에서 기어 나왔다.

지금도 더욱 내 귓불을 간지럽히는 할머니의 자장가. "여우 시집가는데 신랑씨 없네." 그 외의 말은 없는 게 낫다.

(미완)

다자이 문학의 배경

한 작가의 생애를 살펴볼 때 그가 성장한 배경, 즉 가계나 환경이 얼마나 귀중한 자료가 되는가 하는 것은 새삼 말할 필요가 없을 것이다. 작가가 살아온 특이한 삶의 궤적은 자연히 작품 속에 깊이 반영되기 마련인데, 다자이 오사무(太宰治, 1909～1948)의 문학 세계를 들여다보노라면 더욱 이 사실을 절감하게 된다.

쇼와(昭和) 10년대(1935～1945)를 대표하는 문학으로서 전후 무뢰파(無賴派 : 혼란, 퇴폐, 허탈을 표방하는 작가들로 다자이, 이시가와 준(石川淳), 이토 세이(伊藤整), 오다 사쿠노스케(小田作之助), 사카구치 안고(坂口安吾) 등이 있다)의 선두를 달렸던 다자이의 문학은, 일본 근대 문학사에서 타의 추종을 불허하는 독자성과 일본 문학으로서는 드문 보편성과 국제성을 가진다는 것을 특징으로 꼽을 수 있다.

흔히 사소설(私小說 : 일본 근대 문학 특유의 문학장르로서 작가 자신이 작품의 주인공으로 등장하며 작가 신변의 일을 있는 그

대로 묘사하거나 고백하는 소설을 말한다) 작가로 불리는 다자이는, 생애에 걸쳐 자신의 평전을 썼다고 해도 과언이 아닐 만큼 자서전적 작품이 많다. 예를 들면, 『만년』에 실린 「추억」(1933), 「잎」(1934), 「광대의 꽃」(1935)을 비롯 『東京八景』(1941), 『쓰가루(津輕)』(1944), 『고뇌의 연감』(1946), 『앵두』(1948), 『인간실격』(1948) 등이다.

그러나 다자이의 작품이 오로지 사소설적 경향으로 일관된 것은 결코 아니다. 그의 섬세한 감수성과 뛰어난 스토리텔러(storyteller)로서의 작가 기질은, 자신을 포함한 인간의 다양한 삶의 행태들에 대한 풍자로서 혹은 왜곡, 과장되어 표출되기도 하며 삶의 저변에 깔린 진실과 고뇌, 슬픔 등을 적나라하게 지적함으로써 가슴을 찡하게 하는 감동을 던져주기도 한다.

그러면 여기서 다자이 작품을 이해하는 데에 빠뜨릴 수 없는 몇 가지 중요한 문학적 배경에 대해 잠시 일별해 보기로 하자.

작가 다자이 오사무의 본명은 쓰시마 슈지(津島修治). 우선 다자이의 본가와 다자이 문학 성립과의 관련성을 생각할 수 있다. 쓰시마 집안은 원래 대대로 성(姓)을 갖지 않는 농민이었다. 메이지(明治) 첫해 호적 작성 무렵에, 쓰시마 집안의 기본 재산을 축적한 증조부 소스케(惣助)가 최초로 쓰시

마라는 성을 사용했다. 그 후 대금업과 소지주라는 조건을 교묘히 이용, 토지를 담보로 높은 이자의 돈을 빌려주고 냉해 때마다 영세농민을 흡수함으로써 팽창하는 신흥 상인 지주가 된다. 곧이어 대지주로 급성장하여 다액납세에 의한 귀족원 의원 유자격자에 속하게 된 부친 쓰시마 겐우에몬(津島源右衛門)은 중의원 의원, 나아가 귀족원 의원으로 진출하기에 이른다.

"내가 태어났을 때 가장 출세해 있었다. 돌아가신 아버지는 귀족원 의원이었다. 아버지는 우유로 세수를 했다"(『솔로몬왕과 천민』).

그러나 호화스러운 저택의 신축(현재 이 빨간 지붕의 다자이 생가는 대표작 『사양(斜陽)』의 제목을 딴 여관 「사양관」으로 남아 있다), 주변의 관공서 배치 등 정치적, 경제적으로 그 권세를 과시하는 쓰시마 집안의 번창과 함께 토지를 수탈당한 농민의 원한은 깊어가고 반대파가 증대했다. 이러한 가운데 발생되는 유형 무형의 자가당착, 최대의 전성기를 누리는 부친의 허영과 위선의 모습을 일찍부터 생가의 치부로 받아들인 다자이는 작품으로 이를 고발, 폭로함으로써 문학의 첫 걸음을 내딛게 되는 것이다. 다자이의 습작 『무간나락(無間奈落)』은 부친을 모델로 대지주를 고발한 최초의 자서전적 작품이다.

그러면 이와 같은 쓰시마 집안의 성격이 다자이에게 어떤 영향을 주었는가.

"나는 순수를 동경했다. 무보수의 행위. 전혀 이기심 없는 생활. (중략) 내가 가장 증오한 것은 위선이었다."(『고뇌의 연감』)와 같은 문장에서 볼 수 있듯이 다자이의 본가에 대한 비판적 시각은 순수에 대한 갈망과 동경, 위선에 대한 증오로 나타나며, 이러한 테마가 걸작 『인간실격』에서 진지하고 심도 있게 다루어지고 있다.

또한 가족 내에서의 다자이의 위치를 문제삼지 않을 수 없다. 다자이는 열한 명의 형제 가운데 육남(열번째, 큰형과 둘째 형은 요절했으므로 실제로는 사남에 해당된다)으로 태어났다. 이러한 위치를 다자이 자신 '오즈카스'라 불렀는데, 이는 삼남이나 사남을 업신여겨 부르는 쓰가루 지방어로서 생활의 근거를 갖지 않는 경우를 말한다. 더구나 대지주의 '오즈카스'인 다자이로서는 일부러 생활을 위한 노력을 하지 않아도 그럭저럭 살아갈 수 있는 지위에 놓여 있었던 것이다. "현실적 생활로부터의 괴리는 다자이로 하여금 초현실 속에서 절대성을 희구하고 방황하는 것을 가능케 했으며, 거의 연륜이라는 것을 느끼게 하지 않는 영원한 청춘문학으로서의 그의 문학적 비밀이 대부분 여기에 기인하는 것이라 생각할 수 있다"(도리이 구니오(鳥居邦郎), 「다자이 오사무에 있어서의 문학정신의 형성」).

한편 유년기의 아버지에 대한 공포와 어머니의 부재(不在)는 다자이의 삶의 인식에 적잖은 비중을 차지한다.

"집에서 가장 무서운 사람은 아버지였다. 그래서 아버지 앞에서는 늘 예의 바르게 행동했다"(「나의 유년 시절」).

"나와 남동생이 쌀가마니가 빽빽이 쌓여 있는 넓은 곳간에 들어가 재미있게 놀고 있자니, 아버지가 입구에 가로막고 서서 이 녀석, 나와, 나와 하고 야단쳤다. 빛을 등지고 서 있어서 아버지의 커다란 모습이 새까맣게 보였다. 나는 그 때의 공포를 생각하면 지금도 싫은 기분이 든다"(「추억」).

어머니가 병약한 탓에 다자이는 출생하자마자 숙모 기에와 보모 다케의 손에 성장하게 되었는데, 숙모와 다케의 존재는 다자이에게 있어 모성애 결핍의 보상을 갈구하는 대상이기도 하다. "숙모는 자주 여름밤 모기장 안에서 나를 옆에 눕히고 옛날이야기를 들려주곤 했다. 나는 얌전하게 숙모의 나오지 않는 젖꼭지를 문 채 듣고 있었다"(「나의 유년시절」).

다자이는 어쩌면 숙모가 친어머니일지도 모른다는 자신의 출생에 대한 의혹을 꽤 오래도록 지니고 있었다. 그리고 다자이가 초등학교에 입학한 해에 숙모는 분가하고, 이어 다케마저 떠나버려 어머니의 대역을 해 오던 두 사람을 한꺼번에 상실하게 된다.

"나는 향락을 위해서 매춘부를 산 적이 하룻밤도 없다. 어머니를 찾으러 간 것이다. 젖가슴을 찾으러 간 것이다" (『HUMAN LOST』).

다자이의 여성관에 모성애 희구와 직접적인 관련을 보여주는 근거가 여기에 있다. 이와 같은 아버지에 대한 공포와 어머니의 부재는 다자이와 외부 세계와의 화해를 불가능하게 함으로써 이후의 다자이 생애에 걸친 현실 증오와 인간 공포의 근원이 되었다고 할 수 있다. 작품 곳곳에 스며 있는 자기 소외의식 역시 유년 시절의 특이한 환경 속에서 배태된 것이라 보아 무방할 것이다.

다자이의 문학적 배경을 거론할 때 또 한 가지 언급해야 할 것은, 다자이만의 독특한 문체 — 다자이 평론으로 유명한 오쿠노 다케오(奧野健男) 씨의 표현을 빌면 '잠재적 2인칭 문체' 이다 — 와 고향 쓰가루와의 관련성이다. 원래 혼슈(本州) 최북단에 위치한 문화의 고갈 지대였고 폐쇄적인 쓰가루의 풍토는 그 지방 고유의 쓰가루 신탁(神託)을 낳게 했다. 춥고 긴 겨울 밤, 화롯가에서 쓰가루 신탁의 손짓 몸짓으로 상대방에게 이야기하는 어투나 웃음, 유모어는 다자이 문학 특징의 일부를 이룬다. 그리고 다자이의 소설에서 흔히 발견되는 자네, 그대여, 독자여와 같이 작가가 직접 말을 거는 잠재적 2인칭의 문체에 쓰가루 신탁의 영향이 있다고 보는 것이다. 이러한 서술기법은 작가와 독자 간의 긴밀한 관계를 조성함으로써 다자이 문학에 강한 흡인력을 부여하게 된다.

이렇게 볼 때, 다자이의 창작은 현실과의 접촉을 시도하려는 자기동일화의 노력이며 그 과정에 벌이는 자의식과의 치열한 전투장에 다름 아니라 하겠다.

유숙자

『만년(晩年)』 해설

『만년』은 다자이 오사무의 첫 창작집이다. 1936년, 그의 나이 스물일곱이었다. 『만년』이라는 제목의 소설은 없다. 『만년』은 단편 15편을 모은 창작집에 붙여진 이름일 뿐이다(이 번역본에는 분량상의 문제로 8편을 선별해서 실었다. 다자이의 인간적, 문학적 개성이 뚜렷한 작품을 우선하여 골랐으나 모두 싣지 못한 것이 아쉽다 — 역자).

어째서 스물일곱 살의 청년이 자신의 처녀창작집에 『만년』이라는 제목을 달았는가. 여기에 작가 다자이 오사무의 특이한 문학적 출발이 있다. 즉 그는 자살을 전제로 유서를 남기듯 소설을 쓰기 시작한 것이다. 『만년』에 대해 작가 자신 다음과 같이 쓴 바 있다.

"나는 이 단편집 한 권을 위해 10년을 허비했다. 만 10년, 보통시민과 똑같은 산뜻한 아침식사를 하지 못했다. 나는 이 책 한 권을 위해 은신처를 잃고, 끊임없이 자존심에 상처입고 세상의 찬바람을 호되게 맞으며 그렇게 정처없이 돌아다녔다. (중략) 혀를 데이고 가슴을 태우고 내 몸을 도저히 회복 불가능할 때까지 일부러 망가뜨렸다. 백 편이 넘는 소설을 찢어 없앴다. 원고지 5만 매. 그래서 남은 거라곤 겨우 이것뿐이다. 이것뿐. (중략) 그렇지만 나는 믿는다. 이 단편집 『만년』은 해가 거듭될수록 한층 더 선명하게 그대의 눈에, 그대의 가슴에 침투해 갈 것임에 틀림없다는 것을. 나는 오로지 이 책 한 권을 만들기 위해 태어났다. (중략) 어쨌건, 『만년』 한 권이 그대의 두 손때로 검게 빛날 때까지 몇 번이고 거듭 애독될 것을 생각하면 아아, 나는 행복하다"(후략) (「문예잡지」 1936. 1).

다자이 오사무가 이 무렵 왜 스스로 목숨을 끊으려 했던가를 생각해 보면, 몇 가지 이유를 들 수 있다. 「광대의 꽃」에 그려진 대로 가마쿠라에서의 자살미수 때, 동반한 여성만이 죽게 된 데에 대한 죄의식, 고향 본가와의 불화, 순진한 처녀라고 믿었던 첫 아내 하쓰요(初代)에게 이미 다른 남자가 있었다는 사실을 알게 된 슬픔, 아오모리 현 쓰가루 굴지의 부잣집 아들로서 자란 그에게 부족한 생활인으로서의 생명력, 비합법 공산주의 운동 참가 후 탈퇴에서 오는 죄의식 등. 이러한 여러 가지 요소들의 결합이 다자이를 절망으로 몰고 스스로를 삶의 무의미한 존재로 단정지워 버린 것이라 볼 수 있다.

그러나 실제로 『만년』은 그 분위기에 있어 놀랍도록 밝고 환한 면을 지닌다. 청춘의 문학이라 불러 어색하지 않을 정도다. 또 여기에는 다자이의 다재다능한 재능, 대담한 방법적 시도, 다각적인 자기 표현으로 가득차 있으며 이후 전개될 다자이 문학의 다양성을 알리는 견본 시장이라 할 만하다.

「잎」(1934)은 스토리로서는 연결되어 있지 않으나 작가의 심정 기복이 하나의 리듬을 형성하여 독자에게 긴박한 감동을 준다. 특히 생사(生死)에 관련된 실존적 상황과 일상적 감각의 혼합이 효과적이며, 간결한 묘사에 의한 심리의 전환 등 가히 언어의 마술사라 부르고 싶어진다.

모두(冒頭)에 실린 에피그램 "선택된 황홀과 불안 이 두 가지 내게 있으니"라는 베를레느의 싯구는 작가 다자이 오사무의 심정을 참으로 적절히 표현하고 있다. 「잎」은 『만년』 이전의 초기 작품, 혹은 태워 없앤 소설 가운데 버리기 아까운 단편(斷片)들을 뽑아내어 아포리즘식으로 배열한 것이라 생각된다.

「추억」(1933)은 작가의 유년기, 소년기를 그린 자서전적 소설로 『만년』의 중심을 이루는 처녀작이다. 똑같은 시기의 자신을 습작 시대의 『無間奈落』, 후년의 『인간 실격』에서 다루고 있으나, 이 두 작품에서는 모두 자학적으로 변형되어 있다. 자기를 철저히 분석하고 실존적인 본질을 드러낸다는 점에서 『인간실격』의 깊이를 찾을 수 있는 데 반해, 「추억」은 거침없이 솔직하게 쓰여진 자화상이다. 예민하고 혼란스런 감수성이 그대로 표현되어 있으며 감상에도 자학에도 빠지지 않은 빼어난 소년기 문학이다. 특히 첫사랑의 여성 미요와 둘이서 포도를 따는 장면, 또 남동생과 나누는 빨간실 이야기 등 풍부한 색채와 서정 넘치는 아름다운 청춘 문학이라 할 수 있다. 남 모르는 열등감, 다른 사람보다 뛰어나야 한다는 엘리트 의식, 가족이나 친구로부터의 소외감, 타인과 교제하기 위한 필사의 광대짓, 약한 자에 대한 공감, 자기만의 폐쇄적 세계의 형성, 숙명감 등 다자이 문학을 이해하는 데 중요한 요소들을 발견하게 된다.

「어복기(魚服記)」(1933)는 고향 쓰가루의 자연과 전설을 배경으로 고독하고 야성적인 소녀 스와의 순진성, 순수한 동경, 여자로의 눈뜸, 절망, 변신을 동화적으로 그리고 있다. 민화(民話)가 작가의 발상과 문체에 의해 멋지게 현대 문학으로서 되살아난다.

「열차」(1933)는 다자이 오사무라는 필명으로 발표된 최초의 작품이다. 서두의 열차 묘사는 신감각파적이다. 모티프는 나약하고 버림받는 아름다운 사람들에 대한 무한한 애정이며 선의의 좌절이다. 아름다운 마음, 상냥함이 오히려 타인은 물론 자신마저도 상처 입힌다.

「광대의 꽃」(1935)은 1930년 좌익운동에 지친 스물한 살의 작가가 긴자(銀座)의 술집에서 만난 여성과 에노시마 바다에서 투신 자살을 기도한 사건이 제재로 되어 있다. 「추억」과 더불어 『만년』의 중심을 이루는 작가의 숨겨진 죄의식의 고백이다. 자의식과 부끄러움, 죄의식을 견디며 내적 진실을 고백하려는 작가의 몸부림이 고스란히 소설의 문체나 구성에 표현되어 있다. 주인공 오바 요조(이는 『인간실격』의 주인공 이름이기도 하다) 외에 '나' 라는 작가 — 작가의 자의식이 이야기를 중단하고 직접 소설에 등장하여 객관 묘사적인 리얼리즘 수법을 비판, 부정하며 주석을 단다. 이 이원적 방법에 의해 내면과 외부의 리얼리티를 동시 추구하며 말하기 힘든 진실을 표현하려 했다. 가장 전위적인 현대 소설이라 하겠다.

「역행」(1935)은 제1회 아쿠타가와상(芥川賞) 후보작품이다. 소품 하나하나가 댄디즘과 니힐리즘이 교착된 꽁트라 할 수 있다.

「로마네스크」(1934)는 동인잡지 『푸른 꽃』 창간호에 발표되었다. 작가의 분방한 재능이 유감없이 발휘된 초기의 걸작이다. 선술 다로, 싸움 지로베에, 거짓말 사부로라는 세 명의 등장인물은, 뜻을 세워 열심히 노력하면서도 오히려 그 때문에 좌절하고 착오의 슬픔을 맛본다. 당시 청년의 허무와 자포자기한 심정을 희화화(戱畵化)한 것이다. 리얼리즘 만능, 사소설 중심의 당시 순문학 이념을 깨고 기상천외한 착상과 웃음으로 가득차 있다.

「완구」(1935)는 궁지에 몰린 현실로부터 유년 시절로 퇴행하려는 심정을 단편적으로 제시하고 있다. 여기에도 새로운 소설 방법 모색을 위한 고뇌가 보인다.

이와 같이, 『만년』은 그때까지의 인생 체험을 빠짐없이 써 남기려 한 다자이 오사무의 처녀창작집임과 동시에, 이후의 다자이 문학의 가능성을 알리는 요소들이 총 망라된 극히 다채로운 소설집이다. 시대와 자기의 숙명, 자질에 가장 성실하게 살며 그것을 가장 절실하게 표현한 영원한 청춘 문학이자 현대 문학의 선구적 작품으로서, 『만년』은 우리의 영혼에 강하고 깊게 그리고 수줍어하면서 그 이야기들을 들려주고 있다.

(『만년』 해설은 텍스트로 사용한 신초(新潮)문고(1985년)의 『만년』 뒤에 실린 평론가 오쿠노 다케오의 글을 부분 번역한 것임을 밝혀 둔다 — 역자)

저자 / 다자이 오사무(太宰治, 1909~1948)
아오모리현 쓰가루 출생. 1930년 도쿄제국대학 불문과에 입학하여 대학 시절 잠시 좌익운동에 참여하여 활동하다 전향한 후 문학에 전념했다. 1935년 문예지 『일본낭만파』에 합류하는 한편, 단편 「역행」을 발표하여 제1회 아쿠타가와상 차석으로 뽑혔다. 1939년 이시하라 미치코(石原美知子)와 결혼하여 2남 1녀를 두었는데, 차녀 사토코가 바로 작가 쓰시마 유코(津島佑子)이다. 1936년 첫 단편집 『만년』이 출간되어 작가로서 인정받았지만, 마약 중독이 심해져 치료에 전념했다. 제2차 세계대전 후 『사양(斜陽)』을 발표하며 '사양족'이라는 유행어를 낳을 정도로 인기 작가가 되었다. 1948년 『인간실격』을 집필 후 연인과 함께 다마가와조스이(玉川上水)에 투신자살하여 생을 마감했다. 이외의 작품으로는 『달려라, 메로스』, 『부악백경(富嶽百景)』, 『옛이야기』 등이 있다.

역자 / 유숙자
번역가. 계명대학교 일어일문학과 및 같은 과 대학원을 졸업하고, 일본 도쿄대학 대학원 인문사회계 연구과(일어일문학 전공)에서 연구 과정을 마쳤다. 고려대학교 대학원 국어국문학과에서 비교문학으로 박사학위를 받았으며, 현재 고려대학교 한국어문화교육센터 강사로 있다. 지은 책으로 『在日 한국인 문학 연구』가 있으며, 옮긴 책으로 『설국』·『사양』·『전원의 우울』·『행인』·『옛이야기』·『전후문학을 묻는다』·『「나」』·『아름다운 여신과의 유희』·『처음 온 손님』·『경계의 시 : 김시종 시선집』·『깊은 강』·『손바닥소설』 등이 있다.

한림신서 일본현대문학대표작선을 발간하면서

한림대학교 일본학연구소에서는 1995년에 광복 50년, 한일국교 정상화 30년을 기념하면서 일본학총서를 출간하기 시작했다. 그 성과에 대해서 한일 양국의 뜻있는 분들이 높이 평가해 주신 데 깊은 사의를 표한다.

본 연구소는 한국이 일본을 더욱 잘 알게 되고, 한일간의 문화교류가 활발해진다는 것이 한일 양국을 위하는 것일 뿐 아니라 21세기를 향한 동북아시아의 평화와 새로운 질서를 수립하는 데 크게 이바지한다고 생각한다. 그런 뜻에서 일본학총서도 발간해 왔던 것이다. 앞으로도 그 사업을 계속할 것이며 연륜을 더해감에 따라 큰 발자취를 남기게 될 것을 의심하지 않는다.

그런 확신을 가지고 지금까지 일본학총서 발간에 보내 주신 한일 양국 여러분의 성원에 보답하는 의미에서 여기에 새로이 한림신서 일본현대문학대표작선을 발간하기로 했다. 일본 문학은 이미 세계 문학사에서 확고한 자리를 차지하고 있다.

일본은 전통적으로 문학 속에 사상을 담아 왔기 때문에 일본 사회를 알기 위해서는 일본 문학을 알아야 한다고들 흔히 말한다. 그럼에도 불구하고 지금까지 상업성을 위주로 하는 일반적인 출판사업에서는 일본 문학의 전모를 알리기에는 어려운 사정이 많았던 것이 사실이다. 그러므로 본 연구소는 일본을 바로 이해하기 위하여, 한일간의 문화교류를 더욱 촉진하기 위하여 여기에 일본현대문학대표작선을 간행하기로 했다.

이러한 노력이 우리 문화발전에도 크게 이바지할 수 있기를 바라면서 일본에서도 한국 문화를 일본에 알리기 위한 노력이 일어나서 한일간에 새로운 세기를 좀더 밝게 전망할 수 있게 되기를 바란다.

여러분들의 계속적인 성원을 기대해 마지 않는다.

1997년 11월

한림대학교 일본학연구소